受戒

汪曾祺——著

作家出版社

目　录

第三辑　晚饭花

第一辑　受戒

受 戒

明海出家已经四年了。

他是十三岁来的。

这个地方的地名有点怪，叫庵赵庄。赵，是因为庄上大都姓赵。叫作庄，可是人家住得很分散，这里两三家，那里两三家。一出门，远远可以看到，走起来得走一会儿，因为没有大路，都是弯弯曲曲的田埂。庵，是因为有一个庵。庵叫菩提庵，可是大家叫讹了，叫成荸荠庵。连庵里的和尚也这样叫。“宝刹何处？”——“荸荠庵。”庵本来是住尼姑的。“和尚庙”“尼姑庵”嘛。可是荸荠庵住的是和尚。也许因为荸荠庵不大，大者为庙，小者为庵。

明海在家叫小明子。他是从小就确定要出家的。他的家乡不叫“出家”，叫“当和尚”。他的家乡出和尚。就像有的地方出劁猪的，有的地方出织席子的，有的地方出箍桶的，有的地方出弹棉花的，有的地方出画匠，有的地方出婊子，他的家乡出和尚。人家弟兄多，就派一个出去当和尚。当和尚也要通过关系，也有帮。这地方的和尚有的走得很远。有到杭州灵隐寺的、上海静安寺的、镇江金山寺的、扬州天宁寺的。一般的就在本县的寺庙。明海家田少，老大、老二、老三，就足够种的了。他是老四。他七岁那年，他当和尚的舅舅回家，他爹、他娘就和舅舅商议，决定叫他当和尚。他当时在旁边，觉得这实在是在情在理，没有理由反对。当和尚有很多好处。一是可以吃现成饭。哪个庙里都是管饭的。二是可以攒钱。只要学会了放瑜伽焰口，拜梁皇忏，可以按例分到辛苦钱。积攒起来，将来还俗娶亲也可以；不想还俗，买几亩田也可以。当和尚也不容易，一要面如朗月，二要声如钟磬，三要聪明记性好。他舅舅给他相了相面，叫他前走几步，后走几步，又叫他喊了一声赶牛打场的号子："格当嘚——"说是"明子准能当个好和尚，我包了！"要当和尚，得下点本，——念几年书。哪有不认字的和尚呢！于是明子就开蒙入学，读了《三字经》《百家姓》《四言杂字》《幼学琼林》"上论""下论""上孟""下孟"，每天还写一张仿。村里都夸他字写得好，很黑。

舅舅按照约定的日期又回了家，带了一件他自己穿的和尚领的短衫，叫明子娘改小一点，给明子穿上。明子穿了这件和尚短衫，下身还是在家穿的紫花裤子，赤脚穿了一双新布鞋，跟他爹、他娘磕了一个头，就随舅舅走了。

他上学时起了个学名，叫明海。舅舅说，不用改了。于是"明海"就从学名变成了法名。

过了一个湖。好大一个湖！穿过一个县城。县城真热闹：官盐店，税务局，肉铺里挂着成爿的猪肉，一个驴子在磨芝麻，满街都是小磨香油的香味，布店，卖茉莉粉、梳头油的什么斋，卖绒花的，卖丝线的，打把式卖膏药的，吹糖人的，耍蛇的，……他什么都想看看。舅舅一劲地推他："快走！快走！"

到了一个河边，有一只船在等着他们。船上有一个五十来岁的瘦长瘦长的大伯，船头蹲着一个跟明子差不多大的女孩子，在剥一个莲蓬吃。明子和舅舅坐到舱里，船就开了。

明子听见有人跟他说话，是那个女孩子。

"是你要到荸荠庵当和尚吗？"

明子点点头。

"当和尚要烧戒疤呕！你不怕？"

明子不知道怎么回答，就含含糊糊地摇了摇头。

"你叫什么？"

"明海。"

"在家的时候？"

"叫明子。"

"明子！我叫小英子！我们是邻居。我家挨着荸荠庵。——给你！"

小英子把吃剩的半个莲蓬扔给明海，小明子就剥开莲蓬壳，一颗一颗吃起来。

大伯一桨一桨地划着，只听见船桨拨水的声音："哗——许！哗——许！"

…………

荸荠庵的地势很好，在一片高地上。这一带就数这片地势高，当初建庵的人很会选地方。门前是一条河。门外是一片很大的打谷场。三面都是高大的柳树。山门里是一个穿堂。迎门供着弥勒佛。不知是哪一位名士撰写了一副对联：

大肚能容容天下难容之事

开颜一笑笑世间可笑之人

弥勒佛背后，是韦驮。过穿堂，是一个不小的天井，种着两棵白果树。天井两边各有三间厢房。走过天井，便是大殿，供着三世佛。佛像连龛才四尺来高。大殿东边是方丈，西边是库房。大殿东侧，有一个小小的六角门，白门绿字，刻着一副对联：

一花一世界

三藐三菩提

进门有一个狭长的天井，几块假山石，几盆花，有三间小房。

小和尚的日子清闲得很。一早起来，开山门，扫地。庵里的地铺的都是箩底方砖，好扫得很，给弥勒佛、韦驮烧一炷香，正殿的三世佛面前也烧一炷香，磕三个头，念三声"南无阿弥陀佛"，敲三声磬。这庵里的和尚不兴做什么早课、晚课，明子这三声磬就全都代替了。然后，挑水，喂猪。然后，等当家和尚，即明子的舅舅起来，教他念经。

教念经也跟教书一样，师父面前一本经，徒弟面前一本经，师父唱一句，徒弟跟着唱一句。是唱哎。舅舅一边唱，一边还用手在桌上拍板。一板一眼，拍得很响，就跟教唱戏一样。是跟教唱戏一样，完全一样哎。连用的名词都一样。舅舅说：念经，一要板眼准，二要合工尺。说：当一个好和尚，得有条好嗓子。说：民国二十年闹大水，运河倒了堤，最后在清水潭合龙，因为大水淹死的人很多，放了一台大焰口，十三大师——十三个正座和尚，各大庙的方丈都来了，下面的和尚上百。谁当这个首座？推来推去，还是石桥——善因寺的方丈！他往上一坐，就跟地藏王菩萨一样，这就不用说了；那一声"开香赞"，围看的上千人立时鸦雀无声。说：嗓子要练，夏练三伏，冬练三九，要练丹田气！说：要吃得苦中苦，方为人上人！说：和尚里也有状元、榜眼、探花！要用心，不要贪玩！舅舅这一番大法要说得明海和尚实在是五体投地，于是就一板一眼地跟着舅舅唱起来：

"炉香乍爇——"

"炉香乍爇——"

"法界蒙薰——"

"法界蒙薰——"

"诸佛现金身……"

"诸佛现金身……"

…………

等明海学完了早经，——他晚上临睡前还要学一段，叫作晚经，——荸荠庵的师父们就都陆续起床了。

这庵里人口简单，一共六个人。连明海在内，五个和尚。

有一个老和尚，六十几了，是舅舅的师叔，法名普照，但是知道的人很少，因为很少人叫他法名，都称之为老和尚或老师父，明海叫他师爷爷。这是个很枯寂的人，一天关在房里，就是那“一花一世界”里。也看不见他念佛，只是那么一声不响地坐着。他是吃斋的，过年时除外。

下面就是师兄弟三个，仁字排行：仁山、仁海、仁渡。庵里庵外，有的称他们为大师父、二师父；有的称之为山师父、海师父。只有仁渡，没有叫他“渡师父”的，因为听起来不像话，大都直呼之为仁渡。他也只配如此，因为他还年轻，才二十多岁。

仁山，即明子的舅舅，是当家的。不叫“方丈”，也不叫“住持”，却叫“当家的”，是很有道理的，因为他确确实实干的是当家的职务。他屋里摆的是一张账桌，桌子上放的是账簿和算盘。账簿共有三本。一本是经账，一本是租账，一本是债账。和尚要做法事，做法事要收钱，——要不，当和尚干什么？常做的法事是放焰口。正规的焰口是十个人。一个正座，一个敲鼓的，两边一边四个。人少了，八个，一边三个，也凑合了。荸荠庵只有四个和尚，要放整焰口就得和别的庙里合伙。这样的时候也有过。通常只是放半台焰口。一个正座，一个敲鼓，另外一边一个。一来找别的庙里合伙费事；二来这一带放得起整焰口的人家也不多。有的时候，谁家死了人，就只请两个，甚至一个和尚咕噜咕噜念一通经，敲打几声法器就算完事。很多人家的经钱不是当时就给，往往要等秋后才还。这就得记账。另外，和尚放焰口的辛苦钱不是一样的。就像唱戏一样，有份子。正座第一份。因为他要领唱，而且还要独唱。当中有一大段“叹骷髅”，别的和尚都放下法器休息，只有首座一个人有板有眼地曼声吟唱。第二份是敲鼓的。你以为这容易呀？哼，单是一开头的“发擂”，手上没功夫就敲不出迟疾顿挫！其余的，就一样了。这也得记上：某月某日，谁家焰口半台，谁正座，谁敲鼓……省得到年底结账时赌咒骂娘。……这庵里有几十亩庙产，租给人种，到时候要收租。庵里还放债租，债一向倒很少亏欠，因为租佃借钱的人怕菩萨不高兴。这三本账就够仁山忙的了。另外香烛、灯火、油盐“福食”，这也得随时记记账呀。除了账簿之外，山师父的方丈的墙上还挂着一块水牌，上漆四个红字：“勤笔免思”。

仁山所说当一个好和尚的三个条件，他自己其实一条也不具备。他的相貌只要用两个字就说清楚了：黄，胖。声音也不像钟磬，倒像母猪。聪明么？难说，打牌老输。他在庵里从不穿袈裟，连海青直裰也免了。经常是披着件短僧衣，袒露着一个黄色的肚子。下面是光脚趿拉着一双僧鞋，——新鞋他也是趿拉着。他一天就是这样不衫不履地这里走走，那里走走，发出母猪一样的声音：“哞——哞——”

二师父仁海。他是有老婆的。他老婆每年夏秋之间来住几个月，因为庵里凉快，庵里有六个人，其中之一，就是这位和尚的家眷。仁山、仁渡叫她嫂子，明海叫她师娘。这两口子都很爱干净，整天地洗涮。傍晚的时候，坐在天井里乘凉。白天，闷在屋里不出来。

三师父是个很聪明精干的人。有时一笔账大师兄扒了半天算盘也算不清，他眼珠子转两转，早算得一清二楚。他打牌赢的时候多，二三十张牌落地，上下家手里有些什么牌，他就差不多都知道了。他打牌时，总有人爱在他后面看歪头胡。谁家约他打牌，就说“想送两个钱给你”。他不但经忏俱通（小庙的和尚能够拜忏的不多），而且身怀绝技，会“飞铙”。七月间有些地方做盂兰会，在旷地上放大焰口，几十个和尚，穿绣花袈裟，飞铙。飞铙就是把十多斤重的大铙钹飞起来。到了一定的时候，全部法器皆停，只几十副大铙紧张急促地敲起来。忽然起手，大铙向半空中飞去，一面飞，一面旋转。然后，又落下来，接住。接住不是平平常常地接住，有各种架势，“犀牛望月”“苏秦背剑”……这哪是念经，这是耍杂技。也许是地藏王菩萨爱看这个，但真正因此快乐起来的是人，尤其是妇女和孩子。这是年轻漂亮的和尚出风头的机会。一场大焰口过后，也像一个好戏班子过后一样，会有一个两个大姑娘、小媳妇失踪，——跟和尚跑了。他还会放“花焰口”。有的人家，亲戚中多风流子弟，在不是很哀伤的佛事——如做冥寿时，就会提出放花焰口。所谓“花焰口”就是在正焰口之后，叫和尚唱小调，拉丝弦，吹管笛，敲鼓板，而且可以点唱。仁渡一个人可以唱一夜不重头。仁渡前几年一直在外面，近二年才常住在庵里。据说他有相好的，而且不止一个。他平常可是很规矩，看到姑娘媳妇总是老老实实的，连一句玩笑话都不说，一句小调山歌都不唱。有一回，在打谷场上乘凉的时候，一伙人把他围起来，非叫他唱两个不可。他却情不过，说：“好，唱一个。不唱家乡的。家乡的你们都熟，唱个安徽的。”

姐和小郎打大麦，
一转子讲得听不得。
听不得就听不得，

打完了大麦打小麦。

唱完了，大家还嫌不够，他就又唱了一个：

姐儿生得漂漂的，
两个奶子翘翘的。
有心上去摸一把，
心里有点跳跳的。

…………

这个庵里无所谓清规，连这两个字也没人提起。

仁山吃水烟，连出门做法事也带着他的水烟袋。

他们经常打牌。这是个打牌的好地方。把大殿上吃饭的方桌往门口一搭，斜放着，就是牌桌。桌子一放好，仁山就从他的方丈里把筹码拿出来，哗啦一声倒在桌上。斗纸牌的时候多，搓麻将的时候少。牌客除了师兄弟三人，常来的是一个收鸭毛的，一个打兔子兼偷鸡的，都是正经人。收鸭毛的担一副竹筐，串乡串镇，拉长了沙哑的声音喊叫："鸭毛卖钱——！"

偷鸡的有一件家什——铜蜻蜓。看准了一只老母鸡，把铜蜻蜓一丢，鸡婆子上去就是一口。这一啄，铜蜻蜓的硬簧绷开，鸡嘴撑住了，叫不出来了。正在这鸡十分纳闷的时候，上去一把薅住。

明子曾经跟这位正经人要过铜蜻蜓看看。他拿到小英子家门前试了一试，果然！小英的娘知道了，骂明子：“要死了！儿子！你怎么到我家来玩铜蜻蜓了！”

小英子跑过来：“给我！给我！”

她也试了试，真灵，一个黑母鸡一下子就把嘴撑住，傻了眼了！

下雨阴天，这二位就光临荸荠庵，消磨一天。

有时没有外客，就把老师叔也拉出来，打牌的结局，大都是当家和尚气得鼓鼓的：“× 妈妈的！又输了！下回不来了！”

他们吃肉不瞒人。年下也杀猪。杀猪就在大殿上。一切都和在家人一样，开水、木桶、尖刀。捆猪的时候，猪也是没命地叫。跟在家人不同的，是多一道仪式，要给即将升天的猪念一道“往生咒”，并且总是老师叔念，神情很庄重：“……一切胎生、卵生、息生，来从虚空来，还归虚空去，往生再世，皆当欢喜。南无阿弥陀佛！”

三师父仁渡一刀子下去，鲜红的猪血就带着很多沫子喷出来。

…………

明子老往小英子家里跑。

小英子的家像一个小岛，三面都是河，西面有一条小路通到荸荠庵。独门独户，岛上只有这一家。岛上有六棵大桑树，夏天都结大桑葚，三棵结白的，三棵结紫的；一个菜园子，瓜豆蔬菜，四时不缺。院墙下半截是砖砌的，上半截是泥夯的。大门是桐油油过的，贴着一副万年红的春联：

向阳门第春常在

积善人家庆有余

门里是一个很宽的院子。院子里一边是牛屋、碓棚；一边是猪圈、鸡窠，还有个关鸭子的栅栏。露天地放着一具石磨。正北面是住房，也是砖基土筑，上面盖的一半是瓦，一半是草。房子翻修了才三年，木料还露着白茬。正中是堂屋，家神菩萨的画像上贴的金还没有发黑。两边是卧房。隔扇窗上各嵌了一块一尺见方的玻璃，明亮亮的，——这在乡下是不多见的。房檐下一边种着一棵石榴树，一边种着一棵栀子花，都齐房檐高了。夏天开了花，一红一白，好看得很。栀子花香得冲鼻子。顺风的时候，在荸荠庵都闻得见。

这家人口不多。他家当然是姓赵。一共四口人：赵大伯、赵大妈，两个女儿，大英子、小英子。老两口没得儿子。因为这些年人不得病，牛不生灾，也没有大旱大水闹蝗虫，日子过得很兴旺。他们家自己有田，本来够吃的了，又租种了庵上的十亩田。自己的田里，一亩种了荸荠，——这一半是小英子的主意，她爱吃荸荠，一亩种了慈姑。家里喂了一大群鸡鸭，单是鸡蛋鸭毛就够一年的油盐了。赵大伯是个能干人。他是一个“全把式”，不但田里场上样样精通，还会罾鱼、洗磨、凿砻、修水车、修船、砌墙、烧砖、箍桶、劈篾、绞麻绳。他不咳嗽，不腰疼，结结实实，像一棵榆树。人很和气，一天不声不响。赵大伯是一棵摇钱树，赵大娘就是个聚宝盆。大娘精神得出奇。五十岁了，两个眼睛还是清亮亮的。不论什么时候，头都是梳得滑滴滴的，身上衣服都是格挣挣的。像老头子一样，她一天不闲着。煮猪食，喂猪，腌咸菜，——她腌的咸萝卜干非常好吃，舂粉子，磨小豆腐，编蓑衣，织芦席。她还会剪花样子。这里嫁闺女，陪嫁妆，瓷坛子、锡罐子，都要用梅红纸剪出吉祥花样，贴在上面，讨个吉利，也才好看："丹凤朝阳"呀、"白头到老"呀、"子孙万代"呀、"福寿绵长"呀。二三十里的人家都来请她："大娘，好日子是十六，你哪天去呀？"——"十五，我一大清早就来！"

"一定呀！"——"一定！一定！"

两个女儿，长得跟她娘像一个模子里托出来的。眼睛长得尤其像，白眼珠鸭蛋青，黑眼珠棋子黑，定神时如清水，闪动时像星星。浑身上下，头是头，脚是脚。头发滑滴滴的，衣服格挣挣的。——这里的风俗，十五六岁的姑娘就都梳上头了。这两个丫头，这一头的好头发！通红的发根，雪白的簪子！娘女三个去赶集，一集的人都朝她们望。

姐妹长得很像，性格不同。大姑娘很文静，话很少，像父亲。小英子比她娘还会说，一天咭咭呱呱地不停。大姐说："你一天到晚咭咭呱呱——"

"像个喜鹊！"

"你自己说的！——吵得人心乱！"

"心乱？"

"心乱！"

"你心乱怪我呀！"

二姑娘话里有话。大英子已经有了人家。小人她偷偷地看过，人很敦厚，也不难看，家道也殷实，她满意。已经下过小定，日子还没有定下来。她这二年，很少出房门，整天赶她的嫁妆。大裁大剪，她都会。挑花绣花，不如娘。她可又嫌娘出的样子太老了。她到城里看过新娘子，说人家现在绣的都是活花活草。这可把娘难住了。最后是喜鹊忽然一拍屁股："我给你保举一个人！"

这人是谁？是明子。明子念"上孟""下孟"的时候，不知怎么得了半套《芥子园》，他喜欢得很。到了荸荠庵，他还常翻出来看，有时还把旧账簿子翻过来，照着描。小英子说："他会画！画得跟活的一样！"

小英子把明海请到家里来，给他磨墨铺纸，小和尚画了几张，大英子喜欢得了不得："就是这样！就是这样！这就可以乱孱！"——所谓"乱孱"是绣花的一种针法：绣了第一层，第二层的针脚插进第一层的针缝，这样颜色就可由深到淡，不露痕迹，不像娘那一代绣的花是平针，深浅之间，界限分明，一道一道的。小英子就像个书童，又像个参谋：

"画一朵石榴花！"

"画一朵栀子花！"

她把花掐来，明海就照着画。

到后来，凤仙花、石竹子、水蓼、淡竹叶、天竺果子、蜡梅花，他都能画。

大娘看着也喜欢，搂住明海的和尚头："你真聪明！你给我当一个干儿子吧！"

小英子捺住他的肩膀，说："快叫！快叫！"

小明子跪在地下磕了一个头，从此就叫小英子的娘做干娘。

大英子绣的三双鞋，三十里方圆都传遍了。很多姑娘都走路坐船来看。看完了，就说："啧啧啧，真好看！这哪是绣的，这是一朵鲜花！"她们就拿了纸来央大娘求了小和尚来画。有求画帐檐的，有求画门帘飘带的，有求画鞋头花的。每回明子来画花，小英子就给他做点好吃的，煮两个鸡蛋，蒸一碗芋头，煎几个藕团子。

因为照顾姐姐赶嫁妆，田里的零碎生活小英子就全包了。她的帮手，是明子。

这地方的忙活是栽秧、车高田水、薅头遍草，再就是割稻子、打场了。这几茬重活，自己一家是忙不过来的。这地方兴换工。排好了日期，几家顾一家，轮流转。不收工钱，但是吃好的。一天吃六顿，两头见肉，顿顿有酒。干活时，敲着锣鼓，唱着歌，热闹得很。其余的时候，各顾各，不显得紧张。

薅三遍草的时候，秧已经很高了，低下头看不见人。一听见非常脆亮的嗓子在一片浓绿里唱：

栀子哎开花哎六瓣头哎……

姐家哎门前哎一道桥哎……

明海就知道小英子在哪里，三步两步就赶到，赶到就低头薅起草来。傍晚牵牛"打汪"，是明子的事。——水牛怕蚊子。这里的习惯，牛卸了轭，饮了水，就牵到一口和好泥水的"汪"里，由它自己打滚扑腾，弄得全身都是泥浆，这样蚊子就咬不透了。低田上水，只要一挂十四轧的水车，两个人车半天就够了。明子和小英子就伏在车杠上，不紧不慢地踩着车轴上的拐子，轻轻地唱着明海向三师父学来的各处山歌。打场的时候，明子能替赵大伯一会，让他回家吃饭。——赵家自己没有场，每年都在荸荠庵外面的场上打谷子。他一扬鞭子，喊起了打场号子："格当嘚——"

这打场号子有音无字，可是九转十三弯，比什么山歌号子都好听。赵大娘在家，听见明子的号子，就侧起耳朵："这孩子这条嗓子！"

连大英子也停下针线："真好听！"

小英子非常骄傲地说："一十三省数第一！"

晚上，他们一起看场。——荸荠庵收来的租稻也晒在场上。他们并肩坐在一个石磙子上，听青蛙打鼓，听寒蛇唱歌，——这个地方以为蝼蛄叫是蚯蚓叫，而且叫蚯蚓叫"寒蛇"，听纺纱婆子不停地纺纱，"吵——"看萤火虫飞来飞去，看天上的流星。

"呀！我忘了在裤带上打一个结！"小英子说。

这里的人相信，在流星掉下来的时候在裤带上打一个结，心里想什么好事，就能如愿。

…………

㧟荸荠，这是小英最爱干的生活。秋天过去了，地净场光，荸荠的叶子枯了，——荸荠的笔直的小葱一样的圆叶子里是一格一格的，用手一捋，哔哔地响，小英子最爱捋着玩，——荸荠藏在烂泥里。赤了脚，在凉浸浸滑溜溜的泥里踩着，——哎，一个硬疙瘩！伸手下去，一个红紫红紫的荸荠。她自己爱干这生活，还拉了明子一起去。她老是故意用自己的光脚去踩明子的脚。

她挎着一篮子荸荠回去了，在柔软的田埂上留了一串脚印。明海看着她的脚印，傻了。五个小小的趾头，脚掌平平的，脚跟细细的，脚弓部分缺了一块。明海身上有一种从来没有过的感觉，他觉得心里痒痒的。这一串美丽的脚印把小和尚的心搞乱了。

…………

明子常搭赵家的船进城，给庵里买香烛，买油盐。闲时是赵大伯划船；忙时是小英子去，划船的是明子。

从庵赵庄到县城，当中要经过一片很大的芦花荡子。芦苇长得密密的，当中一条水路，四边不见人。划到这里，明子总是无端端地觉得心里很紧张，他就使劲地划桨。

小英子喊起来："明子！明子！你怎么啦？你发疯啦？为什么划得这么快？"

…………

明海到善因寺去受戒。

"你真的要去烧戒疤呀？"

"真的。"

"好好的头皮上烧十二个洞，那不疼死啦？"

"咬咬牙。舅舅说这是当和尚的一大关，总要过的。"

"不受戒不行吗？"

"不受戒的是野和尚。"

"受了戒有啥好处？"

"受了戒就可以到处云游，逢寺挂褡。"

“什么叫‘挂褡’？”

“就是在庙里住。有斋就吃。”

“不把钱？”

“不把钱。有法事，还得先尽外来的师父。”

“怪不得都说‘远来的和尚会念经’。就凭头上这几个戒疤？”

“还要有一份戒牒。”

“闹半天，受戒就是领一张和尚的合格文凭呀！”

“就是！”

“我划船送你去。”

“好。”

小英子早早就把船划到荸荠庵门前。不知是什么道理，她兴奋得很。她充满了好奇心，想去看看善因寺这座大庙，看看受戒是个啥样子。

善因寺是全县第一大庙，在东门外，面临一条水很深的护城河，三面都是大树，寺在树林子里，远处只能隐隐约约看到一点金碧辉煌的屋顶，不知道有多大。树上到处挂着“谨防恶犬”的牌子。这寺里的狗出名地厉害。平常不大有人进去。放戒期间，任人游看，恶狗都锁起来了。

好大一座庙！庙门的门槛比小英子的肐膝都高。迎门矗着两块大牌，一边一块，一块写着斗大两个大字：“放戒”，一块是：“禁止喧哗”。这庙里果然是气象庄严，到了这里谁也不敢大声咳嗽。明海自去报名办事，小英子就到处看看。好家伙，这哼哈二将、四大天王，有三丈多高，都是簇新的，才装修了不久。天井有二亩地大，铺着青石，种着苍松翠柏。“大雄宝殿”，这才真是个“大殿”！一进去，凉飕飕的。到处都是金光耀眼。释迦牟尼佛坐在一个莲花座上，单是莲座，就比小英子还高。抬起头来也看不全他的脸，只看到一个微微闭着的嘴唇和胖墩墩的下巴。两边的两根大红蜡烛，一搂多粗。佛像前的大供桌上供着鲜花、绒花、绢花，还有珊瑚树、玉如意、整棵的大象牙。香炉里烧着檀香。小英子出了庙，闻着自己的衣服都是香的。挂了好些幡。这些幡不知是什么缎子的，那么厚重，绣的花真细。这么大一口磬，里头能装五担水！这么大一个木鱼，有一头牛大，漆得通红的。她又去转了转罗汉堂，爬到千佛楼上看了看。真有一千个小佛！她还跟着一些人去看了看藏经楼，藏经楼没有什么看头，都是经书！妈吔！逛了这么一圈，腿都酸了。小英子想起还要给家里打油，替姐姐配丝线，给娘买鞋面布，给自己买两个坠围裙飘带的银蝴蝶，给爹买旱烟，就出庙了。

等把事情办齐，晌午了。她又到庙里看了看，和尚正在吃粥。好大一个“膳堂”，坐得下八百个和尚。吃粥也有这样多讲究：正面法座上摆着两个锡胆瓶，里面插着红绒花，后面盘膝坐着一个穿了大红满金绣袈裟的和尚，手里拿了戒尺。这戒尺是要打人的。哪个和尚吃粥吃出了声音，他下来就是一戒尺。不过他并不真的打人，只是做个样子。真稀奇，那么多的和尚吃粥，竟然不出一点声音！她看见明子也坐在里面，想跟他打个招呼又不好打。想了想，管他禁止不禁止喧哗，就大声喊了一句：“我走啦！”她看见明子目不斜视地微微点了点头，就不管很多人都朝自己看，大摇大摆地走了。

第四天一大清早小英子就去看明子。她知道明子受戒是第三天半夜，——烧戒疤是不许人看的。她知道要请老剃头师傅剃头，要剃得横摸顺摸都摸不出头发茬子，要不然一烧，就会“走”了戒，烧成了一片。她知道是用枣泥子先点在头皮上，然后用香头子点着。她知道烧了戒疤就喝一碗蘑菇汤，让它“发”，还不能躺下，要不停地走动，叫作“散戒”。这些都是明子告诉她的。明子是听舅舅说的。

她一看，和尚真在那里“散戒”，在城墙根底下的荒地里。一个一个，穿了新海青，光光的头皮上都有十二个黑点子。——这黑疤掉了，才会露出白白的、圆圆的“戒疤”。和尚都笑嘻嘻的，好像很高兴。她一眼就看见了明子。隔着一条护城河，就喊他：“明子！”

“小英子！”

“你受了戒啦？”

“受了。”

“疼吗？”

“疼。”

“现在还疼吗？”

“现在疼过去了。”

“你哪天回去？”

“后天。”

“上午？下午？”

“下午。”

“我来接你！”

“好！”

…………

小英子把明海接上船。

小英子这天穿了一件细白夏布上衣，下边是黑洋纱的裤子，赤脚穿了一双龙须草的细草鞋，头上一边插着一朵栀子花，一边插着一朵石榴花。她看见明子穿了新海青，里面露出短褂子的白领子，就说：

“把你那外面的一件脱了，你不热呀！”

他们一人一把桨。小英子在中舱，明子扳艄，在船尾。

她一路问了明子很多话，好像一年没有看见了。

她问，烧戒疤的时候，有人哭吗？喊吗？

明子说，没有人哭，只是不住地念佛。有个山东和尚骂人：“俺日你奶奶！俺不烧了！”

她问，善因寺的方丈石桥是相貌和声音都很出众吗？

“是的。”

“说他的方丈比小姐的绣房还讲究？”

“讲究。什么东西都是绣花的。”

“他屋里很香？”

“很香。他烧的是伽楠香，贵得很。”

“听说他会作诗，会画画，会写字？”

“会。庙里走廊两头的砖额上，都刻着他写的大字。”

“他是有个小老婆吗？”

“有一个。”

“才十九岁？”

"听说。"

"好看吗？"

"都说好看。"

"你没看见？"

"我怎么会看见？我关在庙里。"

明子告诉她，善因寺一个老和尚告诉他，寺里有意选他当沙弥尾，不过还没有定，要等主事的和尚商议。

"什么叫'沙弥尾'？"

"放一堂戒，要选出一个沙弥头，一个沙弥尾。沙弥头要老成，要会念很多经。沙弥尾要年轻，聪明，相貌好。"

"当了沙弥尾跟别的和尚有什么不同？"

"沙弥头，沙弥尾，将来都能当方丈。现在的方丈退居了，就当。石桥原来就是沙弥尾。"

"你当沙弥尾吗？"

"还不一定哪。"

"你当方丈，管善因寺？管这么大一个庙？！"

"还早哪！"

划了一气，小英子说："你不要当方丈！"

"好，不当。"

"你也不要当沙弥尾！"

"好，不当。"

又划了一气，看见那一片芦花荡子了。

小英子忽然把桨放下，走到船尾，趴在明子的耳朵旁边，小声地说："我给你当老婆，你要不要？"

明子眼睛鼓得大大的。

“你说话呀！”

明子说：“嗯。”

“什么叫‘嗯’呀！要不要，要不要？”

明子大声地说：“要！”

“你喊什么！”

明子小小声说：“要——！”

“快点划！”

英子跳到中舱，两支桨飞快地划起来，划进了芦花荡。

芦花才吐新穗。紫灰色的芦穗，发着银光，软软的，滑溜溜的，像一串丝线。有的地方结了蒲棒，通红的，像一支一支小蜡烛。青浮萍，紫浮萍。长脚蚊子，水蜘蛛。野菱角开着四瓣的小白花。惊起一只青桩（一种水鸟），擦着芦穗，扑鲁鲁鲁飞远了。

…………

一九八〇年八月十二日，写四十三年前的一个梦。

异　秉

一天已经过去了。不管用什么语气把这句话说出来，反正这一天从此不会再有。然而新的一页尚未盖上来，就像火车到了站，在那儿喷气呢，现在是晚上。晚上，那架老挂钟敲过了八下，到它敲十下则一定还有老大半天。对于许多人，至少在这儿的几个人说起来，这是好的时候。可以说是最好的时候，如果把这也算在一天里头。更合适的是让这一段时候独立自足，离第二天还远，也不挂在第一天后头。

晚饭已经开过了。

“用过了？”

“偏过偏过，你老？”

“吃了，吃了。”

照例的，须跟某几个人交换这么两句问询。说是毫无意思自然也可以，然而这也与吃饭不可分，是一件事，非如此不能算是吃过似的。

这是一个结束，也是一个开始。

账簿都已一本一本挂在账桌旁边“钜万”斗子后头一溜钉子上，按照多少年来的老次序。算盘收在柜台抽屉里，手那么抓起来一振，梁上的珠子，梁下的珠子，都归到两边去，算盘珠上没有一个数字，每一个珠子只是一个珠子。该盖上的盖了，该关好的关好。（鸟都栖定了，雁落在沙洲上。）只有一个学徒的在“真不二价”底下拣一堆货，算是做着事情。但那也是晚上才做的事情。而且他的鼻涕分明已经吸得大有一种自得其乐的意趣，与白天挨骂时吸得全然两样。其余的人或捧了个茶杯，茶色的茶带烟火气；或托了个水烟袋，钱板子反过来才搓了的两根新媒子；坐着靠着，踱那么两步，搓一搓手，都透着一种安徐自在。一句话，把自己还给自己了。白天他们属于这个店，现在这个店里有这么几个人。

每天必到的两个客人早已来了，他们把他们的一切都带了来，他们的声音笑貌，委屈嘲讪，他们的胃气疼和老刀牌香烟都带来了。像小孩子玩“做人家”，各携瓜皮菜叶来入了股。一来，马上就合为一体，一齐度过这个“晚上”，像上了一条船。他们已经聊了半天，换了几次题目。他们唏嘘感叹，啧啧慕响，讥刺的鼻音里有酸味，鄙夷时撇撇嘴，混合一种猥亵的刺激，舒放的快感，他们哗然大笑。这个小店堂里洋溢感情，如风如水，如店中货物气味。

而大家心里空了一块。真是虚应以待，等着，等王二来，这才齐全。王二一来，这个晚上，这个八点到十点就什么都不缺了。

今天的等待更是清楚，热切。

王二呢，王二这就来了。

王二在这个店前廊下摆一个摊子，一个什么摊子，这就难一句话说了。实在，那已经不能叫摊子，应当算得一个小店。摊子是习惯说法。王二他有那么一套架子，板子；每天支上架子，搁上板子：板子上一排平放着的七八个玻璃盒子，一排直立着的玻璃盒子，也七八个；再有许多大大小小搪瓷盆子，钵子。玻璃盒子里是瓜子，花生米，葵花籽儿，盐豌豆，……洋烛，火柴，茶叶，八卦丹，万金油，各牌香烟，……盆子钵子里是卤肚，蒸鱼，香肠，盐虾，牛腱，猪头肉，口条，咸鸭蛋，酱豆瓣儿，盐水百叶结，回卤豆腐干。……一交冬，一个朱红蜡笺底洒金字小长方镜框子挂出来了，“正月初一日起新增美味羊羔五香兔腿”。先生，你说这该叫个什么名堂？这一带人呢，就省事了，只一句“王二的摊子”，谁都明白。话是一句，十数年如一日，意义可逐渐不同起来。

晚饭前后是王二生意最盛时候。冬天，喝酒的人多，王二就更忙了。王二忙得喜欢。随便抄一抄，一张纸包了；（试数一数看，两包相差不作兴在五粒以上，）抓起刀来，（新刀，才用称手，）刷刷刷切了一堆；（薄可透亮，）当的一声拍碎了两根骨头：花椒盐，辣椒酱，来点儿葱花。好，葱花！王二的两只手简直像做着一种熟练的游戏，流转轻巧，可又笔笔送到，不苟且，不油滑，像一个名角儿。五寸盘子七寸盘子，寿字碗，青花碗，没带东西的用荷叶一包，路远的扎一根麻线。王二的钱笼里一阵阵响，像下雹子。钱笼满了时，王二面前的东西也稀疏了，搪瓷盆子这才现出它的白，王二这才看见那两盏高罩子美孚灯，灯上加了一截纸套子。于是王二才想起刚才原就一阵一阵的西北风，到他脖子里是一个冷。一说冷，王二可就觉得他的脚有点麻木了，他掇过一张凳子坐下来，膝碰膝摇他的两条腿。手一不用，就想往袖子里笼，可是不行，一手油！倒也是油才不皴。王二回头，看见儿子扣子。扣子伏在板上记账，弯腰曲背，窝成一团。这孩子！一定又是蒋沈韩杨的韩字弄不对了，多一画少一画在那里一个人商量呢。

里边谈笑声音他听得见，他入神，皱眉，张目结舌，笑。他们说雷打泰山庙旗杆，这事他清楚，他很想插一句，脚下有欲动之势。还是留在凳子上吧！他不愿留下扣子一个人，零碎生意却还有几个的。

到承天寺幽冥钟声音越来越清楚，拉洋车的徐大虎子，一路在人家墙上印过走马灯似的影子，王二把他老婆送来的晚饭打开，父子两个吃起来。照例他们吃晚饭时抽大烟的烤鸭架子挟了个酒瓶来切扇风。放下碗，打更的李三买去羊尿泡。再，大概就不会有人来了。王二又坐了一会，今天早一点吧，趁三碗饭的暖气未消，把摊子收拾了，一件一件放到店堂后头过道里来。

王二东西多，他跟扣子两个人还得搬三四趟。店堂里这几位是每天看熟了，然而他们还是看，看他过来，过去，像姑娘看人家发嫁妆。用手用脚的是这两个人，然而好像大家全来合作似的。自然这其间淡漠热烈程度不同。最后至那块镜框子摘下来，王二从过道里带出一捆白天买好的葱。王二把他的葱放在两脚之间而坐下了。坐在那张空着的椅子上。

“二老板！生意好？”

“托福托福，什么话，‘二老板！’不要开玩笑好不好！”

王二这一坐下，大家重新换了一回烟茶：王二一坐下，表示全城再没有什么活动了。灯火照在人家桶子纸上，河边园上乌青菜叶子已抹了薄霜。阻风的船到了港，旅馆子茶房送完了洗脚汤。知道所有人都已得到舒休，这叫自己的轻松就更完全。

谈话承前启后地接下来。

这里并未“多”这么一个王二。无庸为王二而把一套话收起来，或特为搬出一套。而且王二来，说话的人高兴，高兴多了一个人听。不止多了一个人听，是来了个听话的人。王二从不打断别人的话，跟人抬杠，抢别人的话说。他简直没有什么话，听别人的。王二总像知道得那么少，虚怀若谷地听，听得津津有味，“唉”，“噢”，诚诚恳恳的惊奇动色，像个小孩子。最多，比方说像雷打泰山庙旗杆，他知道，他也让你说，末了他补充发挥几句，而已。王二他大概不知道谦虚这两个字到底该怎样讲，可是他就谦虚得到了家了。

这里的人，自然不会有什么优越感。王二呢，他自己要自己懂得分寸。这里几位，都是店里的“先生”，两个客人，一个在外地做过师爷，看过琼花观的琼花；一个教蒙馆，他儿子扣子都曾经是他学生。王二知道自己绝写不出一封“某某仁翁台电”的信，用他自己的话说，“不敢乱来”。

叫一声“二老板”的，当然有一种调侃的意思在。不过这实在全非恶意，叫这么一声真是欢欢喜喜的。为王二欢喜，简直连嫉妒的意思都没有。那个学徒的这时把货拣完了，一齐捞到一张大匾子里。他看过《老申报》，晓得一个新名词，他心里念“王二是个‘幸运儿’”。他笑，笑王二是个幸运儿，笑他自己知道这三个字。

王二真的是不敢当。他红了若干次脸才能不红。（他是为“二老板”而红脸。）

王二随时像做官的见上司一样，不落落实实地坐，虽然还不至于“斜签着”。即是跟他儿子，他老婆在一处，甚至一个人，他也从不往椅子背上一靠，两条腿伸得挺挺的。他的胳臂总是贴着他的肋骨。他说话时也兴奋，激动，鼓舞，但动跳的是他的肌肉，他的心，他不指手画脚，不为加重语气而来一个响榧子。他吃饭，尽管什么事都没有，也是赶活儿一样急急吃了。喝茶，到后头大锡壶里倒得一杯，咕噜噜灌下去，不会一口一口地呷，更不会一边呷，一边把茶杯口在牙齿上轻轻地叩。就说那捆葱，他不会到临走时再去拿吗？可他不，随手就带了来。王二从不缺薄，谢三秀才就是谢三秀才，不是什么“黑漆皮灯笼谢三秀才”。他也叫烤鸭架子为烤鸭架子，那是因为烤鸭架子姓名久经湮没，王二无法觅访也。

“王二的摊子”虽然已经像一个小店了，还是“王二的摊子”。

今天实在是王二的摊子最后一天了。明天起世界上就没有王二的摊子。

王二赁定了隔壁旱烟店半间门面。旱烟店虽还开着门，这两年来实在生意清淡，本钱又少，只能养两个刨烟师傅一个站柜的火食，王二来了，自然欢迎。老板且想到不出一年，自己要收生意，一齐顶给王二。王二的哥哥王大是个挑箩的，也对付着能做一点木匠活。（王大王二原不住在一起，这以后，王二叫他搬到他家里来住。）已经叮叮咚咚地弄了两天，一个小柜台即将完成。王二又买了十几个带盖子的洋油铁箱，一口玻璃橱子，一张小桌子，扣子可以记记账。准备准备，三天之后即可搬了过去。

能不搬，王二绝不搬。王二在这个檐下吹过十几个冬天的西北风，他没有想到要舒服舒服。这么一丈来长，四尺宽的地方他爱得很。十几年来他在一定时候，依一定步骤在这里支开架子，搁上板子，哪里地上一个坑，该垫一个砖片，哪里一根椽子特别粗，他熟得很。春天燕子在对面电话线上唧唧呱呱，夏天瓦沟里长瓦松，蜘蛛结网，壁虎吃苍蝇，他记得清清楚楚。晚上听里边说话已成了个习惯。要他离开这里简直是从画儿上剪下一朵花来。而且就这个十几年里头，他娶了老婆生了扣子，扣子还有个妹妹。他这些盒子盆子一年一年多起来，满起来。可是就因为多起来满起来，他要搬家了。这么点地方实在挤得很。这些东西每天搬进搬出，在人家那儿堆了一大堆也过意不去。风沙大，雨大，下雪的时候，化雪的时候，就别提多不方便了。还有，他不愿意他的扣子像他一样在这个檐下坐一辈子。扣子也不小了。

你不难明白王二听到“二老板”时心里一些综错感情。

于是王二搬家了。王二这就不再在店前摆摊子了。

虽然只隔一层墙，究竟是个分别。王二没事时当然会来坐坐，晚上尤其情不自禁地要溜过来的，但彼此将终不免有一分冷清。王二现在来，是来辞行了。他们没有想到这四个字：依依不舍，但说出来就无法否认，虽然只一点点，一点点，埋在他们心里。人情，是不可免的。只缺少一个倾吐罢了。然而一定要倾吐么？

王二呢，他是说来谈谈的。“谈谈”的意思是商量一点事情，什么事情王二都肯听听别人意见。今天更有须要向人请教的。他过三天，大小开了一爿店。是店得有个字号。这事前些日子大家早就提到过。

“二老板！黑漆招牌金漆字，如意头子上扎红彩。写魏碑的有崔老夫子，王二太爷石门颂。四个吹鼓手，两根杠子，嗨唷嗨唷，南门抬到北门！从此青云直上，恭喜恭喜！”

王二又是“托福托福，莫开玩笑”。自然心里也有些东西闪闪烁烁翻动。招牌他不想做，但他少不了有些往来账务，收条发单，上头得有个图章。他已经到市场逛了逛，买了两本蓝油夏布面子的新账本，一个青花方瓷印色盒子。他一想到扣子把一方万胜边枣木戳子沾上印色，呵两口气，盖在一张粉连子纸上，他的心扑通扑通直跳，他一直想问问他们可给他斟酌定了，不好意思。现在，他正在盘算着怎么出口。他嘀咕着：“明天，后天，大后天，哎呀！——”他着急要来不及了。刻图章的陈老三认识，赶是可以赶的，总不能弄到最后一天去。他心里有事了，别人说什么事，那么起劲，他没听到。他脸上发热，耳朵都红了。

教蒙馆的陆先生叫了一声：“王老二！”

“唳，什么事陆先生？”

“你的那个字号啊，——”

“唉。”

“我们大家推敲过了。”

“承情承情！”

“乾啦，泰啦，丰啦，隆啦，昌啦，……都不大合适，这个，这个，你那个店不大，怕不大称。（王二正想到这个。）你么，叫王义成，你儿子叫王坤和，你不是想日后把店传给儿子吗，我们觉得还是从你们两个名字当中各取一个字，就叫王义和好了。你这个生意路宽，不限什么都可以做，也不必底下再赘什么字，就叫‘王义和号’好了。如何，你以为？”

王二一句一句地听进去，他听王少堂说“武十回”打虎杀嫂也没这么经心，他一辈子没听过这么好听的声音，陆先生点火吃烟，他连忙说：“好极了，好极了。”

陆先生还有话：“图章呢，已经给你刻好了，在卢先生那儿。”

王二嘴里一声“啊——”他说不出话来。这他实在没有想到！王二如果还能哭，这时他一定哭。别人呢，这时也都应当唱起来。他们究竟是那么样的人，感情表达在他们的声音里，话说得快些，高些，活泼些。他们忘记了时间，用他们一生之中少有的狂兴往下谈。扣子已经把一盏马灯点好，靠在屏门上等了半天，又撑开罩子吹熄了。

自然先谈了许多往事。这里有几个老辈子，事情记得真清楚。王二父亲什么时候死的，那时候他怎么瘦得像个猴子，到粥厂拾个樥（小水桶）打粥去。怎么那年跌了一跤，额角至今有个疤，怎么挎了个篮子卖花生，卖梨，卖柿饼子，卖荸荠；怎么开始摆熏烧摊子；……王二痛定思痛，简直伤心，伤心又快乐，总结起来心里满是感激。他手里一方木戳子不歇地掂来掂去。

“一切是命。八个字注得定定的。抬头朱洪武，低头沈万山，勾一勾是个穷范单。除了命，是相。耸肩成山字，可以麒麟阁上画图。朱洪武生来一副五岳朝天的脸！汉高祖屁股上有七十二颗黑痣，少一颗坐不了金銮宝殿！一个人多少有点异象，才能发。”

于是谈了古往今来，远山近水的穷达故事。

最后自然推求王二如何能有今天了。

王二这回很勇敢，用一种非常严肃的声音，声音几乎有点抖，说：

“我呀，我有一个好处：大小解分清。大便时不小便。喏，上茅房时，不是大便小便一齐来。”

他是坐着说的，但听声音是笔直地站着。

大家肃然。随后是一片低低的感叹。

这时门外一声：

“爹！你怎么还不回去？”

来的是王二女儿，瘦瘦小小，像她爹，她手里一盏灯笼，女儿后面是他哥哥王大，王大又高又大，一脸络腮胡子，瞪着两眼。

那架老钟抖抖擞擞地一声一声地敲，那个生锈的钢簧一圈一圈振动，仿佛声音也是一个圈一个圈扩散开来，像投石于水，颤颤巍巍。数。铛，——铛，——铛，——铛，……一共十下。

王二起来。

“来了来了。这么冷的天，谁叫你来的！”

“妈！”

忽然哄堂大笑。

“少陪少陪。”

王二走了一步，又站着：

“大后儿，在对面聚兴楼，给个脸，一定到，早到，没有什么菜，喝一杯，意思意思，那天一早晨我来邀。

“少陪你老。少陪，卢先生。少陪，陆先生，……

“扣子！把妹妹手上灯笼接过来！马灯不用点了，我拿着。”

大家目送王二一家出门。

街上这时已断行人，家家店门都已上了。门缝里有的尚有一线光透出来。王二一家稍为参差一点地并排而行。王大在旁，过来是扣子，王二护定他女儿走在另一边。灯笼的光圈幌，幌，幌过去。更锣声音远远的在一段高高的地方敲，狗吠如豹，霜已经很重了。

“聋子放炮仗，我们也散了。”师爷与学究联袂出去，这家店门也合起来。

学徒的上茅房。

十二月三日写成。上海

邂　逅

船开了一会，大家坐定下来。理理包箧，接起刚才中断的思绪，回味正在进行中的事务已过的一段的若干细节，想一想下一步骤可能发生的情形；没有目的地擒纵一些飘忽意象；漫然看着窗外江水；接过茶房递上来的手巾擦脸；掀开壶盖让茶房沏茶；口袋里摸出一张什么字条，看一看，又搁了回去；抽烟；打盹；看报；尝味着透入脏腑的机器的浑沉的震颤，——震得身体里的水起了波纹。一小圈，一小圈；暗数着身下靠背椅的一根一根木条；什么也不干，听而不闻，视而不见，近乎是虚设的“在”那里；观察，感觉，思索着这些，……各种生活式样摆设在船舱座椅上，展放出来；若真实，又若空幻，各自为政，没有章法，然而为一种什么东西范围概括起来，赋之以相同的一点颜色。——那也许是“生活”本身。在现在，即使“过江”，大家同在一条“船”上。

在分割了的空间之中，在相忘于江湖的漠然之中，他被发现了，像从一棵树下过，忽然而发现了这里有一棵树。他是什么时候进来的呢？他一定是刚刚进来。虽没有人注视着舱门如何进来了一个人，然而全舱都已经意识到他，在他由动之静，迈步之间有停止之意而终于果然站立下来的时候，他的进来完全成为了一个事实。像接到了一个通知似的，你向他看。

你觉得若有所见了。

活在世上，你好像随时都在期待着，期待着有什么可以看一看的事。有时你疲疲困困，你的心休息，你的生命匍匐着像一条假寐的狗，而一到有什么事情来了，你醒豁过来，白日里闪来了清晨。

常常也是一涉即过，清新的后面是沉滞，像一缕风。

他停立在两个舱门之间的过道当中，正好是大家都放弃而又为大家所共有的一个自由地带。——他为什么不坐，有的是空座位。——他不准备坐，没有坐的意思，他没有从这边到那边看一看，他不是在挑选哪一张椅子比较舒服。他好像有所等待的样子。——动人的是他的等待么？

他脉脉地站在那里。在等待中总是有一种孤危无助的神情的，然而他不放纵自己的情绪，不强迫人怜恤注意他。他意态悠远，肤体清和，目色沉静，不纷乱，没有一点焦躁不安，没有忍耐。——你疑心他也许并不等待着什么，只是他的神情总像在等待着什么似的而已。

他整洁，漂亮，颀长，而且非常地文雅，身体的态度，可欣可感，都好极了。难得的，遇到这样一个人。

唔，——他是个瞎子，——他来卖唱，——他是等着这个女孩子进来，那是他女儿，他等待着茶房沏了茶打了手巾出去，（茶房从他面前经过时他略为往后退了退，让他过去，）等着人定，等着一个适当的机会开口。

她本来在哪里的？是等在舱门外头？她也进来得正是时候，像她父亲一样，没有人说得出她怎么进来的，而她已经在那里了，毫不突兀，那么自然，那么恰到好处，刚刚在点儿上。他们永远找得到那个千载一时的成熟的机缘，一点不费力。他已经又在许多纷纭褶曲的心绪的空隙间插进他的声音，不知道什么时候，说了一句简单的开场白，唱下去了。没有跳踉呼喝，振足拍手，没有给任何旅客一点惊动，一点刺激，仿佛一切都预先安排，这支曲子本然地已经伏在那里，应当有的，而且简直不可或缺，不是改变，是完成；不是反，是正；不是二，是一。……

一切有点出乎意外。

我高兴我已经十年不经过这一带，十年没有坐这种过江的渡轮了，我才不认识他。如果我已经知道他，情形会不会不同？一切令我欣慰的印象会不会存在？——也不，总有个第一次的。在我设想他是一种什么人的时候我没有想出，没有想到他是卖唱的。他的职业特征并不明显，不是一眼可见，也许我全心倾注在他的另一种气质，而这种气质不是，或不全是生成于他的职业，我还没有兴趣也没有时间来判断，甚至设想他是何以为生的。如果我起初就发现——为什么刚才没有，一直到他举出来轻轻拍击的时候我才发现他手里有一副檀板呢？

从前这一带轮船上两个卖唱的，一个鸦片鬼，瘦极了，嗓子哑得简直发不出声音，咤咤的如敲破竹子；一个女人，又黑又肥，满脸麻子。——他样子不像是卖唱的？其实要说，也像，——卖唱的样子是一个什么样子呢？——他不满身是那种气味。腐烂了的果子气味才更强烈，他还完完整整，好好的。他样子真是好极了。这是他女儿，没有问题。

他唱的什么？

有一回，那年冬天特别冷，雪下得大极了，河封住了，船没法子开，我因事须赶回家去，只有起早走，过湖，湖都冻得实实的，船没法子过去，冰面上倒能走。大风中结了几个伴在茫茫一片冰上走，心里感动极了，抽一支烟划一支洋火好费事！一个人划洋火成了全队人的事情。……（我掏了一支烟抽，）远远看见那只轮船冻在湖边，一点活意都没有，被遗弃在那儿，红的，黑的，都是可怜的颜色。我们坐过它很多次，天不这么冷，现在我们就要坐它的。忽然想起那两个卖唱的。他们在哪里了呢，雪下了这么多天了。沿河堤有许多小客栈，本来没有什么人知道的，你想不到有那么多，都有了生意了，近年下，起早走路的客人多，都有事。他们大概可以一站一站地赶，十多里，二三十里，赶到小客栈里给客人解闷去。他们多半会这么着的。封了河不是第一次，路真不好走。一个人走起来更苦，他们其实可以结成伴。——哈，他们可以结婚！

这我想过不止一次了，颇有为他们做媒之意。“结婚”，哈！但是他们一起过日子很不错，同是天涯沦落人，彼此有个照应。可是怪，同在一路，同在一条船上卖唱，他们好像并没有同类意识，见了面没有看他们招呼过，谈话中也未见彼此提起过，简直不认识似的。不会，认识是当然认识的。利害相妨，同行妒忌，未必吧，他们之间没有竞争。

男的鸦片抽成了精，没有几年好活了，但是他机灵，活络得多，也皮赖，一定得的钱较多。女的可以送他葬，到时候有个人哭他，买一陌纸钱烧给他。——你是不是想男的可以戒烟，戒了烟身体好起来，不喝酒，不赌钱，做两件新蓝布大褂，成个家，立个业，好好过日子，同偕到老？小孩子！小孩子！——不，就是在一个土地庙神龛鬼脚下安身也行，总有一点温暖的。——说不定他们还会生个孩子。

现在，他们一定结伴而行了，在大风雪中挨着冻饿，挨着鸦片烟，十里二十里地往前赶一家一家的小客栈了。小客栈里咸菜辣椒煮小鲫鱼一盘一盘的冒着热气，冒着香，锅里一锅白米饭。——今天米价是多少？一百八？

下来一半（路程）了吧？天气好，风平浪静。

他们不会结婚，从来没有想到这个上头去过。这个鸦片鬼不需要女人，这个女人没有人要。别看这个鸦片鬼，他要也才不要这个女人！他骨干肢体毁蚀了，走了样，可是本来还不错的，还起原来很有股子潇洒劲儿。那样的身段是能欣赏女人的身段，懂得风情的身段。这个女人没有女人味儿！鸦片鬼老是一段《活捉张三郎》，挤眉瞪眼，伸头缩脖子，夸张，恶俗，猥亵，下流极了。没法子。他要抽鸦片。可是要是没法子不听还是宁可听他吧。他聪明，他用两支竹筷丁丁当当敲一个青花五寸盘子，敲得可是神极了，溅跳洒泼，快慢自如，有声有势，活的一样。他很有点才气，适于干这一行的，他懂。那个黑麻子女人拖把胡琴唱“你把那，冤枉事勒欧欧欧欧欧欧……”实在不敢领教。或者，更坏，不知哪里学来的一段《黑风帕》。这个该死的蠢女人！

他们禀赋各异，玩意儿不同，凑不到一起去。

真不大像是——这女孩子配不上她父亲，——还不错，不算难看，气派好，庄静稳重，不轻浮，现在她接她父亲的口唱了。

有熟人懂得各种曲子的要问问他，他们唱的这种叫什么调子。这其实应当说是一种戏文，用的是代言体，上台彩扮大概不成吧，声调过于逶迤曼长了。虽是两人递接着唱，但并非对口，唱了半天，仍是一个人口吻。全是抒情，没有情节。事实自《红楼梦》敷衍而出。黛玉委委屈屈向宝玉倾诉心事。每一段末尾长呼“我的宝哥哥儿来”。可是唱得含蓄低宛，居然并不觉得刺耳，颇有人细细地听，凝着神，安安静静，脸上恻恻的，身体各部松弛解放下来，气息深深，偶然舒一舒胸，长长透一口气，纸烟灰烧出一长段，跌落在衣襟上。碎了，这才霍然如梦如醒。有人低语：

“他的眼睛——”

“瞎子，雀盲。”

“哦——”

进门站下来的时候就觉得，他的眼睛有点特别，空空落落，不大有光彩，不流动。可是他女儿没有进来之先他向舱门外望了一眼，他一仰头，样子不像瞎眼的人。瞎眼人脸上都有一种焦急愤恨。眼角嘴角大都要变形的，雀盲尤其自卑，扭扭捏捏，藏藏躲躲，他没有，他脸上恬静平和极了。他应当是生下来就双眼不通，不会是半途上瞎的。

女孩子唱的还不如她父亲。——听是还可以听。

这段曲子本来跟多数民间流行曲子一样，除了感伤，剩下就没有什么东西了，可是他唱得感伤也感伤，一点都不厉害。唱得深极了，远极了，素雅极了，醇极了，细运轻输，不枝不蔓，舒服极了。他唱的时候没有一处摇摆动晃，脸上都不大变样子，只有眉眼间略略有点凄愁。像是在深深思念之中，不像在唱。——啊不，是在唱，他全身都在低唱，没有哪一处是散涣叛离的，他唱得真低，然而不枯，不弱，声声匀调，字字透达，听得清楚分明极了，每一句，轻轻地拍一板，一段，连拍三四下。女儿所唱，格韵虽较一般为高，但是听起来薄，松，含糊，懒懒的，她是受她父亲的影响，模仿父亲而没有其精华神髓，她尽量压减洗涤她的嗓音里的野性和俗气，可是她的生命不能与那个形式蕴合，她年纪究竟轻，而且性格不够。她不能沉湎，她心不专，她唱，她自己不听。她没有想跳出这个生活，她是个老实孩子。老实孩子，但不是没有一些片片段段的事实足以叫她分心，叫她不能全神贯注，入乎其中。

她有十七八岁了吧？有啰，可能还要大一点，样子还不难看。脸宽宽的，鼻子有一点塌，眼睛分得很开。搽了一点脂粉，胭脂颜色不好，桃红的。头发修得很齐，梳得光光的，稍为平板了一点，前面一个发卷于是显得像个筒子，跟后面头发有点不能相连属，腰身粗粗的，眼前还不要紧，千万不能再胖。站着能够稳稳的，腿分得不太开，脚不乱动，上身不扭，然而不僵，就算难得的了。她的态度救了她的相貌不少。她神色间有点疲倦，一种心理的疲倦。——她有了人家没有？一件黑底小红碎花布棉袍，青鞋，线袜，干干净净。——又是父亲了，他们轮着来。她唱得比较少，大概是父亲唱两段，女儿唱一段。

天气真好，简直没有什么风。船行得稳极了。

谁把茶壶跟茶杯挨近着放，船震，轻轻地磣出瓷的声音，细细的，像个金铃子叫。——哎呀，叫得有点烦人！心里不舒服，觉得恶心。——好了，平息了，心上一点霉斑。——让它叫去吧，不去管它。

是不是这么分的，一个两段，一个一段？这么分法有什么理由？要是倒过来，——现在这么听着挺合适，要是女儿唱两段父亲唱一段呢。这个布局想象得出么？两种花色编结起来的连续花边，两朵蓝的，间有一朵绿的，（紫的，黄的，银红的，杂色的，）如果改成两朵绿的一朵蓝的呢？……什么蓝的绿的，不像！干什么用比喻呢，比喻不伦！——有没有女儿两段父亲一段的时候？——分开了唱四段比连着唱三段省力，——两个人比一个人唱好，有变化，不单调，起来复舒卷感，像花边，——比喻是个陷阱，还是摔不开！——接口接得真好，一点不露痕迹，没有夺占，没有缝隙，水流云驻，叶落花开，相契莫逆，自自在在，当他末一声的有余将尽，她的第一字恰恰出口，不颔首，不送目，不轻轻咳嗽，看不出一点点暗示和预备的动作。

他们并排站着，稍有一段距离。他们是父女，是师徒，也还是同伴。她唱得比较少，可是并不就是附属陪衬。她并不多余，在她唱的时候她也是独当一面，她有她的机会，他并不完全笼罩了她，他们之间有的是平等，合作时不可少的平等。这种平等不是力求，故不露暴，于是更圆满了。——真的平等不包含争取。父亲唱的时候女儿闲着，她手里没有一样东西，可是她能那么安详！她垂手直身，大方窈窕，有时稍稍回首，看她父亲一眼，看他的侧面，他的手。——她脚下不动。

他自己唱的时候他拍板，女儿唱的时候他为女儿拍板，他从头没有离开过曲子一步。他为女儿拍板时也跟为自己拍板时一样，好像他女儿唱的时候有两起声音，一起直接散出去，一起流过他，再出去。不，这两条路亦分亦合，还有一条路，不管是他和她所发的声音都似乎不是从这里，不是由这两个人，不是在我们眼前这个方寸之地传来的，不复是一个现实，这两个声音本身已经连成一个单位。——不是连成，本是一体，如藕于花，如花于镜，无所凭借，亦无落着，在虚空中，在天地水土之间。……

女孩子眼睛里看见什么了？一个客人袖子带翻了一只茶杯，残茶流出来，渐成一线，伸过去，伸过去，快要到那个纸包了，——纸包里是什么东西？——嘻，好了，桌子有一条缝，茶透到缝里去了——还没有，——还没有——滴下来了！这种茶杯底子太小，不稳，轻轻一偏就倒了。她一边看，一边唱，唱完了，还在看，不知是不是觉得有人看出了，有点不好意思，微低了头。面色肃然。——有人悄悄地把放在桌上的香烟火柴放回口袋里，快到了吧？对岸山浅浅的一抹。他唱完了这一段大概还有一段，由他开头，也由他收尾。

完了，可是这次好像只有一段？女儿走下来收钱，他还是等在那儿。他收起檀板，敛手垂袖而立，温文恭谨，含情脉脉，跟进来时候一样。

他样子真好极了，人高高的，各部分都称配，均衡，可是并不伟岸，周身一种说不出来的优雅高贵。稍稍有点衰弱，还好，还看不出有病苦的痕迹。总有五十岁左右了。……今天是……

十三，过了年才这么几天，风吹着已经似乎不同了。——他是理了发过的年吧，发根长短正合适。梳得妥妥帖帖，大大方方。头发还看不出白的。——他不能自己修脸吧？也还好，并不惨厉，而且稍为有点阴翳，于他正相宜，这是他的本来面目，太光滑了就不大像他了。他脸上轮廓清晰而固定，不易为光暗影响改变。手指白白皙皙，指甲修得齐齐的。——干净极了！一眼看去就觉得他的干净。可是干净得近人情，干净得叫人舒服，不萧索，不干燥，不冷，不那么兢兢翼翼，时刻提防，觉得到处都脏，碰不得似的。一件灰色棉袍，剪裁得合身极了。布的。——看上去料子像很好？——是布的，不单是袍子，里面衬的每一件衣裤也一定都舒舒齐齐，不破，不脏，没有气味，不窝囊着，不扯起来，口袋纽子都不残缺，一件套着一件，一层投着一层，袖口一样长短，领了差不多高低，边对边，缝对缝。……还很新，是去年冬天做的。——袍子似乎太厚了一点，有点臃肿，减少了他的挺拔。——不，你看他的腮，他真该穿得暖些啊。他的胸，他的背，他的腰肋，都暖洋洋的，他全身正在领受着一重丰厚的暖意，——一脉近于叹息的柔情在他的脸上。

她顺着次序走过一个一个旅客，不说一句话，伸出她的手，坦率，无邪，不局促，不忸怩，不争多较少，不泼辣，不纠缠，规规矩矩老老实实。——这女孩子实在不怎样好看。她鼻子底下有颗痣。都给的。——有一两个，她没有走近，看样子他也许没有，然而她态度中并无轻蔑之意，不让人不安，有的脸背着，或低头扣好皮箱的锁，她轻轻在袖子上拉一拉。——真怪，这样一个动作中居然都包含一点卖弄风情，没有一点冒昧。被拉的并不嗔怪，不声不响，掏出钱来给她。——有人看着他，他脸一红，想分辩，我不是——是的，你忙着有事，不是规避，谁说你小气的呢，瞧瞧你这样的人，像么，——于是两人脸上似笑非笑了一下，眼光各向一个方向挪去。——这两个人说不定有机会认识，他们老早谈过话了。——在澡堂里，饭馆里，街上，隔若干日子，碰着了，他们有招呼之意，可是匆匆错过了，回来，也许他们会想，这个人好面熟，哪里见过的？——大概想不出究竟是哪里见过的了吧？——人应当记日记。——给的钱上下都差不多，这也好像有个行情，有个适当得体的数目，切合自己生活，也不触犯整个社会。这玩意儿真不易，够学的！过到老，学不了，学的就是这种东西？这是老练，是人生经验，是贾宝玉反对的学问文章。我的老天爷！——这一位，没有零的，掏出来一张两万关金券，一时张皇极了，没有主意，连忙往她手里一搁，心直跳，转过身来伏在船窗上看江水，他简直像大街上摔了一大跤。——哎，别价，没有关系。——差不多全给的，然而送给舱里任何一位一定没有人要。一点不是一个可羡慕的数目。——上海正发行房屋奖券，这里头一定有人买的，就快开奖了，你见过设计图样么？——从前用铜子，卖唱的多用一个小藤册子接钱，投进去磬磬地响。

都收了，她回去，走近她父亲，——她第一次靠着她父亲，伸一个手给他，拉着他，她在前，他在后，一步一步走出去了。他是个瞎子。——我这才真正地觉得他瞎。看到他眼睛看不见，十分地动了心。他的一切声容动静都归纳摄收在这最后的一瞥，造成一个印象，完足，简赅，具体。他走了，可是印象留下来。——他们是父女，无条件的，永远的，没有一丝缝隙的亲骨肉。不，她简直是他的母亲啊！他们走了。……

“他们一天能得多少钱？”

“也不多——轮渡一天来回才开几趟。夏天好，夏天晚上还有人叫到家里唱。”

“那他们穿的？”

“嗳——”

船平平稳稳地行进，太阳光照在船上，船在柔软的江水上。机器的震动均匀而有力，充满健康，充满自信。舱壁上几道水影的反光晃荡。船上安静极了，有秩序极了。——忽然乱起来，像一个灾难，一个麻袋挣裂了，滚出各种果实。一个脚夫像天神似的跳到舱里。——到了，下午两点钟。

昙花、鹤和鬼火

邻居夏老人送给李小龙一盆昙花。昙花在这一带是很少见的。夏老人很会养花，什么花都有。李小龙很小就听说过“昙花一现”。夏老人指给他看：这就是昙花。李小龙欢欢喜喜地把花抱回来了。他的心欢喜得咚咚地跳。

李小龙给它浇水，松土。白天搬到屋外。晚上搬进屋里，放在床前的高茶几上。早上睁开眼第一件事便是看看他的昙花。放学回来，连书包都不放，先去看看昙花。

昙花长得很好，长出了好几片新叶，嫩绿嫩绿的。

李小龙盼着昙花开。

昙花茁了骨朵儿了！

李小龙上课不安心，他总是怕昙花在他不在身边的时候开了。他听说昙花开无定时，说开就开了。

晚上，他睡得很晚，守着昙花。他听说昙花常常是夜晚开。

昙花就要开了。

昙花还没有开。

一天夜里，李小龙在梦里闻到一股醉人的香味。他忽然惊醒了：昙花开了！

李小龙一骨碌坐了起来，划根火柴，点亮了煤油灯：昙花真的开了！

李小龙好像在做梦。

昙花真美呀！雪白雪白的。白得像玉，像天上的云。花心淡黄，淡得像没有颜色，淡得真雅。她像一个睡醒的美人，正在舒展着她的肢体，一面呼出醉人的香气。啊呀，真香呀！香死了！

李小龙两手托着下巴，目不转睛地看着昙花。看了很久，很久。

他困了。他想就这样看它一夜，但是他困了。吹熄了灯，他睡了。一睡就睡着了。

睡着之后，他做了一个梦，梦见昙花开了。

于是李小龙有了两盆昙花。一盆在他的床前，一盆在他的梦里。

李小龙已经是中学生了。过了一个暑假，上初二了。

初中在东门里，原是一个道士观，叫赞化宫。李小龙的家在北门外东街。从李小龙家到中学可以走两条路。一条进北门走城里，一条走城外。李小龙上学的时候都是走城外，因为近得多。放学有时走城外，有时走城里。走城里是为了看热闹或是买纸笔，买糖果零食吃。

从李小龙家的巷子出来，是越塘。越塘边经常停着一些粪船。那是乡下人上城来买粪的。李小龙小时候刚学会折纸手工时，常折的便是“粪船”。其实这只纸船是空的，装什么都可以。小孩子因为常常看见这样的船装粪，就名之曰粪船了。

沿越塘的坡岸走上来，右手有几家种菜的。左边便是菜地。李小龙看见种菜的种青菜，种萝卜。看他们浇粪，浇水。种菜的用一个长把的水舀子舀满了水，手臂一挥舞，水就像扇面一样均匀地洒开了。青菜一天一个样，一天一天长高了，全都直直地立着，都很精神，很水灵。萝卜原来像菜，后来露出红红的“背儿”，就像萝卜了。他看见扁豆开花，扁豆结角了。看见芝麻。芝麻可不好看，直不老挺，四方四棱的秆子，结了好些带小毛刺的蒴果。蒴果里就是芝麻粒了。“你就是芝麻呀！”李小龙过去没有见过芝麻。他觉得芝麻能榨油，给人吃，这非常神奇。

过了菜地，有一条不很宽的石头路。铺路的石头不整齐，大大小小，而且都是光滑的，圆乎乎的，不好走。人不好走，牛更不好走。李小龙常常看见一头牛的一只前腿或后腿的蹄子在圆石头上“霍——哒”一声滑了一下，——然而他没有看见牛滑得摔倒过。牛好像特别爱在这条路上拉屎。路上随时可以看见几堆牛屎。

石头路两侧各有两座牌坊，都是青石的。大小、模样都差不多。李小龙知道，这是贞节牌坊。谁也不知道这是谁家的，是为哪一个守节的寡妇立的。那么，这不是白立了么？牌坊上有很多麻雀做窝。麻雀一天到晚叽叽喳喳地叫，好像是牌坊自己叽叽喳喳叫着似的。牌坊当然不会叫，石头是没有声音的。

石头路的东边是农田，西边是一片很大的苇荡子。苇荡子的尽头是一片乌猛猛的杂树林子。林子后面是善因寺。从石头路往善因寺有一条小路，很少人走。李小龙有一次一个人走了一截，觉得怪瘆得慌。

春天，苇荡子里有很多蝌蚪，忙忙碌碌地甩着小尾巴。很快，就变成了小蛤蟆。小蛤蟆每天早上横过石头路乱蹦。你们干吗乱蹦，不好老实待着吗？小蛤蟆很快就成了大蛤蟆，咕呱乱叫！

走完石头路，是傅公桥。从东门流过来的护城河往北，从北城流过来的护城河往东，在这里汇合，流入澄子河。傅公桥正跨在汇流的河上。这是一座洋松木桥。两根桥梁，上面横铺着立着的洋松木的扁方子，用巨大的铁螺丝固定在桥梁上。洋松扁方并不密接，每两方之间留着和扁方宽度相等的空隙。从桥上过，可以看见水从下面流。有时一团青草，一片破芦席片顺水漂过来，也看得见它们从桥下悠悠地漂过去。

李小龙从初一读到初二了，来来回回从桥上过，他已经过了多少次了？

为什么叫作傅公桥？傅公是谁？谁也不知道。

过了傅公桥，是一条很宽很平的大路，当地人把它叫作“马路”。走在这样很宽很平的大路上，是很痛快、很舒服的。

马路东，是一大片农田。这是“学田”。这片田因为可以直接从护城河引水灌溉，所以庄稼长得特别的好，每年的收成都是别处的田地比不了的。

李小龙看见过割稻子。看见过种麦子。春天，他爱下了马路，从麦子地里走，一直走到东门口。麦子还没有“起身”的时候，是不怕踩的，越踩越旺。麦子一天一天长高了。他掰下几粒青麦子，搓去外皮，放进嘴里嚼。他一辈子记得青麦子的清香甘美的味道。他看见过割麦子。看见过插秧。插秧是个大喜的日子，好比是娶媳妇，聘闺女。插秧的人总是精精神神的，脾气也特别温和。又忙碌，又从容，凡事有条有理。他们的眼睛里流动着对于粮食和土地的脉脉的深情。一天又一天，哈，稻子长得齐李小龙的腰了。不论是麦子，是稻子，挨着马路的地边的一排长得特别好。总有几丛长得又高又壮，比周围的稻麦高出好些。李小龙想，这大概是由于过路的行人曾经对着它撒过尿。小风吹着丰盛的庄稼的绿叶，沙沙地响，像一首遥远的、温柔的歌。李小龙在歌里轻快地走着……

李小龙有时候挨着庄稼地走，有时挨着河沿走。河对岸是一带黑黑的城墙，城墙垛子一个、一个、一个，整齐地排列着。城墙外面，有一溜荒地，长了好些狗尾巴草、扎蓬、苍耳和风播下来的旅生的芦秫。草丛里一定有很多蝈蝈，蝈蝈把它们的吵闹声音都送到河这边来了。下面，是护城河。随着上游水闸的启闭，河水有时大，有时小；有时急，有时慢。水急的时候，挨着岸边的水会倒流回去，李小龙觉得很奇怪。过路的大人告诉他：这叫"回溜"。水是从运河里流下来的，是浑水，颜色黄黄的。黑黑的城墙，碧绿的田地，白白的马路，黄黄的河水。

去年冬天，有一天，下大雪，李小龙一大早上学去，他发现河水是红颜色的！很红很红，红得像玫瑰花。李小龙想：也许是雪把河变红了。雪那样厚，雪把什么都盖成一片白，于是衬得河水是红的了。也许是河水自己这一天发红了。他捉摸不透。但是他千真万确看见了一条红水河。雪地上还没有人走过，李小龙独自一人，踏着积雪，他的脚踩得积雪咯吱咯吱地响。雪白雪白的原野上流着一条玫瑰红色的河，那样单纯，那样鲜明而奇特，这种景色，李小龙从来没有看见过，以后也没有看见过。

有一天早晨，李小龙看到一只鹤。秋天了，庄稼都收割了，扁豆和芝麻都拔了秧，树叶落了，芦苇都黄了，芦花雪白，人的眼界空阔了。空气非常凉爽。天空淡蓝淡蓝的，淡得像水。李小龙一抬头，看见天上飞着一只东西。鹤！他立刻知道，这是一只鹤。李小龙没有见过真的鹤，他只在画里见过，他自己还画过。不过，这的的确确是一只鹤。真奇怪，怎么会有一只鹤呢？这一带从来没有人家养过一只鹤，更不用说是野鹤了。然而这真是一只鹤呀！鹤沿着北边城墙的上空往东飞去。飞得很高，很慢，雪白的身子，雪白的翅膀，两只长腿伸在后面。李小龙看得很清楚，清楚极了！李小龙看得呆了。鹤是那样美，又叫人觉得很凄凉。

鹤慢慢地飞着，飞过傅公桥的上空，渐渐地飞远了。

李小龙痴立在桥上。

李小龙多少年还忘不了那天的印象，忘不了那种难遇的凄凉的美，那只神秘的孤鹤。

李小龙后来长大了，到了很多地方，看到过很多鹤。

不，这都不是李小龙的那只鹤。

世界上的诗人们，你们能找到李小龙的鹤么？

李小龙放学回家晚了。教图画手工的张先生给了他一个任务，让他刻一副竹子的对联。对联不大，只有三尺高。选一段好毛竹，一剖为二，刳去竹节，用砂纸和竹节草打磨光滑了，这就是一副对子。联文是很平常的：

惜花春起早

爱月夜眠迟

字是请善因寺的和尚石桥写的，写的是石鼓。因为李小龙上初一的时候就在家跟父亲学刻图章，已经刻了一年，张先生知道他懂得一点篆书的笔意，才把这副对子交给他刻。刻起来并不费事，把字的笔画的边廓刻深，再用刀把边线之间的竹皮铲平，见到“二青”就行了。不过竹皮很滑，竹面又是圆的，需要手劲。张先生怕他带来带去，把竹皮上墨书的字蹭模糊了，叫他就在他的画室里刻。张先生的画室在一个小楼上。小楼在学校东北角，是赞化宫的遗物，原来大概是供吕洞宾的，很旧了。楼的三面都是紫竹，——紫竹城里别处极少见，学生习惯就把这座楼叫成“紫竹楼”。李小龙每天下课后，上楼来刻一个字，刻完回家。已经刻了一个多星期了。这天就剩下“眠迟”两个字了，心想一气刻完了得了，明天好填上石绿挂起来看看，就贪刻了一会。偏偏石鼓文体的“迟”字笔画又多，时间不知不觉就过去了。刻完了“迟”字的“走之”，揉揉眼睛，一看：呀，天都黑了！而且听到隐隐的雷声——要下雨了：赶紧走。他背起书包直奔东门。出了东门，听到东门外铁板桥下轰鸣震耳的水声，他有点犹豫了。

东门外是刑场（后来李小龙到过很多地方，发现别处的刑场都在西门外。按中国的传统观念，西方主杀，不知道本县的刑场为什么在东门外）。对着东门不远，有一片空地，空地上现在还有一些浅浅的圆坑，据说当初杀人就是让犯人跪在坑里，由背后向第三个颈椎的接缝处切一刀。现在不兴杀头了，枪毙犯人——当地叫作“铳人”，还是在这里。李小龙的同学有时上着课，听到街上拉长音的凄惨的号声，就知道要铳人了。他们下了课赶去看，有时能看到尸首，有时看到地下一摊血。东门桥是全县唯一的一座铁板桥。桥下有闸。桥南桥北水位落差很大，河水倾跌下来，声音很吓人。当地人把这座桥叫作掉魂桥，说是临刑的犯人到了桥上，听到水声，魂就掉了。

有关于这里的很多鬼故事。流传得最广的是一个：有一个人赶夜路，远远看见一个瓜棚，点着一盏灯。他走过去，想借个火吸一袋烟。里面坐着几个人。他招呼一下，就掏出烟袋来凑在灯火上吸烟，不想怎么吸也吸不着。他很纳闷，用手摸摸灯火，火是凉的！坐着的几个人哈哈大笑。笑完了，一齐用手把脑袋搬了下来。行路人吓得赶紧飞奔。奔了一气，又碰得几个人在星光下坐着聊天，他走近去，说刚才他碰见的事，怎么怎么，他们把头就搬下来了。这几个聊天的人说：“这有什么稀奇，我们都能这样！”……

李小龙犹豫了一下，还是走上铁板桥了。他的脚步踏得桥上的铁板当当地响。

天骤然黑下来了，雨云密结，天阴得很严。下了桥，他就掉在黑暗里了。什么也看不见，只能看到一条灰白的痕迹，是马路；黑乎乎的一片，是稻田。好在这条路他走得很熟，闭着眼也能走到，不会掉到河里去，走吧！他听见河水哗哗地响，流得比平常好像更急。听见稻子的新秀的穗子摆动着，稻粒摩擦着发出细碎的声音。一个什么东西窜过马路！——大概是一只獾子。什么东西落进河水了，——“扑通”！他的脚清楚地感觉到脚下的路。一个圆形的浅坑，这是一个牛蹄印子，干了。谁在这里扔了一块西瓜皮！差点摔了我一跤！天上不时扯一个闪。青色的闪，金色的闪，紫色的闪。闪电照亮一块黑云，黑云翻滚着，绞扭着，像一个暴怒的人正在憋着一腔怒火。闪电照亮一棵小柳树，张牙舞爪，像一个妖怪。

李小龙走着，在黑暗里走着，一个人。他走得很快，比平常要快得多，真是“大步流星”，踏踏踏踏地走着。他听见自己的两只裤脚擦得刹刹地响。

一半沉着，一半害怕。

不太害怕。

刚下掉魂桥，走过刑场旁边时，头皮紧了一下，有点怕，以后就好了。

他甚至觉得有点豪迈。

快要到了。前面就是傅公桥。“行百里者半九十”，今天上国文课时他刚听高先生讲过这句古文。

上了傅公桥，李小龙的脚步放慢了。

这是什么？

他从来没有看见过。

一道一道碧绿的光。在苇荡上。

李小龙知道，这是鬼火。他听说过。

绿光飞来飞去。它们飞舞着，一道一道碧绿的抛物线。绿光飞得很慢，好像在幽幽地哭泣。忽然又飞快了，聚在一起；又散开了，好像又笑了，笑得那样轻。绿光纵横交错，织成了一面疏网：忽然又飞向高处，落下来，像一道放慢了的喷泉。绿光在集会，在交谈。你们谈什么？……

李小龙真想多停一会，这些绿光多美呀！

但是李小龙没有停下来，说实在的，他还是有点紧张的。

但是他也没有跑。他知道他要是一跑，鬼火就会追上来。他在小学上自然课时就听老师讲过，“鬼火”不过是空气里的磷，在大雨将临的时候，磷就活跃起来。见到鬼火，要沉着，不能跑，一跑，把气流带动了，鬼火就会跟着你追。你跑得越快，它追得越紧。虽然明知道这是磷，是一种物质，不是什么“鬼火”，不过一群绿光追着你，还是怕人的。

李小龙用平常的速度轻轻地走着。

到了贞节牌坊跟前倒真的吓了他一跳！一条黑影，迎面向他走来。是个人！这人碰到李小龙，大概也有点紧张，跟小龙擦身而过，头也不回，匆匆地走了。这个人，那么黑的天，你跑到马上要下大雨的田野里去干什么？

到了几户种菜人家的跟前，李小龙的心才真的落了下来。种菜人家的窗缝里漏出了灯光。

李小龙一口气跑到家里。刚进门，“哗——”大雨就下来了。

李小龙搬了一张小板凳，在灯光照不到的廊檐下，对着大雨倾注的空庭，一个人呆呆地想了半天。他要想想今天的印象。

李小龙想：我还是走回来了。我走在半道上没有想退回去，如果退回去，我就输了，输给黑暗，又输给了我自己。

李小龙回想着鬼火，他觉得鬼火很美。

李小龙看见过鬼火了，他又长大了一岁。

辜家豆腐店的女儿

豆腐店是一个“店”，怎么会有个女儿？然而螺蛳坝一带的人背后都是这么叫她。或者称作“辜家的女儿”“豆腐店的女儿”。背后这样地提她，有一种特殊的意味。姓辜的人家很少，这个县里好像就是两三家。

螺蛳坝是“后街”，并没有一个坝，只是一片不小的空场。七月十五，这里做盂兰盆会。八、九月，如果这年年成好，就有人发起，在平桥上用杉篙木板搭起台来唱戏。约的是里下河的草台戏子，京戏、梆子“两下锅”，既唱《白水滩》这样摔“壳子”的武打戏，也唱《阴阳河》这样踩跷的戏。做盂兰盆会、唱大戏，热闹几天，平常这里总是安安静静的。孩子在这里踢毽子，踢铁球，滚钱，抖空竹（本地叫“抖天嗡子”）。有时跑过来一条瘦狗，匆匆忙忙，不知道要赶到哪里去干什么。忽然又停下来，竖起耳朵，好像听见了什么。停了一会，又低了脑袋匆匆忙忙地走了。

螺蛳坝空场的北面有几户人家。有两家是打芦席的。每天看见两个中年的女人破苇子，编席。一顿饭工夫，就织出一大片。芦席是为大德生米厂打的。米厂要用很多芦席。东头一家是个“茶炉子”，即卖开水的，就是上海人所说的“老虎灶”。一个像柜子似的砖砌的炉子，四角有四个很深的铁铸的“汤罐”，满满四罐清水，正中是火眼，烧的是粗糠。粗糠用一个小白铁簸箕倒进火眼，“呼——”火就猛升上来，“汤罐”的水就呱呱地开了。这一带人家用开水——冲茶、烫鸡毛、拆洗被卧，都是上“茶炉子”去灌，很少人家自己烧开水。因为上“茶炉子”灌水很方便，省得费柴费火，烟熏火燎，又用不了多少。“茶炉子”卖水，不是现钱交易，而是一次卖出一推“茶筹子”——一个一个长方形的小竹片，一面用铁模子烙出“十文”“二十文”……灌了开水，给几根茶筹子就行了。“茶炉子”烧的粗糠是成挑的从大德生米厂趸来的。一进“茶炉子”，除了几口很大的水缸，一眼看到的便是靠后墙堆得像山一样的粗糠。

螺蛳坝一带住的都是“升斗小民”，称得起殷实富户的，是大德生米厂。大德生的东家姓王，街上人都称他“王老板”。大德生原来的底子就厚实，一盘很大的麻石碾子，喂着两头大青骡子，后面仓里的稻子堆齐二梁。后来王老板把骡子卖了，改用机器碾米，生意就更兴旺了。大德生原是一个米店，改用机器后就改称为“米厂”。这算是螺蛳坝唯一的“工厂”。每天这一带都听得到碾米的柴油机的铁烟筒里发出节奏均匀的声音：蓬——蓬——蓬……

王老板身体很好，五十多岁了，走路还飞快，留一撇乌黑的牙刷胡子，双眼有神。

他的大儿子叫王厚辽，在米厂里量米，记账。他有个外号叫“大呆鹅”，看样子也确是有点呆相。

二儿子叫王厚堃，跟一个姓刘的老先生学中医。长得眉清目秀，一表人才。

大德生东墙外住着一个姓薛的裁缝。薛裁缝是个老实人，整天只知道低头做活，穿针引线。他的老婆人称“薛大娘”。薛大娘跟老头子可不是一样的人，她也“穿针引线”，但引的是另外一种线，说白了，就是拉皮条。

大德生门前有一条小巷，就叫作“辜家巷”，因为巷子里只有一家人家。辜家的后门就开在巷子里，和大德生斜对门，两步就到了。后面是住家，前面是做豆腐的作坊，前店后家。

辜家很穷。

从螺蛳坝到草巷口，有两家豆腐店。豆腐店是发不了财的，但是干了这一行也只有一直干下去。常言说:“黑夜思量千条路，清早起来依旧磨豆腐。”不过草巷口的一家生意不错。一清早卖豆浆，热气腾腾的满满一锅。卖豆腐，四大屉。压百叶，百叶很薄，很白。夏天卖凉粉皮。这凉粉皮是用莴苣汁和的绿豆，颜色是浅绿的，而且有一股莴苣香。生意好，小老板两个月前还接了亲。新媳妇坐在磨子一边，往磨眼里注水，加黄豆，头上插一朵大红剪绒的小小的囍。

相比之下，辜家豆腐店就显得灰暗，残旧，一点生气也没有。每天只做两屉豆腐，有时一屉，有时一屉也没有。没本钱，买不起黄豆。辜老板老是病病歪歪的，没有点精神。

辜老板老婆死得早，没有留下一个儿子，跟前只有一个女儿。

辜家的女儿长得有几分姿色，在螺蛳坝算是一朵花。她长得细皮嫩肉，只是面色微黄，好像是用豆腐水洗了脸似的。身上也有点淡淡的豆腥气。

一天三顿饭，几乎顿顿是炒豆腐渣，不过总得有点油滑滑锅。牵磨的“蚂蚱驴”也得扔给它一捆干草。更费钱的是她爹的病。他每天吃药，王厚堃的师傅开的药又都很贵，这位刘先生爱用肉桂，而且旁注：“要桂林产者。”每天辜家女儿把药渣倒在路口，对面打芦席和烧茶炉子的大娘看见辜家的女儿在门前倒药渣，就叹了一口气：“难！”

大德生的王老板找到薛大娘，说是辜家的日子很难，他想帮他们家一把。

“怎么个帮法？”

“叫他女儿陪我睡睡。”

“什么？人家是黄花闺女，比你的女儿还小一岁！我不干这种缺德事！”

“你去说说看。”

媒人的嘴两张皮，辣椒能说成大鸭梨。七说八说，辜家女儿心里活动了，说：“你叫他晚上来吧。”

没想到大呆鹅也找到薛大娘。

王老板是包月，按月给五钱。

大呆鹅是现钱交易。每次事完，摸出一块现大洋，还要用两块洋钱叮叮当当敲敲，以示这不是灌了铅的“哑板”。

没有不透风的墙，螺蛳坝巴掌大的一块地方，那么多双眼睛，辜家女儿的事情谁都知道了。烧茶炉子、打芦席的大娘指指戳戳，咬耳朵，点脑袋，转眼珠子，撇嘴唇子。大德生的碾米的师傅、量米的伙计议论：“两代人操一张 ×，这叫什么事！”——“船多不碍港，客多不碍路，一个羊也是放，两个羊也是赶，你管他是几代人！”

辜家的女儿身体也不好，脸上总是黄白黄白的，她把王厚堃请到屋里看病。王厚堃给她号了脉，看了舌苔，开了脉案，大体说是气血两亏，天癸不调……辜家女儿问什么是“天癸不调”，王厚堃说就是月经不正常。随即写了一个方子，无非是当归、枸杞之类。

王厚堃站起身来要走，辜家女儿忽然把门闩住，一把抱住了王厚堃，把舌头吐进他的嘴里，解开上衣，把王厚堃的手按在胸前，让他摸她的奶子，含含糊糊地说：“你要要我、要要我，我喜欢你，喜欢你……”

主厚堃没有想到她会这样，只好和她温存了一会，轻轻地推开了她，说：“不行。”

“不行？”

“我不能欺负你。”

王厚堃给她掩了前襟，扣好纽子，开门走了。

王厚堃悬崖勒马，也因为他就要结婚了，他要保留一个童身。

过了两个月，王厚堃结婚了。花轿从辜家豆腐店门前过，前面吹着唢呐，放着三眼铳。螺蛳坝的人都出来看花轿，辜家的女儿也挤在人丛里看。

花轿过去了，辜家的女儿坐在一张竹椅上，发了半天呆。

忽然她奔到自己的屋里，伏在床上号啕大哭。哭得声音很大，对面烧茶炉子的和打芦席的大娘都听得见，只是听不清她哭的是什么。三位大娘听得心里也很难受，就相对着也哭了起来，哭得稀溜稀溜的。

辜家的女儿哭了一气，洗洗脸，起来泡黄豆，眼睛红红的。

一九九四年二月十五日

幽冥钟

“姑苏城外寒山寺，夜半钟声到客船。”很早很早以前（大概从宋朝开始）就有人提出过怀疑，认为夜半不是撞钟的时候。我从小就觉得很奇怪：为什么夜半不是撞钟的时候呢？我的家乡就是夜半撞钟的。而且只有夜半撞。半夜，子时，十二点。别的时候，白天，还听不到撞钟。“暮鼓晨钟”。我们那里没有晨钟，只有夜半钟，这种钟，叫作“幽冥钟”。撞钟的是承天寺。

关于承天寺，有一个传说。传说张士诚是在这里登基的。张士诚是泰州人。泰州是我们的邻县。史称他是盐贩出身。盐贩，即贩私盐的。中国的盐，秦汉以来，就是官卖。卖盐的店，称为“官盐店”。官盐税重，价昂。于是有人贩卖私盐。卖私盐是犯法的事。这种人都是亡命之徒，要钱不要命。遇到缉私的官兵，便要动武。这种人在官方的文书里被称为“盐匪”。瓦岗寨的程咬金就贩过私盐。在苏北里下河一带，一提起“私盐贩子”或“贩私盐的”，大家便知道这是什么角色。张士诚就是这样一个角色。元至正十三年，他从泰州起事，打到我的家乡高邮。次年，称“诚王”，国号“周”。我的家乡还出过一位皇帝（他不是我们县的人，但称王确是在我们县），这实在应该算是我们县历史上的第一号大人物。我们县的有名人物最古的是秦王子婴。现在还有一条河，叫“子婴河”。以后隔了很多年，出了一个秦少游。再以后，出了王念孙、王引之父子。但是真正叱咤风云的英雄，应该是张士诚（后来打到江南苏州、无锡一带，把大画家倪云林捆起来打了一顿的就是这位老兄）。可是我前几年回乡，翻看县志，关于张士诚，竟无一字记载，真是怪事！

但是民间有一些关于张士诚的传说。

张士诚在承天寺登基，找人来写承天寺的匾。来了很多读书人。他们提起笔来，刚刚写了两笔，就叫张士诚拉出去杀了。接连杀了好几个。旁边的人问他：“为什么杀他们？”张士诚说：“你看看他们写的是什么？‘了’，是个了字！老子才当皇帝就‘了’了，日他妈妈的！”后来来了个读书人。他先写了一个“王”字，再写了左边的“𠃌”，右边的“㇂”，再写上边的“乛”，然后一竖到底。张士诚一看大喜，连说：“这就对了！先称王，左有文臣，右有武将，戴上平天冠，皇基永固，一贯到底！——赏！”

我小时读的小学就在承天寺的旁边，每天都要经过承天寺，曾经细看过承天寺山门的石刻的匾额，发现上面的“承”字仍是一般笔顺，合乎八法的“承”字，没有先称王、左文右武、戴了皇冠、一贯到底的痕迹。

我也怀疑张士诚是不是在承天寺登的基，因为承天寺一点也看不出曾经是一座皇宫的格局。

承天寺在城北西边，挨近运河。城北的大寺共有三座。一座善因寺，庙产甚多，最为鲜明华丽，就是小说《受戒》里写的明海受戒的那座寺。一座是天王寺，就是陈小手被打死的寺。天王寺佛事较盛。寺西门外有一片空地，时常有人家来“烧房子”。烧房子似是我乡特有的风俗。“房子”是纸扎店扎的，和真房子一样，只是小一些。也有几层几进，有堂屋卧室，房间里还有座钟、水烟袋，日常所需，一应俱全。照例还有一个后花园，里面“种”着花（纸花）。房子立在空地上，小孩子可以走进去参观。房子下面铺了一层稻草。天王寺的和尚敲着鼓磬铙钹在房子旁边念一通经（不知道是什么经），这一家的一个男丁举火把房子烧了，于是这座房子便归该宅的先人冥中收用了。天王寺气象远不如善因寺，但房屋还整齐，——因此常常驻兵。独有承天寺，却相当残破了。寺是古寺。张士诚在这里登基，虽不可靠，但说不定元朝就已经有这座寺。

一进山门，哼哈二将和四大天王的颜色都暗淡了。大雄宝殿的房顶上长了好些枯草和瓦松。大殿里很昏暗，神龛佛案都无光泽，触鼻是陈年的香灰和尘土的气息。一点声音都没有，整座寺好像是空的。偶尔有一两个和尚走动，衣履敝旧，神色凄凉。——不像善因寺的和尚，一个一个，都是红光满面的。

大殿西侧，有一座罗汉堂。罗汉也多年没有装金了。长眉罗汉的眉毛只剩了一只，那一只不知哪一年脱落了，他就只好捻着一只单独的眉毛坐在那里。罗汉堂外面，有两棵很大的白果树，有几百年了。夏天，一地浓荫；冬天，满阶黄叶。

罗汉堂东南角有一口钟，相当高大。钟用铁链吊在很粗壮的木架上。旁边是从房梁挂下来的撞钟的木杵。钟前是一尊地藏菩萨的一尺多高的金身佛像。地藏菩萨戴着毗卢帽，跏趺而坐，低眉闭目，神色慈祥。地藏菩萨前面点着一盏小油灯，灯光幽微。

在佛教的菩萨里，老百姓最有好感的是两位，一位是观世音菩萨，因为他（她）救苦救难。另一位便是地藏菩萨。他是释迦灭后至弥勒出现之间的救度天上以至地狱一切众生的菩萨。他像大地一样，含藏无量善根种子。他是地之神，是一位好心的菩萨。

为什么在钟前供着一尊地藏菩萨呢？因为这钟在半夜里撞，叫“幽冥钟”，是专门为难产血崩而死的妇人而撞的。不知道为什么，人们以为血崩而死的女鬼是居处在最黑最黑的地狱里的——大概以为这样的死是不洁的，罪过最深。钟声，会给她们光明。而地藏菩萨是地之神，好心的菩萨，他对死于血崩的女鬼也会格外慈悲的，所以钟前供地藏菩萨，极其自然。

撞钟的是一个老和尚。相貌清癯，高长瘦削。他已经几十年不出山门了。他就住在罗汉堂里。大钟东侧靠墙，有一张矮矮的禅榻，上面有一床薄薄的蓝布棉被，这就是他的住处。白天，他随堂粥饭，洒扫庭除。半夜，起来，剔亮地藏菩萨前的油灯，就开始撞钟。

钟声是柔和的、悠远的。

“东——嗡……嗡……嗡……”

钟声的振幅是圆的。“东——嗡……嗡……嗡……”一圈一圈地扩散开。就像投石于水，水的圆纹一圈一圈地扩散。

“东——嗡……嗡……嗡……”

钟声撞出一个圆环，一个淡金色的光圈。地狱里受难的女鬼看见光了。她们的脸上出现了欢喜。“嗡……嗡……嗡……”金色的光环暗了，暗了，暗了……又一声，“东——嗡……嗡……嗡……”又一个金色的光环。光环扩散着，一圈，又一圈……

夜半，子时，幽冥钟的钟声飞出承天寺。

“东——嗡……嗡……嗡……”

幽冥钟的钟声扩散到了千家万户。

正在酣睡的孩子醒来了，他听到了钟声。孩子向母亲的身边依偎得更紧了。

承天寺的钟，幽冥钟。

女性的钟，母亲的钟……

一九八五年十二月四日中午，飘雪

茶干

家家户户离不开酱园。开门七件事，柴米油盐酱醋茶，倒有二件和酱园有关：油、酱、醋。

连万顺是东街一家酱园。

他家的门面很好认，是个石库门。麻石门框，两扇大门包着铁皮，用奶头铁钉钉出如意云头。本地的店铺一般都是“铺闼子门”，十二块、十六块门板，晚上上在门槛的槽里，白天卸开。这样的石库门的门面不多。城北只有那么几家。一家恒泰当，一家豫丰南货店。恒泰当倒闭了，豫丰失火烧掉了。现在只剩下北市口老正大棉席店和东街连万顺酱园了。这样的店面是很神气的。尤其显眼的是两边白粉墙的两个大字。黑漆漆出来的。字高一丈，顶天立地，笔画很粗。一边是“酱”，一边是“醋”。这样大的两个字！全城再也找不出来了。白墙黑字，非常干净。没有人往墙上贴一张红纸条，上写：“出卖重伤风，一看就成功”；小孩子也不在墙上写:“小三子，吃狗屎”。

店堂也异常宽大。西边是柜台。东边靠墙摆了一溜豆绿色的大酒缸。酒缸高四尺，莹润光洁。这些酒缸都是密封着的。有时打开一缸，由一个徒弟用白铁唧筒把酒汲在酒坛里，酒香四溢，飘得很远。

往后是一个很大的院子，青砖铺地，整整齐齐排列着百十口大酱缸。酱缸都有个帽子一样的白铁盖子。下雨天盖上。好太阳时揭下盖子晒酱。有的酱缸当中掏出一个深洞，如一小井。原汁的酱油从井壁渗出，这就是所谓“抽油”。西边有一溜走廊，走廊尽头是一个小磨坊。一头驴子在里面磨芝麻或豆腐。靠北是三间瓦屋，是做酱菜、切萝卜干的作坊。有一台锅灶，是煮茶干用的。

从外往里，到处一看，就知道这家酱园的底子是很厚实的。——单是那百十缸酱就值不少钱!

连万顺的东家姓连。人们当面叫他“连老板”，背后叫他“连老大”。都说他善于经营，会做生意。

连老大做生意，无非是那么几条:

第一，信用好。连万顺除了做本街的生意，主要是做乡下生意。东乡和北乡的种田人上城，把船停在大淖，拴好了船绳，就直奔连万顺，打油、买酱。乡下人打油，都用一种特制的油壶，广口，高身，外面挂了酱黄色的釉，壶肩有四个“耳”，耳里拴了两条麻绳作为拎手，不多不少，一壶能装十斤豆油。他们把油壶往柜台上一放，就去办别的事情去了。等他们办完事回来，油已经打好了。油壶口用厚厚的桑皮纸封得严严的。桑皮纸上盖了一个墨印的圆印:“连万顺记”。乡下人从不怀疑油的分量足不足，成色对不对。多年的老主顾了，还能有错？他们要的十斤干黄酱也都装好了。装在一个元宝形的粗篾浅筐里，筐里衬着荷叶，豆酱拍得实实的，酱面盖了几个红曲印的印记，也是圆形的。乡下人付了钱，提了油壶酱筐，道一声“得罪”，就走了。

第二，连老板为人和气。乡下的熟主顾来了，连老板必要起身招呼，小徒弟立刻倒了一杯热茶递了过来。他家柜台上随时点了一架盘香，供人就火吸烟。乡下人寄存一点东西，雨伞、扁担、箩筐、犁铧、坛坛罐罐，连老板必亲自看着小徒弟放好。有时竟把准备变卖或送人的老母鸡也寄放在这里。连老板也要看着小徒弟把鸡拎到后面廊子上，还撒了一把酒糟喂喂。这些鸡的脚爪虽被捆着，还是卧在地上高高兴兴地啄食，一直吃到有点醉醺醺的，就闭起眼睛来睡觉。

连老板对孩子也很和气。酱园和孩子是有缘的。很多人家要打一点酱油，打一点醋，往往派一个半大孩子去。妈妈盼望孩子快些长大，就说：“你快长吧，长大了好给我打酱油去！”买酱菜，这是孩子乐意做的事。连万顺家的酱菜样式很齐全：萝卜头、十香菜、酱红根、糖醋蒜……什么都有。最好吃的是甜酱甘露和麒麟菜。甘露，本地叫作“螺螺菜”，极细嫩。麒麟菜是海菜，分很多叉，样子有点像画上的麒麟的角，半透明，嚼起来脆脆的。孩子买了甘露和麒麟菜，常常一边走，一边吃。

一到过年，孩子们就惦记上连万顺了。连万顺每年预备一套锣鼓家伙，供本街的孩子来敲打。家伙很齐全，大锣、小锣、鼓、水镲、碰钟，一样不缺。初一到初五，家家店铺都关着门。几个孩子敲敲石库门，小徒弟开开门，一看，都认识，就说：“玩去吧！”孩子们就一窝蜂奔到后面的作坊里，操起案子上的锣鼓，乒乒乓乓敲打起来。有的孩子敲打了几年，能敲出几套十番，有板有眼，像那么回事。这条街上，只有连万顺家有锣鼓。锣鼓声使东街增添了过年的气氛。敲够了，又一窝蜂走出去，各自回家吃饭。

到了元宵节，家家店铺都上灯。连万顺家除了把四张玻璃宫灯都点亮了，还有四张雕镂得很讲究的走马灯。孩子们都来看。本地有一句歇后语：“乡下人不识走马灯，——又来了！”这四张灯里周而复始，往来不绝的人马车炮的灯影，使孩子百看不厌。孩子们都不是空着手来的，他们牵着兔子灯，推着绣球灯，系着马灯，灯也都是点着了的。灯里的蜡烛快点完了，连老板就会捧出一把新的蜡烛来，让孩子们点了，换上。孩子们于是各人带着换了新蜡烛的纸灯，呼啸而去。

预备锣鼓，点走马灯，给孩子们换蜡烛，这些，连老大都是当一回事的。年年如此，从无疏忽忘记的时候。这成了制度，而且简直有点宗教仪式的味道。连老大为什么要这样郑重地对待这些事呢？这为了什么目的，出于什么心理？实在令人捉摸不透。

第三，连老板很勤快。他是东家，但是不当“甩手掌柜的”。大小事他都要过过目，有时还动动手。切萝卜干、盖酱缸、打油、打醋，都有他一份。每天上午，他都坐在门口晃麻油。炒熟的芝麻磨了，是芝麻酱，得盛在一个浅缸盆里晃。所谓“晃”，是用一个紫铜锤出来的中空的圆球，圆球上接一个长长的木把，一手执把，把圆球在麻酱上轻轻地压，压着压着，油就渗出来了。酱渣子沉于盆底，麻油浮在上面。这个活很轻松，但是费时间。连老大在门口晃麻油，是因为一边晃，一边可以看看过往行人。有时有熟人进来跟他聊天，他就一边聊，一边晃，手里嘴里都不闲着，两不耽误。到了下午出茶干的时候，酱园上上下下一齐动手，连老大也算一个。

茶干是连万顺特制的一种豆腐干。豆腐出净渣，装在一个一个小蒲包里，包口扎紧，入锅，码好，投料，加上好抽油，上面用石头压实，文火煨煮。要煮很长时间。煮得了，再一块一块从蒲包里倒出来。这种茶干是圆形的，周围较厚，中间较薄，周身有蒲包压出来的细纹，每一块当中还带着三个字："连万顺"，——在扎包时每一包里都放进一个小小的长方形的木牌，木牌上刻着字，木牌压在豆腐干上，字就出来了。这种茶干外皮是深紫黑色的，掰开了，里面是浅褐色的。很结实，嚼起来很有咬劲，越嚼越香，是佐茶的妙品，所以叫作"茶干"。连老大监制茶干，是很认真的。每一道工序都不许马虎。连万顺茶干的牌子闯出来了。车站、码头、茶馆、酒店都有卖的。后来竟有人专门买了到外地送人的。双黄鸭蛋、醉蟹、董糖、连万顺的茶干，凑成四色礼品，馈赠亲友，极为相宜。

连老大就是这样一个人，一个开酱园的老板，一个普普通通、正正派派的生意人，没有什么特别处。这样的人是很难写成小说的。

要说他的特别处，也有。有两点。

一是他的酒量奇大。他以酒代茶。他极少喝茶。他坐在账桌上算账的时候，面前总放一个豆绿茶碗。碗里不是茶，是酒——一般的白酒，不是什么好酒。他算几笔，喝一口，什么也不"就"。

一天老这么喝着，喝完了，就自己去打一碗。他从来没有醉的时候。

二是他说话有个口头语："的时候"。什么话都要加一个"的时候"。"我的时候""他的时候""麦子的时候""豆子的时候""猫的时候""狗的时候"……他说话本来就慢，加了许多"的时候"，就更慢了。如果把他说的"的时候"都删去，他每天至少要少说四分之一的字。

连万顺已经没有了。连老板也故去多年了。五六十岁的人还记得连万顺的样子，记得门口的两个大字，记得酱园内外的气味，记得连老大的声音笑貌，自然也记得连万顺的茶干。

连老大的儿子也四十多了。他在县里的副食品总店工作。有人问他："你们家的茶干，为什么不恢复起来？"他说："这得下十几种药料，现在，谁做这个！"

一个人监制的一种食品，成了一个地方具有代表性的土产，真也不容易。不过，这种东西没有了，也就没有了。

一九八五年十二月十二日

徙

北溟有鱼，其名为鲲。鲲之大，不知其几千里也；化而为鸟，其名为鹏，鹏之背，不知其几千里也。怒而飞，其翼若垂天之云。是鸟也，海运则将徙于南溟。

——《庄子·逍遥游》

很多歌消失了。

许多歌的词、曲的作者没有人知道。

有些歌只有极少数的人唱，别人都不知道。比如一些学校的校歌。

县立第五小学历年毕业了不少学生。他们多数已经是过六十的人了。他们之中不少人还记得母校的校歌，有人能够一字不差地唱出来。

西挹神山爽气，
东来邻寺疏钟，
看吾校巍巍峻峻，
连云栉比列其中。
半城半郭成调元，
无女无男教育同。
桃红李白，
芬芳馥郁，
一堂济济坐春风。
愿少年，
乘风破浪，
他日毋忘化雨功！

每逢“纪念周”，每天上课前的“朝会”，放学前的“晚会”，开头照例是唱“党歌”，最后是唱校歌。一个担任司仪的高年级同学高声喊道：“唱——校——歌！”全校学生，三百来个孩子，就用玻璃一样脆亮的童音，拼足了力气，高唱起来。好像屋上的瓦片、树上的树叶都在唱。他们接连唱了六年，直到毕业离校，真是深深地印在脑子里了。说不定临死的时候还会想起这支歌。

歌词的意思是没有人解释过的。低年级的学生几乎完全不懂它说的是什么。他们只是使劲地唱，并且倾注了全部感情。到了四、五年级，就逐渐明白了，因为唱的次数太多，天天就生活在这首歌里，慢慢地自己就琢磨出来了。最先懂得的是第二句。学校的东边紧挨一个寺，叫作“承天寺”。承天寺有一口钟。钟撞起来嗡嗡地响。“神山爽气”是这个县的“八景”之一。神山在哪里，“爽气”是什么样的“气”，小学生不知道，只是无端地觉得很美，而且有一种神秘感。下面的歌词也朦朦胧胧地理解了：是说学校有很多房屋，在城外，是个男女合校，有很多同学。总的说来是说这个学校很好。十来岁的孩子很为自己的学校骄傲，觉得它很了不起，并且相信别的学校一定没有这样一首歌。到了六年级，他们才真正理解了这首歌。毕业典礼上（这是他们第一次“毕业”），几位老师讲过了话，司仪高声喊道：“唱——校——歌！”这是他们最后一次大家聚在一起唱这支歌了。他们唱得异常庄重，异常激动。玻璃一样的童声高唱起来：

西挹神山爽气，
东来邻寺疏钟……

唱到“愿少年，乘风破浪，他日毋忘化雨功”，大家的心里都是酸酸的。眼泪在乌黑的眼睛里发光。这是这首歌的立意所在，点睛之笔，其余的，不过是敷陈其事。从语气看，像是少年对自己的勖勉，同时又像是学校老师对教了六年的学生的嘱咐。一种遗憾、悲哀而酸苦的嘱咐。他们知道，毕业出去的学生，日后多半是会把他们忘记的。

毕业生中有一些是乘风破浪，做了一番事业的；有的离校后就成为泯然众人，为衣食奔走了一生；有的，死掉了。

这不是一支了不起的歌，但很贴切。朴朴实实，平平常常，和学校很相称。一个在寺庙的废基上改建成的普通的六年制小学，又能写出多少诗情画意呢？人们有时想起，只是为了从干枯的记忆里找回一点淡淡的童年，在歌声中想起那些校园里的蔷薇花，冬青树，擦了无数次的教室的玻璃，上课下课的钟声，和球场上像烟火一样升到空中的一阵一阵的明亮的欢笑……

校歌的作者是高先生，有些人知道，有些人不知道。

先生名鹏，字北溟，三十后，以字行。家世业儒。祖父、父亲都没有考取功名，靠当塾师、教蒙学，以维生计。三代都住在东街租来的一所百年老屋之中，临街有两扇白木的板门，真是所谓寒门。先生少孤。尝受业于邑中名士谈甓渔，为谈先生之高足。

这谈甓渔是个诗人，也是个怪人。他功名不高，只中过举人，名气却很大。中举之后，累考不进，无意仕途，就在江南江北，沭阳溧阳等地就馆。他教出来的学生，有不少中了进士，谈先生于是身价百倍，高门大族，争相延致。晚年惮于舟车，就用学生谢师的银子，回乡盖了一处很大的房子，闭户著书。书是著了，门却是大开着的。他家门楼特别高大。为什么盖得这样高大？据说是盖窄了怕碰了他的那些做了大官的学生的纱帽翅儿。其实，哪会呢？清朝的官戴的都是顶子，缨帽花翎，没有帽翅。地方上人这样的口传，无非是说谈老先生的阔学生很多。这座大门里每年进出的知县、知府，确实不在少数。门楼宽大，是为了供轿夫休息用的。往年，两边放了极其宽长的条凳，柏木的凳面都被人的屁股磨得光光滑滑的了。谈家门楼巍然突出，老远的就能看见，成了指明方位的一个标志，一个地名。一说“谈家门楼”东边，“谈家门楼”斜对过，人们就立刻明白了。淡甓渔的故事很多。他念了很多书，学问很大，可是不识数，不会数钱。他家里什么都有，可是他愿意到处闲逛，到茶馆里喝茶，到酒馆里喝酒，烟馆里抽烟。每天出门，家里都要把他需用的烟钱、茶钱、酒钱分别装在布口袋里，给他挂在拐杖上，成了名副其实的“杖头钱”。他常常傍花随柳，信步所之，喝得半醉，找不到自己的家。他爱吃螃蟹，可是自己不会剥，得由家里人把蟹肉剥好，又装回蟹壳里，原样摆成一个完整的螃蟹。两个螃蟹能吃三四个小时，热了凉，凉了又热。他一边吃蟹，一边喝酒，一边看书。他没有架子，没大没小，无分贵贱，三教九流，贩夫走卒，都谈得来，是个很通达的人，然而，品望很高。就是点过翰林的李三麻子远远从轿帘里看见谈老先生曳杖而来，也要赶紧下轿，避立道侧。他教学生，教时文八股，也教古文诗赋，经史百家。他说：“我不愿谈韪渔教出来的学生，如郑板桥所说，对案至不能就一札！”他大概很会教书，经他教过的学生，不通的很少。

谈老先生知道高家很穷，他教高先生书，不受脩金。每回高先生的母亲封了节敬送去，谈老先生必亲自上门退回，说：“老嫂子，我与高鹏的父亲是贫贱之交，总角之交，你千万不要这样！我一定格外用心地教他，不负故人。高鹏的天资，虽只是中上，但很知发愤。他深知先人为他取的名、字的用意。他的诗文都很有可观，高氏有子矣。北溟之鹏终将徙于南溟。高了，不敢说。青一衿，我看，如拾芥耳。我好歹要让他中一名秀才。”

果然，高先生在十六岁的时候，高高地中了一名秀才。众人说：高家的风水转了。

不想，第二年就停了科举。

废科举，兴学校，这个小县城里增添了几个疯子。有人投河跳井，有人跑到明伦堂[①] 去痛哭，就在高先生所住的东街的最东头，有一姓徐的呆子。这人不知应考了多少次，到头来还是一个白丁。平常就有点迂迂磨磨，颠颠倒倒。说起话满嘴之乎者也。他老婆骂他："晚饭米都没得一颗，还你妈的之乎——者也！"徐呆子全然不顾，朗吟道："之乎者也矣焉哉，七字安排好秀才！"自从停了科举，他又添了一宗新花样。每逢初一、十五，或不是正日，而受了老婆的气，邻居的奚落，他就双手捧了一个木盘，盘中置一香炉，点了几根香，到大街上去背诵他的八股窗稿，穿着油腻的长衫，趿着破鞋，一边走，一边念。随着文气的起承转合，步履忽快忽慢；词句的抑扬顿挫，声音时高时低。念到曾经业师浓圈密点的得意之处，摇头晃脑，昂首向天，面带微笑，如醉如痴，仿佛大街上没有一个人，天地间只有他的字字珠玑的好文章。一直念到两颊绯红，双眼出火，口沫横飞，声嘶气竭。长歌当哭，其声冤苦。街上人给他这种举动起了一个名字，叫作"哭圣人"。

他这样哭了几年，一口气上不来，死在街上了。

高北溟坐在百年老屋之中，常常听到徐呆子从门外哭过来，哭过去。他恍恍惚惚觉得，哭的是他自己。

功名道断，高北溟怎么办呢？

头二年，他还能靠笔耕生活。谈先生还没有死。有人求谈先生的文字，碑文墓志，寿序挽联，谈先生都推给了高先生。所得

① 明伦堂是孔庙的正殿，供着至圣先师的牌位。——作者原注

润笔，尚可馇粥。谈先生寿终，高北溟缌麻服孝，尽礼致哀，写了一篇长长的祭文，泣读之后，忧心如焚。

他也曾像他的祖父和父亲一样，开设私塾教几个小小蒙童，教他们读三（字经）、百（家姓）、千（字文），《幼学琼林》《龙文鞭影》。然而除了少数极其守旧的人家，都已经把孩子送进学校了。他也曾挂牌行医看眼科。谈甓渔老先生的祖上本是眼科医生。他中举之后，还偶尔为人看眼疾。他劝高鹏也看看眼科医书，给他讲过平热泻肝之道。万一功名不就，也有一技之长，能够糊口。可是城里近年害眼的不多。有患赤红火眼的，多半到药店里买一副鹅翎眼药（装在一根鹅毛翎管里的红色的眼药），清水化开，用灯草点进眼内，就好了。眼科，不像“男妇内外大小方脉”那样有“走时”的时候。文章不能锅里煮，百无一用是书生，一家四口，每天至少要升半米下锅，如之何？如之何？

正在书空咄咄，百无聊赖，有一个平素很少来往的世交沈石君来看他。沈石君比高北溟大几岁，也曾跟谈甓渔读过书，开笔成篇以后，到苏州进了书院。书院改成学堂，革命、“光复”……他就成了新派，多年在外边做事。他有志办教育，在省里当督学。回乡视察了几个小学之后，拍开了高家的白木板门。他劝高北溟去读两年简易师范，取得一个资格，教书。

读师范是被人看不起的。师范不收学费，每月还可有伙食津贴，师范生被人称为“师范花子”，但这在高北溟是一条可行的路，虽然现在还来入学读书，岁数实在太大些了。好在同学中年纪差近的也还有，而且简师只有两年，一晃也就过去了。

简师毕业，高先生在五小任教。

高先生有了职业，有了虽不丰厚但却可靠的收入，可以免于冻饿，不致像徐呆子似的死在街上了。

按规定，简师毕业，只能教初、中年级，因为高先生是谈甓渔的高足，中过秀才，声名籍籍，叫他去教“大狗跳，小狗叫，大狗跳一跳，小狗叫一叫”，实在说不过去，因此，破格担任了五、六年级的国文。即使是这样，当然也还不能展其所长，尽其所学。高先生并不意满志得。然而高先生教书是认真的。讲课、改作文，郑重其事，一丝不苟。

同事起初对他很敬重，渐渐地在背后议论起来，说这个人的脾气很“方”。是这样。高先生落落寡合，不苟言笑，不爱闲谈，不喜交际。他按时到校，到教务处和大家略点一点头，拿了粉笔、点名册就上教室。下了课就走。有时当中一节没有课，就坐在教务处看书。小学教师的品类也很杂。有正派的教师；也有头上涂着司丹康、脸上搽着雪花膏的纨绔子弟；戴着瓜皮秋帽、留着小胡子，琵琶襟坎肩的纽子挂着青天白日徽章，一说话不停地挤鼓眼的幕僚式的人物。他们时常凑在一起谈牌经，评“花榜”[①]，交换庸俗无聊的社会新闻，说猥亵下流的荤笑话。高先生总是正襟危坐，不作一声。同事之间为了“联络感情”，时常轮流做东，约好了在星期天早上吃早茶。这地方吃早茶不是喝茶，主要是吃各种点心——蟹肉包子、火腿烧麦、冬笋蒸馒、脂油千层糕。还可叫一个三鲜煮干丝，小酌两杯。这种聚会，高先生概不参加。小

① 把城中妓女加以品评，定出状元、榜眼、探花、一甲、二甲，在小报上公布，谓之“花榜”。嫖客中的才子同时还写了一些很香艳的诗来咏这些“花”。——作者原注

学校的人事说简单也简单，说复杂也挺复杂。教员当中也有派别，为了一点小小私利，排挤倾轧，勾心斗角，飞短流长，造谣中伤。这些派别之间的明暗斗争，又与地方上的党政权势息息相关，且和省中当局遥相呼应。千丝万缕，变幻无常。高先生对这种派别之争，从不介入。有人曾试图对他笼络（高先生素负文名，受人景仰，拉过来是个“实力”），被高先生冷冷地拒绝了。他教学生，也是因材施教，无所阿私，只看品学，不问家庭。每一班都有一两个他特别心爱的学生。高先生看来是个冷面寡情的人，其实不是这样，只是他对得意的学生的喜爱不形于色，不像有些婆婆妈妈的教员。时常摸着学生的头，拉着他的手，满脸含笑，问长问短。他只是把他的热情倾注在教学之中。他讲书，眼睛首先看着这一两个学生，看他们领会了没有。改作文，改得特别仔细。听这一两个学生回讲课文，批改他们的作文课卷，是他的 大乐事。只有在这样的时候，他觉得不负此生，做了一点有意义的事。对于平常的学生，他亦以平常的精力对待之。对于资质顽劣、不守校规的学生，他常常痛加训斥，不管他的爸爸是什么局长还是什么党部委员。有些话说得比较厉害，甚至侵及他们的家长。因为这些，校中同事不喜欢他，又有点怕他。他们为他和自己的不同处而忿忿不平，说他是自命清高，沽名钓誉，不近人情，有的干脆说：“这是绝户脾气！”

高先生没有儿子，只有两个女儿。

高先生性子很急，爱生气。生起气来不说话，满脸通红，脑袋不停地剧烈地摇动。他家世寒微，资格不高，故多疑。有时别人说了一两句不中听的话，或有意，或无意，高先生都会多心。

比如有的教员为一点不顺心的事而牢骚，说：“家有三担粮，不当孩子王！我祖上还有几亩薄田，饿不死。不为五斗米折腰，我辞职，不干了！”——“老子不是那不花钱的学校毕业的，我不受这份窝囊气！”高先生都以为这是敲打他，他气得太阳穴的青筋都绷起来了。看样子他就会拍桌大骂，和人吵一架，然而他强忍下了，他只是不停地剧烈地摇着脑袋。

高先生很孤僻，不出人情，不随份子，几乎与人不通庆吊。他家从不请客，他也从不赴宴。他教书之外，也还为人写寿序，撰挽联，委托的人家照例都得请请他。知单[①]送到，他照例都在自己的名字下书一“谢”字。久而久之，都知道他这脾气，也就不来多此一举了。

他不吃烟，不饮酒，不打牌，不看戏。除了学校和自己的家，哪里也不去，每天他清早出门，傍晚回家。拍拍白木的板门，过了一会，门开了。进门是一条狭长的过道，砖缝里长着扫帚苗，苦艾，和一种名叫“七里香”其实是闻不出什么气味、开着蓝色的碎花的野草，有两个黄蝴蝶寂寞地飞着。高先生就从这些野草丛中踏着沉重的步子走进去，走进里面一个小门，好像走进了一个深深的洞穴，高大的背影消失了。木板门又关了，把门上的一副春联关在外面。

高先生家的春联都是自撰的，逐年更换，不像一般人家是迎祥纳福的吉利话，都是述怀抱、舒愤懑的词句，全城少见。

---

① 请客的单子，上面开列了要请的客。被请的人如在自己的姓名下写“敬陪末座”或一“知”字，即表示准时赴席；写一“谢”字表示不到。——作者原注

这年是辛未年，板门上贴的春联嵌了高先生自己的名、字：

辛夸高岭桂

未徙北溟鹏

也许这是一个好兆，“未徙”者“将徙”也。第二年，即壬申年，高北溟竟真的“徙”了。

这县里有一个初级中学。除了初中，还有一所初级师范，一所女子师范，都是为了培养小学师资的。只有初中生，是准备将来出外升学的，因此这初中俨然是本县的最高学府。可是一向办得很糟。名义上的校长是李三麻子，根本不来视事。教导主任张维谷（这个名字很怪）是个出名的吃白食的人。他有几句名言：“不愿我请人，不愿人请我，只愿人请人，当中有个我。”人品如此，学问可知。数学教员外号“杨半本”，他讲代数、几何，从来没有把一本书讲完过，大概后半本他自己也不甚了了。历史教员姓居，是个律师，学问还不如高尔础。他讲唐代的艺术一节，教科书上说唐代的书法分“方笔”和“圆笔”，他竟然望文生义，说方笔的笔杆是方的，圆笔的笔杆是圆的。连初中的孩子略想一想，也觉得无此道理。一个学生当时就站起来问：“笔杆是方的，那么笔头是不是也是方的呢？”这帮学混子简直是在误人子弟。学生家长意见很大。到了暑假，学生闹了一次风潮（这是他们第一次参加的“学潮”）。事情还是从居大律师那里引起的。平日，学生在课堂上有什么不明白的问题问他，他的回答总是“书上有”。到学期考试时，学生搞了一次变相的罢考。卷子发下来，不到五分钟，一个学生以关窗为号，大家一起把卷子交了上去，每道试题下面一律写了三个字:“书上有！”张维谷及其一伙，实在有点“维谷”，混不下去了。

教育局长不得不下决心对这个学校进行改组，——否则只怕连他这个局长也坐不稳。

恰好沈石君因和厅里一个科长意见不合，愤而辞职，回家闲居，正在四处写信，托人找事，地方上人挽他出山来长初中。沈石君再三推辞，禁不住不断有人踵门劝说，也就答应了。他只提出一个条件：所有教员，由他决定。教育局长沉吟了一会，说：“可以。”

沈石君是想有一番作为的。他自然要考虑各种关系，也明知局长的口袋里装了几个人，想往初中里塞，不得不适当照顾，但是几门主要课程的教员绝对不能迁就。

国文教员，他聘了高北溟。许多人都感到意外。

高先生自然欣然同意。他谈了一些他对教学的想法。沈石君认为很有道理。

高先生要求“随班走”。教一班学生，从初一教到初三，一直到送他们毕业，考上高中。他说别人教过的学生让他来教，如垦生荒，从头来起，事倍功半。教书教人，要了解学生，知己知彼。不管学生的程度，照本宣科，是为瞎教。学生已经懂得的，再来教他，是白费；暂时不能接受的，勉强教他，是徒劳。他要看着、守着他的学生，看到他是不是一月有一月的进步，一年有一年的进步。如同注水入瓶，随时知其深浅。他说当初谈老先生就是这样教他的。

他要求在部定课本之外，自选教材。他说教的是书，教书的是高北溟。“只有我自己熟读，真懂，我所喜爱的文章，我自己为之感动过的，我才讲得好。”他强调教材要有一定的系统性，要有重点。他也讲《苛政猛于虎》《晏子使楚》《项羽本纪》《出师表》《陈情表》，韩、柳、欧、苏。集中地讲的是白居易、归有光、郑板桥。最后一学期讲的是朱自清的《背影》，都德的《磨坊文札》。他好像特别喜欢归有光的文章。一个学期内把《先妣事略》《项脊轩志》《寒花葬志》都讲了。他要把课堂讲授和课外阅读结合起来。课上讲了《卖炭翁》《新丰折臂翁》，同时把白居易的新乐府全部印发给学生。讲了一篇《潍县署中寄弟墨》，把郑板桥的几封主要的家书、道情和一些题画的诗也都印发下去。学生看了，很有兴趣。这种做法，在当时的初中国文教员中极为少见。他选的文章看来有一个标准：有感慨，有性情，平易自然。这些文章有一个贯串性的思想倾向，这种倾向大体上可以归结为：人道主义。

他非常重视作文。他说学国文的最终的目的，是把文章写通。学生作文他先眉批一道，指出好处和不好处，发下去由学生自己改一遍，或同学间互相改；交上来，他再改一遍，加总批，再发给学生，让学生自己誊一遍，留起来；要学生随时回过头来看看自己的文章。他说，作文要如使船，撑一篙是一篙，作一篇是一篇。不能像驴转磨，走了三年，只在磨道里转。

为了帮助学生将来升学，他还自编了三种辅助教材。一年级是《字形音义辨》，二年级是《成语运用》，三年级是《国学常识》。

在县立初中读了三年的学生，大部分文字清通，知识丰富，他们在考高中，甚至日后在考大学时，国文分数都比较高，是高先生给他们打下的底子。更重要的是他们学会了欣赏文学——高先生讲过的文章的若干片段，许多学生过了三十年还背得；他们接受了高先生通过那些选文所传播的思想——人道主义，影响到他们一生的立身为人，呜呼，先生之泽远矣！

（玻璃一样脆亮的童声高唱着。瓦片和树叶都在唱。）

高先生的家也搬了。搬到老屋对面的一条巷子里。高先生用历年的积蓄，买了一所小小的四合院。房屋虽也旧了，但间架砖木都还结实。天井里花木扶疏，苔痕上阶，草色入帘，很是幽静。

高先生这几年心境很好，人也变随和了一些。他和沈石君以及一般同事相处甚得。沈石君每年暑假要请一次客，对校中同仁表示慰劳，席间也谈谈校务。高先生是不须催请，早早就到的。他还备了几样便菜，约几个志同道合的教员，在家里赏荷小聚。（五小的那位师爷式的教员听到此事，编了一条歇后语："高北溟请客——破天荒"。）这几年，很少看到高先生气得脑袋不停地剧烈地摇动。

高先生有两件心事。

一件是想把谈老师的诗文刻印出来。

谈老先生死后，后人很没出息，游手好闲，坐吃山空，几年工夫，把谈先生挣下的家业败得精光，最后竟至靠拆卖房屋的砖瓦维持生活。谈老先生的宅第几乎变成一片瓦砾，旧池乔木，荡然无存。门楼倒还在，也破落不堪了。供轿夫休息的长凳早没有了，剩了一个空空的架子。里面有一算卦的摆了一个卦摊。条桌上放着签筒。桌前系着桌帷，白色的圆"光"里写了四个字："文王神课"。算卦的伏在桌上打盹。这地方还叫作"谈家门楼"。过路人走过，都有不胜今昔之感，觉得沧海桑田，人生如梦。

谈老先生的哲嗣名叫幼渔。到无米下锅时，就到谈先生的学生家去打秋风。到了高北溟家，高先生总要周济他一块、两块、三块、五块。总不让他空着手回去。每年腊月，还得为他准备几斗米，一方腌肉，两条风鱼，否则这个年幼渔师弟过不去。

高北溟和谈先生的学生周济谈幼渔，是为了不忘师恩，是怕他把谈先生的文稿卖了。他已经几次要卖这部文稿。买主是有的，就是李三麻子（此人老而不死）。高先生知道，李三麻子买到文稿，改头换面，就成了他的著作。李三麻子惯于欺世盗名，这种事干得出。李三麻子出价一百，告诉幼渔，稿到即付。

高先生狠了狠心，拿出一百块钱，跟谈幼渔把稿子买了。

想刻印，却很难。松华斋可以铅印，尚古山房可以雕版。问了问价钱，都贵得吓人，为高北溟力所不及。稿子放在架上，逐年摊晒。高先生觉得对不起老师，心里很不安。

另一件心事是女儿高雪的前途和婚事。

高先生的两个女儿，长名高冰，次名高雪。

高雪从小很受宠，一家子都惯她，很娇。她用的东西都和姐姐不一样。姐姐夏天穿的衣是府绸的，她穿的是湖纺。姐姐穿白麻纱袜，她却有两条长筒丝袜。姐姐穿自己做的布鞋，她却一会是“千底一带”，一会是白网球鞋，并且在初中二年级就穿了从上海买回来的皮鞋。姐姐不嫉妒，倒说：“你的脚好看，应该穿好鞋。”姐姐冬天烘黄铜的手炉，她的手炉是白铜的，姐姐扇细芭蕉扇，她扇檀香扇。东西也一样。吃鱼，脊梁、肚皮是她的（姐姐吃鱼头、鱼尾，且说她爱吃），吃鸡，一只鸡腿归她（另一只是高先生的）。她还爱吃陈皮梅、嘉应子、橄榄。她一个人吃。家务事也不管。扫地、抹桌、买菜、煮饭，都是姐姐。高起兴来，打了井水，把家里什么都洗一遍，砖地也洗一遍，大门也洗一遍，弄得家里水漫金山，人人只好缩着脚坐在凳子上。除了自己的衣服，她不洗别人的。被褥帐子，都是姐姐洗。姐姐在天井里一大盆一大盆，洗得汗马淋漓，她却躺在高先生的藤椅上看《茵梦湖》。高先生的藤椅，除了她，谁也不坐，这是一家之主的象征。只有一件事，她乐意做：浇花。这是她的特权，别人不许浇。

高先生治家很严，高师母、高冰都怕他。只有对高雪，从未碰过一指头。在外面生了一点气，回来看看这个“欢喜团”，气也就消了。她要什么，高先生都依她。只有一次例外。

高雪初三毕业，要升学（高冰没有读中学，小学毕业，就在本城读了女师，已经在教书）。她要考高中，将来到北平上大学。高先生不同意，只许她报师范。高雪哭，不吃饭。妈妈和姐姐坐在床前轮流劝她。

“不要这样。多不好。爸爸不是不想让你向高处飞，爸爸没有钱。三年高中，四年大学，路费、学费、膳费、宿费，得好一笔钱。”

“他有钱！”

“他哪有钱呀！”

“在柜子里锁着！”

“那是攒起来要给谈老先生刻文集的。”

“干吗要给他刻！”

“这孩子，没有谈老先生，爸爸就没有本事。上大学呢！你连小学也上不了。知恩必报，人不能无情无义。”

“再说那笔钱也不够你上大学。好妹妹，想开一点。师范毕业，教两年，不是还可以考大学吗？你自己攒一点，没准爸爸这时候收入会更多一些。我跟爸爸说说，我挣的薪水，一半交家里，一半给你存起来，三四年下来，也是个数目。”

“你不用？”

“我？——不用！”

高雪被姐姐的真诚感动了，眼泪晶晶的。

姐姐说得也有理。国民党教育部有个规定，师范毕业，教两年小学，算是补偿了师范三年的学杂费，然后可以考大学。那时大学生里岁数大，老成持重的，多半曾是师范生。

“快起来吧！不要叫爸爸心里难过。你看看他：整天不说话，脑袋又不停地摇了。”

高雪虽然骄纵任性，这点清清楚楚的事理她是明白的。她起来洗洗脸，走到书房里，叫了一声：“爸爸！”

并盛了一碗饭，用茶水淘淘，就着榨菜，吃了。好像吃得很香。

高先生知道女儿回心转意了，他心里倒酸溃溃的，很不好受。

高雪考了苏州师范。

高雪小时候没有显出怎么好看。没有想到，女大十八变，两三年工夫，变成了一个美人，每年暑假回家，一身白。白旗袍（在学校只能穿制服：白上衣，黑短裙），漂白细草帽，白纱手套，白丁字平跟皮鞋，丰姿楚楚，行步婀娜，态度安静，顾盼有光。不论在火车站月台上，轮船甲板上，男人女人都朝她看。男人看了她，敞开法兰绒西服上衣的扣，露出新买的时式领带，频频回首，自作多情。女的看了她，从手提包里取出小圆镜照照自己。各依年貌，生出不同的轻轻感触。

她在学校里唱歌、弹琴，都很出色。唱的歌是《茶花女》的《饮酒歌》，弹的是肖邦的小夜曲。

她一回本城，城里的女孩子都觉得自己很土。她们说高雪有一种说不出来的派头。

有女儿的人说："高北溟生了这样一个女儿，这个爸爸当得过！"

任何小城都是有风波的。因为省长易人，直接影响到这个小县的人事。县长、党部、各局，统统来了一个大换班。公职人员，凡靠领薪水吃饭的，无不人心惶惶。

一县的人事更代，自然会波及到县立初中。

三十几个教育界人士，联名写信告了沈石君。一式两份，分送厅、局。执笔起草的就是居大律师。他虽分不清方笔、圆笔，却颇善于刀笔。主要的罪名是："把持学政，任用私人，倡导民主，宣传赤化。"后两条是初中图书馆里买了鲁迅、高尔基的书，订了《生活周刊》，"纪念周"上讲时事。"任用私人"牵涉到高北溟。信中说："简师毕业，而教中学，纵观全国，无此特例。只为同门受业，不惜破格躐等，遂使寰城父老疾首，而令方帽学士寒心。"指摘高北溟的教学是"不依规矩，自作主张，藐视部厅，搅乱学制"。

有人把这封信的底稿抄了一份送给沈石君。沈石君看了，置之一笑。他知道这个初中校长的位置，早已有人觊觎，自厅至局，已经内定，这封控告信，不过是制造一个查办的口实。此种官场小伎俩，是三岁小儿都知道的。和这些人纠缠，味同嚼蜡。何况他已在安徽找到事，毫无恋栈之心。为了给当局一个下马台阶，彼此不伤和气，他自己主动递了一封辞职书。不两天，批复照准。继任校长，叫尹同霖，原是办党务的。——新换上的各局首脑也都是清一色，是县党部的委员。这一调整充分体现了“以党治国”精神。没有等办理交代，尹同霖先来拜会了沈石君，这是给他一个很大的面子，免得彼此心存芥蒂。尹同霖问沈石君有什么托付，沈石君只希望他能留高北溟。尹同霖满口答应。

沈石君束装就道之前，来看了高北溟，说他已和同霖提了，这点面子料想他会给的，他叫高北溟不要另外找事，安心在家等聘书。

不料，快开学了，聘书还不下来。同时，却收到第五小学的聘书。聘书后盖着五小新校长的签名章：张维谷。这是怎么回事呢？他并未向张维谷谋过职呀。

高先生只得再回五小去教书。

高先生到教务处看看，教员大半还是熟人。他和大家点点头，拿了粉笔、点名册往教室里走。纨绔子弟和幕僚在他身后努努嘴，演了一出双簧。一个说：“好马不吃回头草。”一个说：“前度刘郎今又来。”高北溟只当没有听见。

五年级有一个学生叫申潜，是现任教育局长的儿子，异常顽劣，上课时常捣乱。有一次他乘高先生回身写黑板时，用弹弓纸弹打人，一弹打在高先生的后脑勺上。高先生勃然大怒，把他训斥了一顿。不想申潜毫不认错，反而睖着眼睛看着高先生，眼睛里充满了鄙视。他没有说一句话，但是高先生从他的眼睛里清清楚楚听得到："你有什么了不起！我爸爸动一动手指头，你们的饭碗就完蛋！"高先生狂吼起来："你仗你老子的势！你们！你们这些党棍子，你们欺人太甚！"他的脑袋剧烈地摇动起来。一堂学生被高先生的神气吓呆了，鸦雀无声。

谈甓渔的文稿没有刻印出来。永远也没有刻印出来的希望了。

高雪病了。

按规定，师范毕业，还要实习一年，才能正式任教，高雪在实习一年的下学期，发现自己下午潮热（同学们都看出她到下午两颊微红，特别好看），夜间盗汗，浑身没有力气。撑到学期终了，回了家，高师母知道女儿病状，说是："可了不得！"这地方讳言这种病的病名，但是大家心里都明白。高先生请了汪厚基来给高雪看病。

汪厚基是高先生最喜欢的学生，说他"绝顶聪明"。他从一年级到六年级，各门功课都是全班第一。全县的作文比赛，书法比赛，他都是第一名。他临毕业的那年，高先生为人撰了一篇寿序。经寿翁的亲友过目之后，大家商量请谁来写。高先生一时高兴，推荐了他这个得意的学生。大家觉得叫一个孩子来写，倒很别致，而且可以沾一沾返老还童的喜气，就说不妨一试。汪厚基用多宝塔体写了十六幅寿屏，字径二寸，笔力饱满。张挂起来，满座宾客，无不诧为神童。高先生满以为这个学生一定会升学，将来一定会出人头地。他家里开爿米店，家道小康，升学没有多大困难。不想他家里决定叫他学医——学中医。高先生听说，废书而叹，连声说："可惜，可惜！"

汪厚基跟一个姓刘的老先生学了几年，在东街赁了一间房，挂牌行医了。他看起来完全不像个中医。中医宜老不宜少，而且最好是行动蹒跚，相貌奇古，这样病家才相信。东街有一个老中医就是这样。此人外号“李花脸”，满脸的红记，一年多半穿着紫红色的哆啰呢夹袍，黑羽纱马褂，说话是个齉鼻儿，浑身发出樟木气味，好像本人也才从樟木箱子里拿出来。汪厚基全不是这样，既不弯腰，也不驼背，英俊倜傥，衣着入时，像一个大学毕业生。他开了方子，总把笔套上。——中医开方之后，照例不套笔，这是一种迷信，套了笔以后就不再有人找他看病了。汪厚基不管这一套，他会写字，爱笔。他这个中医还订了好几份杂志，并且还看屠格涅夫的小说。这些都是对行医不利的，但是也许沾了“神童”的名誉的光，请他看病的不少，收入颇为可观。他家里觉得叫他学医这一步走对了。

他该成家了，来保媒的一年都有几起。汪厚基看不上。他私心爱慕着高雪。

他和高雪小学同班。两家住得不远。上学，放学，天天一起走，小时候感情很好。街上的野孩子有时欺负高雪，向她扔土坷垃，汪厚基就给她当保镖。他还时常做高雪掉在河里，他跳下去把她救起来这样的英雄的梦。高雪读了初中，师范，他看她一天比一天长得漂亮起来。隔几天看见她，都使他觉得惊奇。高雪上师范三年级时，他曾托人到高家去说媒。

高师母是很喜欢汪厚基的。高冰说：“不行！妹妹是个心高的人，她要飞到很远的地方去。她要上大学。她不会嫁一个中医。妈，您别跟妹妹说！”高北溟想了一天，对媒人说：“高雪还小。她还有一年实习，再说吧。”媒人自然知道，这是一种委婉的推托。

汪厚基每天来给高雪看病，汪厚基觉得这是一种福。高雪也很感激他。看了病，汪厚基常坐在床前，陪高雪闲谈。他们谈了好多小时候的事。彼此都记得那么清楚。高雪一天比一天地好起来了。

高雪病愈之后，就在本县一小教书，——她没有能在外地找到事，她一面补习功课，准备考大学。

接连考了两年，没有考取。

第三年，“七七”事变，抗日战争爆发，她所向往的大学，都迁到了四川、云南。日本人占领了江南，本县外出的交通断了。她想冒险通过敌占区，往云南、四川去。全家人都激烈反对，她只好在这个小城里困着。

高雪的岁数一年比一年大，该嫁人了。多少双眼睛都看着她。她老不结婚，大家就都觉得奇怪。城里渐渐有了一些流言。轻嘴薄舌的人很多。对一个漂亮的少女，有人特别爱用自己肮脏的舌头来糟蹋她，话说得很难听，说她外面有人，还说……唉，别提这些了吧。

高雪在学校是经常收到情书。有的摘录了李后主、秦少游的词，满纸伤感惆怅。有的抄了一些外国诗。有一位抄了一大段拜伦的情诗的原文，害得她还得查字典。这些信大都也有一点感情，但又都不像很认真。高雪有时也回信，写的也是一些虚无缥缈的话。她并没有一个真正的情人。

本县的小学里不断有人向她献殷勤，她一个也看不上，觉得他们讨厌。

汪厚基又托媒人来说了几次媒，都被用不同的委婉言词拒绝了。——每次家里问高雪，她都是摇摇头。

一次又一次，高家全家的心都活了，连高冰也改变了态度。她和高雪谈了半夜。

“行了吧。汪厚基对你是真心。他说他非你不娶，是实话。他脾气好，一定会对你很体贴。人也不俗。你们不是也还谈得来么？你还挑什么呢？你想要一个什么人？你想要的，这个县城里没有！妹妹，你不小了。听姐姐话，再拖下去，你真要留在家里当老姑娘？这是命，你心高命薄。退一步看，想宽一点。花开堪折直须折，莫待无花空折枝呀……”

高雪一直没有说话。

高雪同意和汪厚基结婚了。婚后的生活是平静的。汪厚基待高雪，真是含在口里怕她化了，体贴到不能再体贴。每天下床，都是厚基给她穿袜子，穿鞋。她梳头，厚基在后面捧着镜子。天凉了，天热了，厚基早给她把该换的衣服找出来放着。嫂子们常常偷偷在窗外看这小两口的无穷无尽的蜜月新婚，抿着嘴笑。

然而高雪并不快乐，她的笑总有点凄凉。半年之后，她病了。

汪厚基自己给她看病，亲自到药店去抓药，亲自煎药，还亲自尝一尝。他把全部学识都拿出来了。然而高雪的病没有起色。他把全城同行名医，包括几个西医，都请来给高雪看病。可是大家都说不出一个所以然，连一个准病名都说不出，一人一个说法。一个西医说了一个很长的拉丁病名，汪厚基请教是什么意思，这位西医说：“忧郁症。”

病了半年，百药罔效，高雪瘦得剩了一把骨头。厚基抱她起来，轻得像一个孩子。高雪觉得自己不行了，叫厚基给她穿衣裳。

衣裳穿好了，袜子也穿好了，高雪微微皱了皱眉，说左边的袜跟没有拉平。厚基给她把袜跟拉平了，她用非常温柔的眼光看着厚基，说：“厚基，你真好！”随即闭了眼睛。

汪厚基到高先生家去报信。他详详细细叙说了高雪临死的情形，说她到最后还很清醒，“我给她穿袜子，她还说左边的袜跟没有拉平。”高师母忍不住，到房里坐在床上痛哭。高冰的眼泪不断流出来，喊了一声：“妹妹，你想飞，你没有飞出去呀！”高先生捶着书桌说：“怪我！怪我！怪我！”他的脑袋不停地摇动起来。——高先生近年不只在生气的时候，只要感情一激动，就摇脑袋。

汪厚基把牌子摘了下来，他不再行医了，“我连高雪的病都看不好，我还给别人看什么？”这位医生对医药彻底发生怀疑，“医道，没有用！——骗人！”他变得有点傻了，遇见熟人就说：“她到最后还很清醒，我给她穿袜子，她还说左边袜跟没有拉平……”他不知道，他已经跟这人说过几次了。他的眼光呆滞，反应也很迟钝了。他的那点聪明灵气已经全部消失。他整天无所事事，一起来就到处乱走。家里人等他吃饭，每回看不见他，一找，他都在高雪的坟旁坐着。

高先生已经死了几年了。

五小的学生还在唱：

西挹神山爽气，

东来邻寺疏钟……

墓草萋萋，落照昏黄，歌声犹在，斯人邈矣。

高先生在东街住过的老屋倒塌了，临街的墙壁和白木板门倒还没有倒。板门上高先生写的春联也还在。大红朱笺被风雨漂得几乎是白色的了，墨写的字迹却还很浓，很黑。

辛夸高岭桂

未徙北溟鹏

一九八一年八月四日于青岛黄岛

看　水

下班了。小吕把擦得干干净净的铁锨搁到“小仓库”里，正在脚蹬着一个旧辘轴系鞋带，组长大老张走过来，跟他说：“小吕，你今天看一夜水。”

小吕的心略为沉了一沉。他没有这种准备。今天一天的活不轻松，小吕身上有点累。收工之前，他就想过：吃了晚饭，打一会百分，看两节《水浒》，洗一个脚，睡觉！他身上好像已经尝到伸腰展腿地躺在床上的那股舒服劲。看一夜水，甭打算睡了！这倒还没有什么。主要的是，他没有看过水，他不知道看水是怎么个看法。一个人，黑夜里，万一要是渠塌了，水跑了，淹了庄稼，灌了房子……那他可招架不了！一种沉重的，超过他的能力和体力的责任感压迫着他。

但是大老张说话的声音、语气，叫他不能拒绝。果园接连浇了三天三夜地了。各处的地都要浇，就这几天能够给果园使水，果园也非乘这几天抓紧了透透地浇一阵水不可，果子正在膨大，非常需要水。偏偏这一阵别的活又忙，葡萄绑条、山丁子喷药、西瓜除腻虫、倒栽疙瘩白、垄葱……全都挤在一起了。几个大工白日黑夜轮班倒，一天休息不了几小时，一个个眼睛红红的，全都熬得上了火。再派谁呢？派谁都不大合适。这样大老张才会想到小吕的头上来。小吕知道，大老张是想叫小吕在上头守守闸，看看水，他自己再坚持在果园浇一夜，这点地就差不多了。小吕是个小工，往小里说还是个孩子，一定不去，谁也不能说什么，过去也没有派过他干过这种活。但是小吕觉得不能这样。自己是果园的人，若是遇到紧张关头，自己总是逍遥自在，在一边做个没事人，心里也觉说不过去。看来也就是叫自己去比较合适。无论如何，小吕也是个男子汉，——你总不能叫两个女工黑夜里在野地里看水！大老张既然叫自己去，他说咱能行，咱就试巴试巴！而且，看水，这也挺新鲜，挺有意思！小吕就说："好吧！"

小吕把搁进去的铁锹又拿出来，大老张又嘱咐了他几句话，他扛上铁锹就走了。

吃了晚饭，小吕早早地就上了渠。

一来，小吕就去找大老张留下的两个志子。大老张告诉他，他给他在渠沿里面横插两根树枝，当作志子，一处在大闸进水处不远，一处在支渠拐弯处小石桥下。大老张说："你只要常常去看看这两根树枝。水只要不漫过志子，就不要紧，尽它流好了！若是水把它漫下去了，就去扳闸，——拉起一块闸板，把水放掉一些，——水太大了怕渠要吃不住。若是水太小了，就放下两块闸板，让它憋一憋。没有什么，这几天水势都很平稳，不会有什么问题！”

小吕走近去，没怎么费事，就找到了。也很奇怪，这只是两根普普通通的细细的树枝，半掩半露在蒙翳披纷的杂草之间，并不特别引人注意，然而小吕用眼睛滤过去，很快就发现了，而且肯定就是它，毫不怀疑。一看见了这两根树枝，小吕心里一喜，好像找到了一件失去的心爱的东西似的。有了这两个志子，他心里有了一点底。不然，他一定会一会儿觉得，水太大了吧；一会儿又觉得，水太小了吧，搞得心里七上八下，没有主意。看看这两根插得很端正牢实的树枝，小吕从心里涌起一股对于大老张的感谢，觉得大老张真好，对他真体贴，——虽然小吕也知道大老张这样做，在他根本不算什么，一个组长，第一回叫一个没有经验的小工看水，可能都会这样。

小吕又到大闸上试了一下。看看水，看看闸，又看看逐渐稀少的来往行人。小吕暗暗地鼓了鼓劲，拿起抓钩（他还没有使唤过这种工具），走下闸下的石梁。拉了一次闸板，——用抓钩套住了闸板的铁环，拽了两下，活动了，使劲往上一提，起来了！行！又放了一次闸板，——两手平提着，觑准了两边的闸槽，——觑准了！不然，水就把它冲跑了！一撒手。下去了！再用抓钩捣了两下，严丝合缝，挺好！第一回立足在横跨在大渠上的窄窄的石梁子上，满眼是汤汤洄洄、浩浩荡荡的大水，充耳是湝鸣的水声，小吕心里不免有点怯，有点晃荡。他手上深切地感觉到水的雄浑、强大的力量，——水扑击着套在抓钩上的闸板，好像有人使劲踢它似的。但是小吕屏住了气，站稳了脚，把注意力完全集中在闸板上酒杯大的铁环和两个窄窄的闸槽上，还是相当顺利地做成了他要做的事。

小吕深信大工们拉闸、安闸，也就是这样的。许多事都得自己来亲自试一下才成，别人没法跟你说，也说不清楚。

行！他觉得自己能够胜任。水势即使猛涨起来，情况紧急，他大概还能应付。他觉得轻松了一点。刚才那一阵压着他的胃的严重的感觉开始廓散。

小吕沿着渠岸巡视了一遍。走着走着，又有点紧张起来。渠沿有好几处渗水，沁得堤土湿了老大一片，黑黑的。有不少地方有蚯蚓和蝼蛄穿的小眼，汩汩地冒水。小吕觉得这不祥得很，越看越担心，越想越害怕，觉得险象丛生，到处都有倒塌的可能！他不知道怎么办，就选定了一处，用手电照着（天已经擦黑了，月亮刚上来），定定地守着它看，看看它有什么变化没有。看了半天，似乎没有什么变化，还是那样。他又换了几处，还是拿不准。这时恰好有一个晚归的工人老李远远地走过来，——小吕听得出他咳嗽的声音，他问："小吕？你在干啥呢？——看水？"

小吕连忙拉住他，"老李！这要紧不要紧？"

老李看了看，"嗐！没关系！这水流了几天了，渠沉住气了，不碍事！你不要老是这样跑来跑去。一黑夜哩，老这么跑，不把你累死啦！找个地方坐下歇歇！隔一阵起来看看就行了！哎！"

小吕就像他正在看着的《水浒传》上的英雄一样，在心里暗道了一声"惭愧"；又念了一声："阿弥陀佛！"——小吕这一阵不知从哪里学了这么一句佛号，一来就是："阿弥陀佛！"

小吕并没有坐下歇歇，他还是沿着支渠来回溜达着，不过心里安详多了。他走在月光照得着的渠岸上，走在斑驳的树影里，风吹着，渠根的绿草幽幽地摇拂着。他脚下是一渠流水……他觉得看水很有味道。

半夜里，大概十二点来钟（根据开过去不久的上行客车判断），出了一点事。小石桥上面一截渠，从庄稼地里穿过，渠身高，地势低，春汇地的时候挖断过，填起来的地方土浮，叫水涮开了一个洞。小吕巡看到这里，用手电一照，已经涮得很深了，钻了水！小吕的心扑通一声往下一掉。怎么办？这时候哪里都没法去找人……小吕留心看过大工们怎么堵洞，想了一想，就依法干起来。先用稻草填进去，（他早就背来好些稻草预备着了，背得太多了！）用铁锨立着，塞紧；然后从渠底敛起湿泥来，一锨一锨扔上去，——小吕深深感觉自己的胳臂太细，气力太小，一锨只能敛起那么一点泥，心里直着急。但是，还好，洞总算渐渐小了，终于填满了。他又仿照大工的样子，使铁锨拍实，抹平，好了！小吕这才觉得自己一身都是汗，两条腿甚至有点发颤了。水是不往外钻了，看起来也满像那么一回事，——然而，这牢靠么？

小吕守着它半天，一会儿拿手电照照，一会儿又拿手电照照。好像是没有问题，得！小吕准备转到别处再看看。可是刚一转身，他就觉得新填的泥土像抹房的稀泥一样，哗啦一下在他的身后瘫溃了，口子重新涮开，扩大，不可收拾！赶紧又回来。拿手电一照：——没有！还是挺好的！

他走开了。

过了一会儿，又来看看，——没问题。

又过了一会儿，又来看看，——挺好！

小吕的心踏实下来。不但这个口子挺完好；而且，他相信，再有别处钻开，他也一样能够招呼，——虽然干起来不如大工那样从容利索。原来这并不是那样困难，这比想象的要简单得多。小吕有了信心，在黑暗中很有意味地点了点头，对自己颇为满意。

所谓看水，不外就是这样一些事。不知不觉地，半夜过去了。水一直流得很稳，不但没有涨，反倒落了一点，那两个志子都离开水面有一寸了。小吕觉得大局仿佛已定。他知道，过了十二点以后，一般就不会有什么大水下来，这一夜可以平安度过。现在他一点都不觉得紧张了，觉得很轻松，很愉快。

现在，真可以休息了，他开始感觉有点疲倦了。他爬上小石桥头的一棵四杈糖槭树上，半躺半坐下来。他一来时就选定了这个地方。这棵树，在不到一人高的地方岔出了四个枝杈，坐上去，正好又有靠背，又可以舒舒服服地伸开腿脚。而且坐在树上就能看得见那一根志子。月亮照在水上，水光晃晃荡荡，水面上隐隐有一根黑影。用手电一射，就更加看得清清楚楚。

今天月亮真好，——快要月半了。（幸好赶上个大月亮的好天，若是阴雨天，黑月头，看起水来，就麻烦多了！）天上真干净，透明透明、蔚蔚蓝蓝的，一点渣滓都没有，像一块大水晶。小吕还很少看到过这样深邃、宁静而又无比温柔的夜空。说不出什么道理，天就是这样，老是这样，什么东西都没有，就是一片蓝。可是天上似乎隐隐地有一股什么磁力吸着你的眼睛。你的眼睛觉得很舒服，很受用，你愿意一直对着它看下去，看下去。真好看，真美，美得叫你的心感动起来。小吕看着看着，心里总像要想起一点什么很远很远的，叫人快乐的事情。他想了几件，似乎都不是他要想的，他就在心里轻轻地唱：

哎——

月亮出来亮汪汪，亮汪汪，

照见我的阿哥在他乡……

这好像有点文不对题。但是说不出为什么，这支产生在几千里外的高山里的有点伤感的歌子，倒是他所需要的。这和眼前情景在某些地方似乎相通，能够宣泄他心里的快乐。

四周围安静极了。远远听见大闸的水响，好像很远很远，有一群人一齐在喊："啊——"支渠里的水温静地，生气勃勃地流着，"活——活——活"。风吹着庄稼的宽大的叶片，沙拉，沙拉。远远有一点灯火，在密密的丛林后面闪耀，那是他父亲工作的医院。母亲和妹妹现在一定都睡了。他那些同屋的工人一定也都睡了。（小吕想了想现在宿舍里的样子，大家都睡得很熟，月亮照着他自己的那张空床……）一村子里的人现在都睡了（隐隐地好像听见鼾声）。露水下来了（他想起刚才堵口子时脚下所踩的草），到处都是一片滋润的、浓郁的青草气味，庄稼的气味，夜气真凉爽。小吕在心里想："我在看水……"过了一会儿，不知为什么，又在心里想道："真好！"而且说出声来了。

小吕在树上坐了一阵，想要下来走走。他想起该到石桥底下一段渠上看看。这一段二里半长的渠，春天才挑过，渠岸又很结实，没有什么问题。但是渠水要穿过兽医学校后墙的涵洞，洞口有一个铁箅子，可能会挂住一些顺水冲下来的枯枝乱草，叫水流得不畅快。小吕翻身跳下来，扛起插在树下的铁锨，向桥下走去。

下了石桥，渠水两边都是玉米地。玉米已经高过他的头了，那么大一片，叶子那么密，黑森森的。小吕忽然被浓重的阴影包围起来，身上有点紧张。但是，一会儿就好了。

小吕一边走着，一边顺着渠水看过去。他看小鱼秧子抢着往水上窜；看见泥鳅翻跟斗；看见岸上一个小圆洞里有一个知了爬上来，脊背上闪着金绿色的光，翅膀还没有伸展，还是湿的、软的，乳白色的。看见虾蟆叫。虾蟆叫原来是这样的！下颏底下鼓起一个白色的气泡，气泡一息：——“咶！”鼓一鼓，——“咶！”鼓一鼓——“咶！”这家伙，那么专心致志地叫，好像天塌下来也挡不住它似的。小吕索性蹲下来，用手电直照着它，端详它老半天。赫嗨，全不理会！这一片地里，多少虾蟆，都是这么叫着？小吕想想它们那种认真的、滑稽的样子，不禁失笑。——那是什么？是蛇？（小吕有点怕蛇。）渠面上，月光下，一道弯弯的水纹，前面昂起一个小脑袋。走近去，定睛看看，不是蛇，是耗子！这小东西，游到对岸，爬上去，摇摇它湿漉漉的、光光滑滑的小脑袋，跑了！……

小吕一路迤逦行来，已经到了涵洞前面。铁箅子果然壅了一堆烂柴火，——大工们都管这叫“渣积”，不少！小吕使铁锨推散，再一锨一锨地捞上来，好大一堆！渣积清理了，水好像流得快一些了，看得见涵洞口旋起小小的漩涡。

没什么事了。小吕顺着玉米地里一条近便的田埂，走回小石桥。用手电照了照志子，水好像又落了一点。

小吕觉得，月光暗了。抬起头来看看。好快！它怎么一下子就跑到西边去了？什么时候跑过去的？而且好像灯尽油干，快要熄了似的，变得很薄了，红红的，简直不亮了，好像它疲倦得不得了，在勉强支撑着。小吕知道，快了，它就要落下去了。现在大概是夜里三点钟，大老张告诉他，这几天月亮都是这时候落。说着说着，月亮落了，好像是嗯噜一下子掉下去似的。立刻，眼前一片昏黑。

真黑，这是一夜里最黑的时候。小吕一时什么也看不见了，过了一会儿，才勉强看得见一点模模糊糊的影子。小吕忽然觉得自己也疲倦得不行，有点恶心，就靠着糖槭树坐下来，铁锹斜倚在树干上。他的头沉重起来，眼皮直往下耷拉。心里好像很明白，不要睡！不要睡！但是不由自主。他觉得自己直往一个深深的、黑黑的地方掉下去，就跟那月亮似的，拽都拽不住，他睡着了那么一小会儿。人有时是知道自己怎么睡着了的。

忽然，他惊醒了！他觉得眼前有一道黑影子过去，他在迷糊之中异常敏锐明确地断定：——狼！一挺身站起来，抄起铁锹，按亮手电一照（这一切也都做得非常迅速而准确）：已经走过去了，过了小石桥。（小吕想了想，刚才从他面前走过时，离他只有四五步！）小吕听说过，遇见狼不能怕，不能跑，——越怕越糟；狼怕光，怕手电，怕手电一圈一圈的光，怕那些圈儿套它，狼性多疑。他想了想，就开着手电，尾随着它走，现在，看得更清楚了。狼像一只大狗，深深地低着脑袋（狗很少这样低着脑袋），耷拉着毛茸茸的挺长的尾巴（狗的尾巴也不是这样）。奇怪，它不管身边的亮光，还是那样慢吞吞地，不慌不忙地，既不像要回过头来，也不像要拔脚飞跑，就是这样不声不响地，低着头走，像一个心事重重、哀伤憔悴的人一样。——它知道身后有人么？它在想些什么呢？小吕正在想：要不要追上去，揍它？它走过前面的路边小杨树丛子，拐了弯，叫杨树遮住了，手电的光照不着它了。赶上去，揍它？——小吕忖了忖手里的铁锨：算了！那可实在是很危险！

小吕在石桥顶上站了一会儿，又回到糖槭树下。他很奇怪，他并不怎么怕。他很清醒，很理智。他到糖槭树下，采取的是守势。小吕这才想起，他选择了这个地方休息，原来就是想到狼的。这个地方很保险：后面是渠水，狼不可能泅过水来；他可以监视着前面的马路；万一不行，——上树！

小吕用手电频频向狼的去路照射。没有，狼没有回来。

无论如何，可不敢再睡觉了！小吕在糖槭树下来回地走着。走了一会儿，甚至还跑到刚才决开过，经他修复了的缺口那里看了看。——一边走，一边不停地用手电照射。他相信狼是不会再回来了；再有别的狼，这也不大可能，但是究竟不能放心到底。

可是他越来越困。他并不怎么害怕。狼的形象没有给他十分可怕的印象。他不因为遇见狼而得意，也不因为没有追上去打它而失悔，他现在就是困，困压倒了一切。他的意识昏木起来，脑子的活动变得缓慢而淡薄了。他在竭力抵抗着沉重的、酸楚的、深入骨髓的困劲。他觉得身上很难受，而且，很冷。他迷迷糊糊地想：我要是会抽烟，这时候抽一支烟就好了！……

好容易，天模糊亮了。

更亮了。

亮了！远远近近，一片青苍苍的、灰白灰白的颜色，好像天和地也熬过了一夜，还不大有精神似的。看得清房屋，看得清树，看得清庄稼了。小吕看着他看过一夜的水，水发清了，小多了，还不到半渠，露出来一截淤泥的痕迹，流势很弱，好像也很疲倦。小吕知道，现在已经流的是“空渠水”，上游的拦河坝又封起了，不到一个小时，这渠里的水就会流完了的。——得再过几个钟头，才会又有新的水下来。果园的地大概浇完了，这点水该够用了吧？……一串铜铃声，有人了！一个早出的社员，赶着一头毛驴，驴背上驮着一个线口袋，里边鼓鼓囊囊，好像装的西葫芦。老大爷，您早哇！好了，这真正是白天了，不会再有狼，再有漫长的、难熬的黑夜了！小吕振作一点起来。——不过他还是很困，觉得心里发虚。

远远看见果园的两个女工，陈素花和恽美兰来了。她们这么早就出来了！小吕知道，她们是因为惦着他，特为来看他来了。小吕在心里很感激她们，但是他自己觉得那感激的劲头很不足，他困得连感激也感激不动了。

陈素花给他带来了两个焖得烂烂的、滚热的甜菜。小吕一边吃甜菜，一边告诉她们，他看见狼了。他说了遇狼的经过，狼的样子。他自己都有点奇怪，他说得很平淡，一点不像他平常说话那么活灵活现的。但是陈素花和恽美兰都很惊奇，很为他的平淡的叙述所感动。她们催他赶快去睡觉，说是大老张嘱咐的：叫小吕天一亮就去睡，大闸不用管了，会有人来接。

小吕喝了两碗稀饭，爬到床上，就睡着了。睡了两个钟头，醒了。他觉得浑身都很舒服，懒懒的。他只要翻一翻身，合上眼，会立刻就睡着的。但是他看了挂在墙上的一个马蹄表，不睡了。起来，到井边用凉水洗洗脸，他向果园走去。——他到果园去干什么？

果园还是那样。小吕昨天下午还在果园的，但是不知道为什么，他好像有好久没有来了似的。似乎果园一夜之间有了一些什么重大的变化似的。什么变化呢？也难说。满园一片浓绿，绿得过了量，绿得迫人。静悄悄的。绿叶把什么都遮隔了，一眼看不出五步远。若不是远远听见有人说话，你会以为果园里一个人都没有。小吕听见大老张的声音，他知道，他正在西南拐角指挥几个人锄果树行子。小吕想：他浇了一夜地，又熬了一夜了，还不休息，真辛苦。好了，今天把这点活赶完，明天大家就可以休息一天，大老张说了：全体休息！过了这阵，就可以细水长流地干活了，一年就是这么几茬紧活。小吕想：下午我就来上班。大粒白的枝叶在动，是陈素花和恽美兰领着几个参加劳动的学生在捆葡萄条。恽美兰看见小吕了，就叫："小吕！你来干什么？不睡觉！"

小吕说："我来看看！"

"看什么？快回去睡！地都浇完了。"

小吕穿过葡萄丛，四边看看。果园的地果然都浇了，到处都是湿湿的，一片清凉泽润、汪汪泱泱的水汽直透他的脏腑。似乎葡萄的叶子都更水灵、更绿了，葡萄蔓子的皮色也更深了。小吕挺一挺胸脯，深深地吸了两口气，舒服极了。小吕想：下回我就有经验了，可以单独地看水，顶一个大工来使了，果园就等于多了半个人。看水，没有什么。狼不狼的，问题也不大。许多事都不像想象起来那么可怕……

走过一棵老葡萄架下，小吕想坐一坐。一坐下，就想躺下。躺下来，看着头顶的浓密的、鲜嫩清新的、半透明的绿叶。绿叶轻轻摇晃，变软，融成一片，好像把小吕也融到里面了。他眼皮一麻搭，不知不觉，睡着了。小吕头枕在一根暴出地面的老葡萄蔓上，满身绿影，睡得真沉，十四岁的正在发育的年轻的胸脯均匀地起伏着。葡萄，正在恣酣地、用力地从地里吸着水，经过皮层下的导管，一直输送到梢顶，输送到每一片伸张着的绿叶，和累累的、已经有指头顶大的淡绿色的果粒之中。——这时候，不论割破葡萄枝蔓的任何一处，都可以看出有清清的白水流出来，嗒嗒地往下滴……

一九六二年七月二十日改成

第二辑　大淖记事

大淖记事

一

这地方的地名很奇怪，叫作“大淖”。全县没有几个人认得这个“淖”字。县境之内，也再没有别的叫作什么淖的地方。据说这是蒙古话。那么这地名大概是元朝留下的。元朝以前这地方有没有，叫作什么，就无从查考了。

淖，是一片大水。说是湖泊，似还不够，比一个池塘可要大得多，春夏水盛时，是颇为浩淼的。这是两条水道的河源。淖中央有一条狭长的沙洲。沙洲上长满茅草和芦荻。春初水暖，沙洲上冒出很多紫红色的芦芽和灰绿色的蒌蒿[1]，很快就是一片翠绿了。

---

① 蒌蒿是生于水边的野草，粗如笔管，有节，生狭长的小叶，初生二寸来高，叫作“蒌蒿薹子”，加肉炒食极清香。苏东坡诗:“竹外桃花三两枝，春江水暖鸭先知。蒌蒿满地芦芽短，正是河豚欲上时。”蒌蒿见之于诗，这大概是第一次。他很能写出节令风物之美。——作者原注

夏天，茅草、芦荻都吐出雪白的丝穗，在微风中不住地点头。秋天，全都枯黄了，就被人割去，加到自己的屋顶上去了。冬天，下雪，这里总比别处先白。化雪的时候，也比别处化得慢。河水解冻了，发绿了，沙洲上的残雪还亮晶晶地堆积着。这条沙洲是两条河水的分界处。从淖里坐船沿沙洲西面北行，可以看到高阜上的几家炕房。绿柳丛中，露出雪白的粉墙，黑漆大书四个字："鸡鸭炕房"，非常显眼。炕房门外，照例都有一块小小土坪，有几个人坐在树桩上负曝闲谈。不时有人从门里挑出一副很大的扁圆的竹笼，笼口络着绳网，里面是松花黄色的、毛茸茸、挨挨挤挤、啾啾乱叫的小鸡小鸭。由沙洲往东，要经过一座浆坊。浆是浆衣服用的。这里的人，衣服被里洗过后，都要浆一浆。浆过的衣服，穿在身上沙沙作响。浆是芡实水磨，加一点明矾，澄去水分，晒干而成。这东西是不值什么钱的。一大盆衣被，只要到杂货店花两三个铜板，买一小块，用热水冲开，就足够用了。但是全县浆粉都由这家供应（这东西是家家用得着的），所以规模也不算小了。浆坊有四五个师傅忙碌着。喂着两头毛驴，轮流上磨。浆坊门外，有一片平场，太阳好的时候，每天晒着浆块，白得叫人眼睛都睁不开。炕房、浆坊附近还有几家买卖荸荠、慈姑、菱角、鲜藕的鲜货行，集散鱼蟹的鱼行和收购青草的草行。过了炕房和浆坊，就都是田畴麦垄，牛棚水车，人家的墙上贴着黑黄色的牛屎粑粑，——牛粪和水，拍成饼状，直径半尺，整齐地贴在墙上晾干，作燃料，已经完全是农村的景色了。由大淖北去，可至北乡各村。东去可至一沟、二沟、三垛、樊川、界首，直达邻县兴化。

大淖的南岸，有一座漆成绿色的木板房，房顶、地面，都是木板的。这原是一个轮船公司。靠外手是候船的休息室。往里去，临水，就是码头。原来曾有一只小轮船，往来本城和兴化，隔日一班，单日开走，双日返回。小轮船漆得花花绿绿的，飘着万国旗，机器突突地响，烟筒冒着黑烟，装货、卸货，上客、下客，也有卖牛肉、高粱酒、花生瓜子、芝麻灌香糖的小贩，吆吆喝喝，是热闹过一阵的。后来因为公司赔了本，股东无意继续经营，就卖船停业了。这间木板房子倒没有拆去。现在里面空荡荡、冷清清，只有附近的野孩子到候船室来唱戏玩，棍棍棒棒，乱打一气；或到码头上比赛撒尿。七八个小家伙，齐齐地站成一排，把一泡泡臊尿哗哗地撒到水里，看谁尿得最远。

大淖指的是这片水，也指水边的陆地。这里是城区和乡下的交界处。从轮船公司往南，穿过一条深巷，就是北门外东大街了。坐在大淖的水边，可以听到远远地一阵一阵朦朦胧胧的市声，但是这里的一切和街里不一样。这里没有一家店铺。这里的颜色、声音、气味和街里不一样。这里的人也不一样。他们的生活，他们的风俗，他们的是非标准、伦理道德观念和街里的穿长衣念过“子曰”的人完全不同。

二

由轮船公司往东往西，各距一箭之遥，有两丛住户人家。这两丛人家，也是互不相同的，各是各的乡风。

西边是几排错错落落的低矮的瓦屋。这里住的是做小生意的。他们大都不是本地人，是从下河一带，兴化、泰州、东台等处来的客户。卖紫萝卜的（紫萝卜是比荸荠略大的扁圆形的萝卜，外皮染成深蓝紫色，极甜脆），卖风菱的（风菱是很大的两角的菱角，壳极硬），卖山里红的，卖熟藕（藕孔里塞了糯米煮熟）的。还有一个从宝应来的卖眼镜的，一个从杭州来的卖天竺筷的。他们像一些候鸟，来去都有定时。来时，向相熟的人家租一间半间屋子，住上一阵，有的住得长一些，有的短一些，到生意做完，就走了。他们都是日出而作，日入而息。吃罢早饭，各自背着、扛着、挎着、举着自己的货色，用不同的乡音，不同的腔调，吟唱、吆唤着上街了。到太阳落山，又都像鸟似的回到自己的窝里。于是从这些低矮的屋檐下就都飘出带点甜味而又呛人的炊烟（所烧的柴草都是半干不湿的）。他们做的都是小本生意，赚钱不大。因为是在客边，对人很和气，凡事忍让，所以这一带平常总是安安静静的，很少有吵嘴打架的事情发生。

这里还住着二十来个锡匠，都是兴化帮。这地方兴用锡器，家家都有几件锡制的家伙。香炉、蜡台、痰盂、茶叶罐、水壶、茶壶、酒壶，甚至尿壶，都是锡的。嫁闺女时都要陪送一套锡器。最少也要有两个能容四五升米的大锡罐，摆在柜顶上，否则就不成其为嫁妆。出阁的闺女生了孩子，娘家要送两大罐糯米粥（另外还要有两只老母鸡，一百鸡蛋），装粥用的就是娘柜顶上的这两个锡罐。因此，二十来个锡匠并不显多。

锡匠的手艺不算费事，所用的家什也较简单。一副锡匠担子，一头是风箱，绳系里夹着几块锡板；一头是炭炉和两块二尺见方、一面裱着好几层表芯纸的方砖，锡器是打出来的，不是铸出来的。人家叫锡匠来打锡器，一般都是自己备料，——把几件残旧的锡器回炉重打。锡匠在人家门道里或是街边空地上，支起担子，拉动风箱，在锅里把旧锡化成锡水，——锡的熔点很低，不大一会就化了；然后把两块方砖对合着（裱纸的一面朝里），在两砖之间压一条绳子，绳子按照要打的锡器圈成近似的形状，绳头留在砖外，把锡水由绳口倾倒过去，两砖一压，就成了锡片；然后，用一个大剪子剪剪，焊好接口，用一个木槌在铁砧上敲敲打打，大约一两顿饭工夫就成型了。锡是软的，打锡器不像打铜器那样费劲，也不那样吵人。粗使的锡器，就这样就能交活。若是细巧的，就还要用刮刀刮一遍，用砂纸打一打，用竹节草（这种草中药店有卖的）磨得锃亮。

这一帮锡匠很讲义气。他们扶持疾病，互通有无，从不抢生意。若是合伙做活，工钱也分得很公道。这帮锡匠有一个头领，是个老锡匠，他说话没有人不听。老锡匠人很耿直，对其余的锡匠（不是他的晚辈就是他的徒弟）管教得很紧。他不许他们赌钱喝酒；嘱咐他们出外做活，要童叟无欺，手脚要干净；不许和妇道嬉皮笑脸。他教他们不要怕事，也绝不要惹事。除了上市应活，平常不让到处闲游乱窜。

老锡匠会打拳，别的锡匠也跟着练武。他屋里有好些白蜡杆，三节棍，没事便搬到外面场地上打对儿。老锡匠说：这是消遣，也可以防身，出门在外，会几手拳脚不吃亏。除此之外，锡匠们的娱乐便是唱唱戏。他们唱的这种戏叫作“小开口”，是一种地方小戏，唱腔本是萨满教的香火（巫师）请神唱的调子，所以又叫“香火戏”。这些锡匠并不信萨满教，但大都会唱香火戏。戏的曲调虽简单，内容却是成本大套，李三娘挑水推磨，生下咬脐郎；白娘子水漫金山；刘金定招亲；方卿唱道情……可以坐唱，也可以化了装彩唱。遇到阴天下雨，不能出街，他们能吹打弹唱一整天。附近的姑娘媳妇都挤过来看，——听。

老锡匠有个徒弟，也是他的侄儿，在家大排行第十一，小名就叫个“十一子”，外人都只叫他“小锡匠”。这位十一子是老锡匠的一件心事。因为他太聪明，长得又太好看了，他长得挺拔斯称，肩宽腰细，唇红齿白，浓眉大眼，头戴遮阳草帽，青鞋净袜，全身衣服整齐合体。天热的时候，敞开衣扣，露出扇面也似的胸脯，五寸宽的雪白的板带煞得很紧。走起路来，高抬脚，轻着地，麻溜利索。锡匠里出了这样一个一表人才，真是鸡窝里飞出了金凤凰。老锡匠心里明白：唱“小开口”的时候，那些挤过来的姑娘媳妇，其实都是来看这位十一郎的。

老锡匠经常告诫十一子，不要和此地的姑娘媳妇拉拉扯扯，尤其不要和东头的姑娘媳妇有什么勾搭：“她们和我们不是一样的人！”

三

轮船公司东头都是草房，茅草盖顶，黄土打墙，房顶两头多盖着半片破缸破瓮，防止大风时把茅草刮走。这里的人，世代相传，都是挑夫。男人、女人、大人、孩子，都靠肩膀吃饭。

挑得最多的是稻子。东乡、北乡的稻船，都在大淖靠岸。满船的稻子，都由这些挑夫挑走。或送到米店，或送进哪家大户的廒仓，或挑到南门外琵琶闸的大船上，沿运河外运。有时还会一直挑到车逻、马棚湾这样很远的码头上。单程一趟，或五六里，或七八里、十多里不等。一二十人走成一串，步子走得很匀，很快。一担稻子一百五十斤，中途不歇肩。一路不停地打着号子。换肩时一齐换肩。打头的一个，手往扁担上一搭，一二十副担子就同时由右肩转到左肩上来了。每挑一担，领一根“筹子”——尺半长、一寸宽的竹牌，上涂白漆，一头是红的。到傍晚凭筹领钱。

稻谷之外，什么都挑。砖瓦、石灰、竹子（挑竹子一头拖在地上，在砖铺的街面上擦得刷刷地响）、桐油（桐油很重，使扁担不行，得用木杠，两人抬一桶）……因此，一年三百六十天，天天有活干，饿不着。

十三四岁的孩子就开始挑了。起初挑半担，用两个柳条笆斗。练上一二年，人长高了，力气也够了，就挑整担，像大人一样地挣钱了。

挑夫们的生活很简单：卖力气，吃饭。一天三顿，都是干饭。这些人家都不盘灶，烧的是“锅腔子”——黄泥烧成的矮瓮，一面开口烧火。烧柴是不花钱的。淖边常有草船，乡下人挑芦柴入街去卖，一路总要撒下一些。凡是尚未挑担挣钱的孩子，就一人一把竹筢，到处去搂。因此，这些顽童得到一个稍带侮辱性的称呼，叫作“筢草鬼子”。有时懒得费事，就从乡下人的草担上猛力拽出一把，拔腿就溜。等乡下人撂下担子叫骂时，他们早就没影儿了。锅腔子无处出烟，烟子就横溢出来，飘到大淖水面上，平铺开来，停留不散。这些人家无隔宿之粮，都是当天买，当天吃。吃的都是脱壳的糙米。一到饭时，就看见这些茅草房子的门口蹲着一些男子汉，捧着一个蓝花大海碗，碗里是骨堆堆的一碗紫红紫红的米饭，一边堆着青菜小鱼、臭豆腐、腌辣椒，大口大口地在吞食。他们吃饭不怎么嚼，只在嘴里打一个滚，咕咚一声就咽下去了。看他们吃得那样香，你会觉得世界上再没有比这个饭更好吃的饭了。

他们也有年，也有节。逢年过节，除了换一件干净衣裳，吃得好一些，就是聚在一起赌钱。赌具，也是钱。打钱，滚钱。打钱：各人拿出一二十铜圆，叠成很高的一摞。参与者远远地用一个钱向这摞铜钱砸去，砸倒多少取多少。滚钱又叫“滚五七寸”。在一片空场上，各人放一摞钱；一块整砖支起一个斜坡，用一个铜圆由砖面落下，向钱注密处滚去，钱停住后，用事前备好的两根草棍量一量，如距钱注五寸，滚钱者即可吃掉这一注；距离七寸，反赔出与此注相同之数。这种古老的博法使挑夫们得到极大的快乐。旁观的闲人也不时大声喝彩，为他们助兴。

这里的姑娘媳妇也都能挑。她们挑得不比男人少，走得不比男人慢。挑鲜货是她们的专业。大概是觉得这种水淋淋的东西对女人更相宜，男人们是不屑于去挑的。这些“女将”都生得颀长俊俏，浓黑的头发上涂了很多梳头油，梳得油光水滑（照当地说法是：苍蝇站上去都会闪了腿）。脑后的发髻都极大。发髻的大红头绳的发根长到二寸，老远就看到通红的一截。她们的发髻的一侧总要插一点什么东西。清明插一个柳球（杨柳的嫩枝，一头拿牙咬着，把柳枝的外皮连同鹅黄的柳叶使劲往下一抹，成一个小小球形），端午插一丛艾叶，有鲜花时插一朵栀子，一朵夹竹桃，无鲜花时插一朵大红剪绒花。因为常年挑担，衣服的肩膀处易破，她们的托肩多半是换过的。旧衣服，新托肩，颜色不一样，这几乎成了大淖妇女的特有的服饰。一二十个姑娘媳妇，挑着一担担紫红的荸荠、碧绿的菱角、雪白的连枝藕，走成一长串，风摆柳似的嚓嚓地走过，好看得很！

她们像男人一样地挣钱，走相、坐相也像男人。走起来一阵风，坐下来两条腿叉得很开。她们像男人一样赤脚穿草鞋（脚指甲却用凤仙花染红）。她们嘴里不忌生冷，男人怎么说话她们怎么说话，她们也用男人骂人的话骂人。打起号子来也是“好大娘个歪歪子咧！”——“歪歪子咧……”

没出门子的姑娘还文雅一点，一做了媳妇就简直是“姜太公在此百无禁忌”，要多野有多野。有一个老光棍黄海龙，年轻时也是挑夫，后来腿脚有了点毛病，就在码头上看看稻船，收收筹子。这老头儿老没正经，一把胡子了，还喜欢在媳妇们的胸前屁股上摸一把，拧一下。按辈分，他应当被这些媳妇称呼一声“叔公”，可是谁都管他叫“老骚胡子”。有一天，他又动手动脚的，几个媳妇一咬耳朵，一二三,一齐上手，眨眼之间叔公的裤子就挂在大树顶上了。有一回，叔公听见卖饺面[①] 的挑着担子，敲着竹梆走来，他又来劲了:“你们敢不敢到淖里洗个澡？——敢，我一个人输你们两碗饺面！”——“真的？”——“真的！”——“好！”几个媳妇脱了衣服跳到淖里扑通扑通洗了一会。爬上岸就大声喊叫:

① 一半馄饨一半面下在一起，当地叫作“饺面”。——作者原注

“下面！”

这里人家的婚嫁极少明媒正娶，花轿吹鼓手是挣不着他们的钱的。媳妇，多是自己跑来的；姑娘，一般是自己找人。她们在男女关系上是比较随便的。姑娘在家生私孩子；一个媳妇，在丈夫之外，再“靠”一个，不是稀奇事。这里的女人和男人好，还是恼，只有一个标准：情愿。有的姑娘、媳妇相与了一个男人，自然也跟他要钱买花戴，但是有的不但不要他们的钱，反而把钱给他花，叫作“倒贴”。

因此，街里的人说这里“风气不好”。

到底是哪里的风气更好一些呢？难说。

四

大淖东头有一户人家。这一家只有两口人，父亲和女儿。父亲名叫黄海蛟，是黄海龙的堂弟（挑夫里姓黄的多）。原来是挑夫里的一把好手。他专能上高跳。这地方大粮行的“窝积”（长条芦席围成的粮囤），高到三四丈，只支一只单跳，很陡。上高跳要提着气一口气窜上去，中途不能停留。遇到上了一点岁数的或者“女将”，抬头看看高跳，有点含糊，他就走过去接过一百五十斤的担子，一支箭似的上到跳顶，两手一提，把两箩稻子倒在“窝积”里，随即三五步就下到平地。因为为人忠诚老实，二十五岁了，还没有成亲。那年在车逻挑粮食，遇到一个姑娘向他问路。这姑娘留着长长的刘海，梳了一个“苏州俏”的发髻，还抹了一点胭脂，眼色张皇，神情焦急，她问路，可是连一个准地名都说不清，一看就知道是大户人家逃出来的使女。黄海蛟和她攀谈了一会，这姑娘就表示愿意跟着他过。她叫莲子。——这地方丫头、使女多叫莲子。

莲子和黄海蛟过了一年，给他生了个女儿。七月生的，生下的时候满天都是五色云彩，就取名叫作巧云。

莲子的手很巧、也勤快，只是爱穿件华丝葛的裤子，爱吃点瓜子零食，还爱唱“打牙牌”之类的小调：“凉月子一出照楼梢，打个呵欠伸懒腰，瞌睡子又上来了。哎哟，哎哟，瞌睡子又上来了……”这和大淖的乡风不大一样。

巧云三岁那年，她的妈莲子，终于和一个过路戏班子的一个唱小生的跑了。那天，黄海蛟正在马棚湾。莲子把黄海蛟的衣裳都浆洗了一遍，巧云的小衣裳也收拾在一起，焖了一锅饭，还给老黄打了半斤酒，把孩子托给邻居，说是她出门有点事，锁了门，从此就不知去向了。

巧云的妈跑了，黄海蛟倒没有怎么伤心难过。这种事情在大淖这个地方也值不得大惊小怪。养熟的鸟还有飞走的时候呢，何况是一个人！只是她留下的这块肉，黄海蛟实在是疼得不行。他不愿巧云在后娘的眼皮底下委委屈屈地生活，因此发心不再续娶。他就又当爹又当妈，和女儿巧云在一起过了十几年。他不愿巧云去挑扁担，巧云从十四岁就学会结渔网和打芦席。

巧云十五岁，长成了一朵花。身材、脸盘都像妈。瓜子脸，一边有个很深的酒窝。眉毛黑如鸦翅，长入鬓角。眼角有点吊，是一双凤眼。睫毛很长，因此显得眼睛经常是眯睎着；忽然回头，睁得大大的，带点吃惊而专注的神情，好像听到远处有人叫她似的。她在门外的两棵树杈之间结网，在淖边平地上织席，就有一些少年人装着有事的样子来来去去。她上街买东西，甭管是买肉、买菜，打油、打酒，撕布、量头绳，买梳头油、雪花膏，买石碱、浆块，同样的钱，她买回来，分量都比别人多，东西都比别人的好。这个奥秘早被大娘、大婶们发现，她们都托她买东西。只要巧云一上街，都挎了好几个竹篮，回来时压得两个胳臂酸疼酸疼。泰山庙唱戏，人家都自己扛了板凳去。巧云散着手就去了。一去了，总有人给她找一个得看的好座。台上的戏唱得正热闹，但是没有多少人叫好。因为好些人不是在看戏，是看她。

巧云十六了，该张罗着自己的事了。谁家会把这朵花迎走呢？炕房的老大？浆坊的老二？鲜货行的老三？他们都有这意思。这点意思黄海蛟知道了，巧云也知道。不然他们老到淖东头来回晃摇是干什么呢？但是巧云没怎么往心里去。

巧云十七岁，命运发生了一个急转直下的变化。她的父亲黄海蛟在一次挑重担上高跳时，一脚踏空，从三丈高的跳板上摔下来，摔断了腰。起初以为不要紧，养养就好了。不想喝了好多药酒，贴了好多膏药，还不见效。她爹半瘫了，他的腰再也直不起来了。他有时下床，扶着一个剃头担子上用的高板凳，格登格登地走一截，平常就只好半躺下靠在一摞被卧上。他不能用自己的肩膀为女儿挣几件新衣裳，买两枝花，却只能由女儿用一双手养活自己了。还不到五十岁的男子汉，只能做一点老太婆做的事：绩了一捆又一捆的供女儿结网用的麻线。事情很清楚：巧云不会撇下她这个老实可怜的残废爹。谁要愿意，只能上这家来当一个倒插门的养老女婿。谁愿意呢？这家的全部家产只有三间草屋（巧云和爹各住一间，当中是一个小小的堂屋）。老大、老二、老三时不时走来走去，拿眼睛瞟着隔着一层渔网或者坐在雪白的芦席上的一个苗条的身子。他们的眼睛依然不缺乏爱慕，但是减少了几分急切。

老锡匠告诫十一子不要老往淖东头跑，但是小锡匠还短不了要来。大娘、大婶、姑娘、媳妇有旧壶翻新，总喜欢叫小锡匠来；从大淖过深巷上大街也要经过这里，巧云家门前的柳荫是一个等待雇主的好地方。巧云织席，十一子化锡，正好做伴。有时巧云停下活计，帮小锡匠拉风箱。有时巧云要回家看看她的残废爹，问他想不想吃烟喝水，小锡匠就压住炉里的火，帮她织一气席。巧云的手指划破了（织席很容易划破手，压扁的芦苇薄片，刀一样地锋快），十一子就帮她吮吸指头肚子上的血。巧云从十一子口里知道他家里的事：他是个独子，没有兄弟姐妹。他有一个老娘，守寡多年了。他娘在家给人家做针线，眼睛越来越不好，他很担心她有一天会瞎……

好心的大人路过时会想：这倒真是两只鸳鸯，可是配不成对。一家要招一个养老女婿，一家要接一个当家媳妇，弄不到一起。他们俩呢，只是很愿意在一处谈谈坐坐。都到岁数了，心里不是没有。只是像一片薄薄的云，飘过来，飘过去，下不成雨。

有一天晚上，好月亮，巧云到淖边一只空船上去洗衣裳（这里的船泊定后，把桨拖到岸上，寄放在熟人家，船就拴在那里，无人看管，谁都可以上去）。她正在船头把身子往前倾着，用力涮着一件大衣裳，一个不知轻重的顽皮野孩子轻轻走到她身后，伸出两手胳肢她的腰。她冷不防，一头栽进了水里。她本会一点水，但是一下子蒙了。这几天水又大，流很急。她挣扎了两下，喊救人，接连喝了几口水。她被水冲走了！正赶上十一子在炕房门外土坪上打拳，看见一个人冲了过来，头发在水上漂着。他褪下鞋子，一猛子扎到水底，从水里把她托了起来。

十一子把她肚子里的水控了出来，巧云还是昏迷不醒。十一子只好把她横抱着，像抱一个婴儿似的，把她送回去。她浑身是湿的，软绵绵，热乎乎的。十一子觉得巧云紧紧挨着他，越挨越紧。十一子的心怦怦地跳。

到了家，巧云醒来了。（她早就醒来了！）十一子把她放在床上。巧云换了湿衣裳（月光照出她的美丽的少女的身体）。十一子抓一把草，给她熬了半铞子姜糖水，让她喝下去，就走了。

巧云起来关了门，躺下。她好像看见自己躺在床上的样子。月亮真好。

巧云在心里说："你是个呆子！"

她说出声来了。

不大一会，她也就睡死了。

就在这一天夜里，另外一个人，拨开了巧云家的门。

五

由轮船公司对面的巷子转东大街，往西不远，有一个道士观，叫作"炼阳观"。现在没有道士了，里面住了不到一营水上保安队。

这水上保安队是地方武装。他们名义上归县政府管辖，饷银却由县商会开销，水上保安队的任务是下乡剿土匪。这一带土匪很多，他们抢了人，绑了票，大都藏匿在芦荡湖泊中的船上（这地方到处是水），如遇追捕，便于脱逃。因此，地方绅商觉得很需要成立一个特殊的武装力量来对付这些成帮结伙的土匪。水上保安队装备是很好的。他们乘的船是“铁板划子”——船的三面都有半人高、三四分厚的铁板，子弹是打不透的。铁板划子就停在大淖岸边，样子很高傲。一有任务，就看见大兵们扛着两挺水机关，用箩筐抬着多半筐子弹（子弹不用箱装，却使箩抬，颇奇怪），上了船，开走了。

或七八天，或十天半月，他们得胜回来了（他们有铁板划子，又有水机关，对土匪有压倒优势，很少有伤亡）。铁板划子靠了岸，上岸列队，由深巷，上大街，直奔县政府。这队伍是四列纵队。前面是号队。这不到一营的人，却有十二支号。一上大街，就“打打打滴打大打滴大打”齐齐整整地吹起来。后面是全队弟兄，一律荷枪实弹。号队之后，大队之前的正中，是捉来的土匪。有时三个五个，有时只有一个，都是五花大绑。这队伍是很神气的。最妙的是被绑着的土匪也一律都合着号音，步伐整齐，雄赳赳气昂昂地走着。甚至值日官喊“一、二、三、四”，他们也随着大声地喊。大队上街之前，要由地保事先通知沿街店铺，凡有鸟笼的（有的店铺是养八哥、画眉的），都要收起来，因为土匪大哥看见不高兴，这是他们忌讳的（他们到了县政府，都下在大狱里，看见笼中鸟，就无出狱希望了）。看看这样的铜号放光，刺刀雪亮，还夹着几个带有传奇色彩的土匪英雄的威武雄壮的队伍，是这条街上的民众的一件快乐事情。其快乐程度不下于看狮子、龙灯、高跷、抬阁和僧道齐全、六十四杠的大出丧。

除了下乡办差，保安队的弟兄们没有什么事。他们除了把两挺水机关扛到大淖边突突地打两梭（把淖岸上的泥土打得簌簌地往下掉），平常是难得出操、打野外的。使人们感觉到这营把人的存在的，是这十二个号兵早晚练号。早晨八九点钟，下午四五点钟，他们就到大淖边来了。先是拔长音，然后各自吹几段，最后是合吹进行曲、三环号，（他们吹三环号只是吹着玩，因为从来没有接受检阅的时候。）吹完号，就解散，想干什么干什么。有的，就轻手轻脚，走进一家的门外，咳嗽一声，随着，走了进去，门就关起来了。

这些号兵大都衣着整齐，干净爱俏。他们除了吹吹号，整天无事干，有的是闲空。他们的钱来得容易，——饷钱倒不多，但每次下乡，总有犒赏；有时与土匪遭遇，双方谈条件，也常从对方手中得到一笔钱，手面很大方，花钱不在乎。他们是保护地方绅商的军人，身后有靠山，即或出一点什么事，谁也无奈他何。因此，这些大爷就觉得不风流风流，实在对不起自己，也辜负了别人。

十二个号兵，有一个号长，姓刘，大家都叫他“刘号长”。这刘号长前后跟大淖几家的媳妇都很熟。

拨开巧云家的门的，就是这个号长！

号长走的时候留下十块钱。

这种事在大淖不是第一次发生。巧云的残废爹当时就知道了。他拿着这十块钱，只是长长地叹了一口气。邻居们知道了，姑娘、媳妇并未多议论，只骂了一句：“这个该死的！”

巧云破了身子，她没有淌眼泪，更没有想到跳到淖里淹死。人生在世，总有这么一遭！只是为什么是这个人？真不该是这个人！怎么办？拿把菜刀杀了他？放火烧了炼阳观？不行！她还有个残废爹。她怔怔地坐在床上，心里乱糟糟的。她想起该起来烧早饭了。她还得结网，织席，还得上街。她想起小时候上人家看新娘子，新娘子穿了一双粉红的缎子花鞋。她想起她的远在天边的妈。她记不得妈的样子，只记得妈用一个筷子头蘸了胭脂给她点了一点眉心红。她拿起镜子照照，她好像第一次看清楚自己的模样。她想起十一子给她吮手指上的血，这血一定是咸的。她觉得对不起十一子，好像自己做错了什么事。她非常失悔：没有把自己给了十一子！

她的这个念头越来越强烈。这个号长来一次，她的念头就更强烈一分。

水上保安队又下乡了。

一天，巧云找到十一子，说："晚上你到大淖东边来，我有话跟你说。"

十一子到了淖边。巧云踏在一只"鸭撇子"上（放鸭子用的小船，极小，仅容一人。这是一只公船，平常就拴在淖边。大淖人谁都可以撑着它到沙洲上挑蒌蒿，割茅草，捡野鸭蛋），把篙子一点，撑向淖中央的沙洲，对十一子说："你来！"

过了一会，十一子泅水到了沙洲上。

他们在沙洲的茅草丛里一直待到月到中天。

月亮真好啊！

六

十一子和巧云的事，师兄们都知道，只瞒着老锡匠一个人。他们偷偷地给他留着门，在门窝子里倒了水（这样推门进来没有声音）。十一子常常到天快亮的时候才回来。有一天，又是这时候才推开门。刚刚要钻被窝，听见老锡匠说：“你不要命啦！”

这种事情怎么瞒得住人呢？终于，传到刘号长的耳朵里。其实没有人跟他嚼舌头，刘号长自己还不知道？巧云看见他都讨厌，她的全身都是冷淡的。刘号长咽不下这口气。本来，他跟巧云又没有拜过堂，完过花烛，闲花野草，断了就断了。可是一个小锡匠，夺走了他的人，这丢了当兵的脸。太岁头上动土，这还行！这种事从来没有发生过。连保安队的弟兄也都觉得面上无光，在人前矬了一截。他是只许自己在别人头上拉屎撒尿，不许别人在他脸上溅一星唾沫的。若是闭着眼过去，往后，保安队的人还混不混了？

有一天，天还没亮，刘号长带了几个弟兄，踢开巧云家的门，从被窝里拉起了小锡匠，把他捆了起来。把黄海蛟、巧云的手脚也都捆了，怕他们去叫人。

他们把小锡匠弄到泰山庙后面的坟地里，一人一根棍子，搂头盖脸地打他。

他们要小锡匠卷铺盖走人，回他的兴化，不许再留在大淖。

小锡匠不说话。

他们要小锡匠答应不再走进黄家的门，不挨巧云的身子。

小锡匠还是不说话。

他们要小锡匠告一声饶，认一个错。

小锡匠的牙咬得紧紧的。

小锡匠的硬铮把这些向来是横着膀子走路的家伙惹怒了，“你这样硬！打不死你！”——“打”，七八根棍子风一样、雨一样打在小锡匠的身上。

小锡匠被他们打死了。

锡匠们听说十一子被保安队的人绑走了，他们四处找，找到了泰山庙。

老锡匠用手一探，十一子还有一丝悠悠气。老锡匠叫人赶紧去找陈年的尿桶。他经验过这种事，打死的人，只有喝了从桶里刮出来的尿碱，才有救。

十一子的牙关咬得很紧，灌不进去。

巧云捧了一碗尿碱汤，在十一子的耳边说：“十一子，十一子，你喝了！”

十一子微微听见一点声音，他睁了睁眼。巧云把一碗尿碱汤灌进了十一子的喉咙。

不知道为什么，她自己也尝了一口。

锡匠们摘了一块门板，把十一子放在门板上，往家里抬。

他们抬着十一子，到了大淖东头，还要往西走。巧云拦住了，“不要。抬到我家里。”

老锡匠点点头。

巧云把屋里存着的渔网和芦席都拿到街上卖了，买了七厘散，医治十一子身子里的瘀血。

东头的几家大娘、大婶杀了下蛋的老母鸡，给巧云送来了。

锡匠们凑了钱，买了人参，熬了参汤。

挑夫，锡匠，姑娘，媳妇，川流不息地来看望十一子。他们把平时在辛苦而单调的生活中不常表现的热情和好心都拿出来了。他们觉得十一子和巧云做的事都很应该，很对。大淖出了这样一对年轻人，使他们觉得骄傲。大家的心喜洋洋，热乎乎的，好像在过年。

刘号长打了人，不敢再露面。他那几个弟兄也都躲在保安队的队部里不出来。保安队的门口加了双岗。这些好汉原来都是一窝“草鸡”！

锡匠们开了会。他们向县政府递了呈子，要求保安队把姓刘的交出来。

县政府没有答复。

锡匠们上街游行。这个游行队伍是很多人从未见过的。没有旗子，没有标语，就是二十来个锡匠挑着二十来副锡匠担子，在全城的大街上慢慢地走。这是个沉默的队伍，但是非常严肃。他们表现出不可侵犯的威严和不可动摇的决心。这个带有中世纪行帮色彩的游行队伍十分动人。

游行继续了三天。

第三天，他们举行了“顶香请愿”。二十来个锡匠，在县政府照壁前坐着，每人头上用木盘顶着一炉炽旺的香。这是一个古老的风俗：民有沉冤，官不受理，被逼急了的百姓可以用香火把县大堂烧了，据说这不算犯法。

这条规矩记载于《六法全书》，现在不是大清国，县政府可以不理会这种“陋习”。但是这些锡匠是横了心的，他们当真干起来，后果是严重的。县长邀请县里的绅商商议，一致认为这件事不能再不管。于是由商会会长出面，约请了有关的人：一个承审——作为县长代表，保安队的副官，老锡匠和另外两个年长的锡匠，还有代表挑夫的黄海龙，四邻见证，——卖眼镜的宝应人，卖天竺筷的杭州人，在一家大茶馆里举行会谈，来“了”这件事。

会谈的结果是：小锡匠养伤的药钱由保安队负担（实际是商会拿钱），刘号长驱逐出境。由刘号长画押具结。老锡匠觉得这样就给锡匠和挑夫都挣了面子，可以见好就收了。只是要求在刘某人的具结上写上一条：如果他再踏进县城一步，任凭老锡匠一个人把他收拾了！

过了两天，刘号长就由两个弟兄持枪护送，悄悄地走了。他被调到三垛去当了税警。

十一子能进一点饮食，能说话了。巧云问他：“他们打你，你只要说不再进我家的门，就不打你了，你就不会吃这样大的苦了。你为什么不说？”

“你要我说么？”

“不要。”

“我知道你不要。”

“你值么？”

“我值。”

“十一子，你真好！我喜欢你！你快点好。”

“你亲我一下，我就好得快。”

“好，亲你！”

巧云一家有了三张嘴。两个男的不能挣钱，但要吃饭。大淖东头的人家都没有积蓄，也没有什么东西可以变卖典押。结渔网，打芦席，都不能当时见钱。十一子的伤一时半会不会好，日子长了，怎么过呢？巧云没有经过太多考虑，把爹用过的箩筐找出来，磕磕尘土，就去挑担挣“活钱”去了。姑娘媳妇都很佩服她。起初她们怕她挑不惯，后来看她脚下很快，很匀，也就放心了。从此，巧云就和邻居的姑娘媳妇在一起，挑着紫红的荸荠、碧绿的菱角、雪白的连枝藕，风摆柳似的穿街过市，发髻的一侧插着大红花。她的眼睛还是那么亮，长睫毛忽闪忽闪的。但是眼神显得更深沉，更坚定了。她从一个姑娘变成了一个很能干的小媳妇。

十一子的伤会好么？

会。

当然会！

一九八一年二月四日，旧历大年三十

故里三陈

陈小手

我们那地方，过去极少有产科医生。一般人家生孩子，都是请老娘。什么人家请哪位老娘，差不多都是固定的。一家宅门的大少奶奶、二少奶奶、三少奶奶，生的少爷、小姐，差不多都是一个老娘接生的。老娘要穿房入户，生人怎么行？老娘也熟知各家的情况，哪个年长的女佣人可以当她的助手，当“抱腰的”，不需临时现找。而且，一般人家都迷信哪个老娘“吉祥”，接生顺当。——老娘家都供着送子娘娘，天天烧香。谁家会请一个男性的医生来接生呢？——我们那里学医的都是男人，只有李花脸的女儿传其父业，成了全城仅有的一位女医人。她也不会接生，只会看内科，是个老姑娘。男人学医，谁会去学产科呢？都觉得这是一桩丢人没出息的事，不屑为之。但也不是绝对没有。陈小手就是一位出名的男性的产科医生。

陈小手的得名是因为他的手特别小，比女人的手还小，比一般女人的手还更柔软细嫩。他专能治难产。横生、倒生，都能接下来（他当然也要借助于药物和器械）。据说因为他的手小，动作细腻，可以减少产妇很多痛苦。大户人家，非到万不得已，是不会请他的。中小户人家，忌讳较少，遇到产妇胎位不正，老娘束手，老娘就会建议："去请陈小手吧。"

陈小手当然是有个大名的，但是都叫他"陈小手"。

接生，耽误不得，这是两条人命的事。陈小手喂着一匹马。这匹马浑身雪白，无一根杂毛，是一匹走马。据懂马的行家说，这马走的脚步是"野鸡柳子"，又快又细又匀。我们那里是水乡，很少人家养马。每逢有军队的骑兵过境，大家就争着跑到运河堤上去看"马队"，觉得非常好看。陈小手常常骑着白马赶着到各处去接生，大家就把白马和他的名字联系起来，称之为"白马陈小手"。

同行的医生，看内科的、外科的，都看不起陈小手，认为他不是医生，只是一个男性的老娘。陈小手不在乎这些，只要有人来请，立刻跨上他的白马，飞奔而去。正在呻吟惨叫的产妇听到他的马脖子上的銮铃的声音，立刻就安定了一些。他下了马，即刻进产房。过了一会（有时时间颇长），听到哇的一声，孩子落地了。陈小手满头大汗，走了出来，对这家的男主人拱拱手，"恭喜恭喜！母子平安！"男主人满面笑容，把封在红纸里的酬金递过去。陈小手接过来，看也不看，装进口袋里，洗洗手，喝一杯热茶，道一声"得罪"，出门上马。只听见他的马的銮铃声"哗棱哗棱”……走远了。

陈小手活人多矣。

有一年，来了联军。我们那里那几年打来打去的，是两支军队。一支是国民革命军，当地称之为“党军”；相对的一支是孙传芳的军队。孙传芳自称“五省联军总司令”，他的部队就被称为“联军”。联军驻扎在天王庙，有一团人。团长的太太（谁知道是正太太还是姨太太），要生了，生不下来。叫来几个老娘，还是弄不出来。这太太杀猪也似的乱叫。团长派人去叫陈小手。

陈小手进了天王庙。团长正在产房外面不停地“走柳”。见了陈小手，说：“大人，孩子，都得给我保住！保不住要你的脑袋！进去吧！”

这女人身上的脂油太多了，陈小手费了九牛二虎之力，总算把孩子掏出来了。和这个胖女人较了半天劲，累得他筋疲力尽。他迤里歪斜走出来，对团长拱拱手，“团长！恭喜您，是个男伢子，少爷！”

团长龇牙笑了一下，说：“难为你了！——请！”

外边已经摆好了一桌酒席。副官陪着。陈小手喝了两盅。团长拿出二十块现大洋，往陈小手面前一送，“这是给你的！——别嫌少哇！”

“太重了！太重了！”

喝了酒，揣上二十块现大洋，陈小手告辞了，“得罪！得罪！”

“不送你了！”

陈小手出了天王庙，跨上马。团长掏出枪来，从后面，一枪就把他打下来了。

团长说："我的女人，怎么能让他摸来摸去！她身上，除了我，任何男人都不许碰！这小子，太欺负人了！日他奶奶！"

团长觉得怪委屈。

陈　四

陈四是个瓦匠，外号"向大人"。

我们那个城里，没有多少娱乐。除了听书，瞧戏，大家最有兴趣的便是看会，看迎神赛会，——我们那里叫作"迎会"。

所迎的神，一是城隍，一是都土地。城隍老爷是阴间的一县之主，但是他的爵位比阳间的县知事要高得多，敕封"灵应侯"。他的气派也比县知事要大得多。县知事出巡，哪有这样威严，这样多的仪仗队伍，还有各种杂耍玩意的呢？再说打我记事起，就没见过县知事出巡过，他们只是坐了一顶小轿或坐了自备的黄包车到处去拜客。都土地东西南北四城都有，保佑境内的黎民，地位相当于一个区长。他比活着的区长要神气得多，但比城隍菩萨可就差了一大截了。他的爵位是"灵显伯"。都土地都是有名有姓的。我所居住的东城的都土地是张巡。张巡为什么会到我的家乡来当都土地呢，他又不是战死在我们那里的，这一点我始终没有弄明白。张巡是太守，死后为什么倒降职成了区长了呢？我也不明白。

都土地出巡是没有什么看头的。短簇簇的一群人，打着一些稀稀落落的仪仗，把都天菩萨（都土地为什么被称为"都天菩萨"，这一点我也不明白）抬出来转一圈，无声无息地，一会儿就过完了。所谓“看会”，实际上指的是看赛城隍。

我记得的赛城隍是在夏秋之交，阴历的七月半，正是大热的时候。不过好像也有在十月初出会的。

那真是万人空巷，倾城出观。到那天，凡城隍所经的要闹之处的店铺就都做好了准备：燃香烛，挂宫灯，在店堂前面和临街的柜台里面放好了长凳，有楼的则把楼窗全部打开，烧好了茶水，等着东家和熟主顾人家的眷属光临。这时正是各种瓜果下来的时候，牛角酥、奶奶哼（一种很“面”的香瓜）、红瓤西瓜、三白西瓜、鸭梨、槟子、海棠、石榴，都已上市，瓜香果味，飘满一街。各种卖吃食的都出动了，争奇斗胜，吟叫百端。到了八九点钟，看会的都来了。老太太、大小姐、小少爷。老太太手里拿着檀香佛珠，大小姐衣襟上挂着一串白兰花。佣人手里提着食盒，里面是兴化饼子、绿豆糕，各种精细点心。

远远听见鞭炮声、锣鼓声，“来了，来了！”于是各自坐好，等着。

我们那里的赛会和鲁迅先生所描写的绍兴的赛会不尽相同。前面并无所谓“塘报”。打头的是“拜香的”。都是一些十六七岁的小伙子，光头净脸，头上系一条黑布带，前额缀一朵红绒球，青布衣衫，赤脚草鞋，手端一个红漆的小板凳，板凳一头钉着一个铁管，上插一支安息香。他们合着节拍，依次走着，每走十步，一齐回头，把板凳放到地上，算是一拜，随即转身再走。这都是为了父母生病到城隍庙许了愿的，“拜香”是还愿。后面是“挂香”的，则都是壮汉，用一个小铁钩钩进左右手臂的肉里，下系一个带链子的锡香炉，炉里烧着檀香。挂香多的可至香炉三对。这也是还愿的。后面就是各种玩意了。

十番锣鼓音乐篷子。一个长方形的布篷，四面绣花篷檐，下缀走水流苏。四角支竹竿，有人撑着。里面是吹手，一律是笙箫细乐，边走边吹奏。锣鼓篷悉有五七篷，每隔一段玩意有一篷。

茶担子。金漆木桶，桶口翻出，上置一圈细瓷茶杯，桶内和杯内都装了香茶。

花担子。鲜花装饰的担子。

挑茶担子、花担子的扁担都极软，一步一颤。脚步要匀，三进一退，各依节拍，不得错步。茶担子、花担子虽无很难的技巧，但几十副担子同时进退，整整齐齐，亦颇婀娜有致。

舞龙。

舞狮子。

跳大头和尚戏柳翠[①]。

跑旱船。

跑小车。

最清雅好看的是“站高肩”。下面一个高大结实的男人，挺胸调息，稳稳地走着，肩上站着一个孩子，也就是五六岁，都扮着戏，青蛇、白蛇、法海、许仙，关、张、赵、马、黄，李三娘、刘知远、咬脐郎、火公窦老……他们并无动作，只是在大人的肩上站着，但是衣饰鲜丽，孩子都长得清秀伶俐，惹人疼爱。“高肩”

① 即唐宋杂戏里的《月明和尚戏柳翠》，演和尚的戴一个纸浆做成的很大的和尚脑袋，白色的脑袋，淡青的头皮，嘻嘻地笑着。我们那里已不知和尚法名月明，只是叫他“大头和尚”。——作者原注

不是本城所有，是花了大钱从扬州请来的。

后面是高跷。

再后面是跳判的。判有两种，一种是“地判”，一文一武，手执朝笏，边走边跳。一种是“抬判”，两根杉篙，上面绑着一个特制的圈椅，由四个人抬着。圈椅上蹲着一个判官。下面有人举着一个扎在一根细长且薄的竹片上的红绸做的蝙蝠，逗着判官。竹片极软，有弹性，忽上忽下，判官就追着蝙蝠，做出各种带舞蹈性的动作。他有时会跳到椅背上，甚至能在上面打飞脚。抬判不像地判只是在地面做一些滑稽的动作，这是要会一点“轻功”的。有一年看会，发现跳抬判的竟是我的小学的一个同班同学，不禁哑然。

迎会的玩意到此就结束了。这些玩意的班子，到了一些大店铺的门前，店铺就放鞭炮欢迎，他们就会停下来表演一会，或绕两个圈子。店铺常有犒赏。南货店送几大包蜜枣，茶食店送糕饼，药店送凉药洋参，绸缎店给各班挂红，钱庄则干脆扛出一钱板一钱板的铜圆，俵散众人。

后面才真正是城隍老爷（叫城隍为“老爷”或“菩萨”都可以，随便的）自己的仪仗。

前面是开道锣。几十面大筛同时敲动。筛极大，得吊在一根杆子上，前面担在一个人的肩上，后面的人担着杆子的另一头，敲。大筛的节奏是非常单调的：哐（锣槌头一击）定定（槌柄两击筛面）哐定定哐，哐定定哐定定哐……如此反复，绝无变化。唯其单调，所以显得很庄严。

后面是虎头牌。长方形的木牌，白漆，上画虎头，黑漆扁宋体黑字，大书“肃静”“回避”“敕封灵应侯”“保国佑民”。

后面是伞，——万民伞。伞有多柄，都是各行同业公会所献，彩缎绣花，绛丝平金，各有特色。我们县里最讲究的几柄伞却是纸伞。硖石所出。白宣纸上扎出芥子大的细孔，利用细孔的虚实，衬出虫鱼花鸟。这几柄宣纸伞后来被城隍庙的道士偷出来拆开一扇一扇地卖了，我父亲曾收得几扇。我曾看过纸伞的残片，真是精细绝伦。

最后是城隍老爷的“大驾”。八抬大轿，抬轿的都是全城最好的轿夫。他们踏着细步，稳稳地走着。轿顶四面鹅黄色的流苏均匀地起伏摆动着。城隍老爷一张油白大脸，疏眉细眼五绺长须，蟒袍玉带，手里捧着一柄很大的折扇，端端地坐在轿子里。这时，人们的脸上都严肃起来了，正如鲁迅先生所说：诚惶诚恐，不胜屏营待命之至。

城隍老爷要在行宫（也是一座庙里）待半天，到傍晚时才“回宫”。回宫时就只剩下少许人扛着仪仗执事，抬着轿子，飞跑着从街上走过，没有人看了。

且说高跷。

我见过几个地方的高跷，都不如我们那里的。我们那里的高跷，一是高，高至丈二。踩高跷的中途休息，都是坐在人家的房檐口。我们县的踩高跷的都是瓦匠，无一例外。瓦匠不怕高。二是能玩出许多花样。

高跷队前面有两个“开路”的，一个手执两个棒槌，不停地“郭郭，郭郭”地敲着。一个手执小铜锣，敲着“光光，光光”。他们的声音合在一起，就是“郭郭，光光；郭郭，光光”。

我总觉得这“开路”的来源是颇久远的。老远地听见“郭郭，光光”，就知道高跷来了，人们就振奋起来。

高跷队打头的是渔、樵、耕、读。就中以渔公、渔婆最逗。他们要矮身蹲在高跷上横步跳来跳去做钓鱼撒网各种动作，重心很不好掌握。后面是几出戏文。戏文以《小上坟》最动人。小丑和旦角都要能踩“花梆子”碎步。这一出是带唱的。唱的腔调是柳枝腔。当中有一出“贾大老爷”。这贾大老爷不知是何许人，只是一个衙役在戏弄他，贾大老爷不时对着一个夜壶口喝酒。他的颟顸总是引得看的人大笑。殿底的是“火烧向大人”。三个角色：一个铁公鸡，一个张嘉祥，一个向大人。向大人名荣，是清末的大将，以镇压太平天国有功，后死于任。看会的人是不管他究竟是谁的，也不论其是非功过，只是看扮演向大人的“演员”的功夫。那是很难的。向大人要在高跷上蹚马，在高跷上坐轿，——两只手抄在前面，“存”着身子，两只脚（两只跷）一撩一撩地走，有点像戏台上“走矮子”。他还要能在高跷上做“探海”“射雁”这些在平地上也不好做的高难动作（这可真是“高难”，又高又难）。到了挨火烧的时候，还要左右躲闪，簸脑袋，甩胡须，连连转圈。到了这时，两旁店铺里的看会人就会炸雷也似的大声叫起“好”来。

擅长表演向大人的，只有陈四，别人都不如。

到了会期，陈四除了在县城表演一回，还要到三垛去赶一场。县城到三垛，四十五里。陈四不卸装，就登在高跷上沿着澄子河堤赶了去。赶到那里准不误事。三垛的会，不见陈四的影子，菩萨的大驾不起。

有一年，城里的会刚散，下了一阵雷暴雨，河堤上不好走，他一路赶去，差点没摔死。到了三垛，已经误了。

三垛的会首乔三太爷抽了陈四一个嘴巴，还罚他当众跪了一炷香。

陈四气得大病了一场。他发誓从此再也不踩高跷。

陈四还是当他的瓦匠。

到冬天，卖灯。

冬天没有什么瓦匠活，我们那里的瓦匠冬天大都以糊纸灯为副业，到了灯节前，摆摊售卖。陈四的灯摊就摆在保全堂廊檐下。他糊的灯很精致。荷花灯、绣球灯、兔子灯。他糊的蛤蟆灯，绿背白腹，背上用白粉点出花点，四只爪子是活的，提在手里，来回划动，极其灵巧。我每年要买他一盏蛤蟆灯，接连买了好几年。

陈泥鳅

邻近几个县的人都说我们县的人是黑屁股。气得我的一个姓孙的同学，有一次当着很多人褪下了裤子让人看，“你们看！黑吗？”我们当然都不是黑屁股。黑屁股指的是一种救生船。这种船专在大风大浪的湖水中救人、救船，因为船尾涂成黑色，所以叫作“黑屁股”。说的是船，不是人。

陈泥鳅就是这种救生船上的一个水手。

他水性极好，不愧是条泥鳅。运河有一段叫清水潭。因为民国十年、民国二十年都曾在这里决口，把河底淘成了一个大潭。据说这里的水深，三篙子都打不到底。行船到这里，不能撑篙，只能荡桨。水流也很急，水面上拧着一个一个漩涡。从来没有人敢在这里游水。陈泥鳅有一次和人打赌，一气游了个来回。当中有一截，他半天不露脑袋，半天半天，岸上的人以为他沉了底，想不到一会，他笑嘻嘻地爬上岸来了！

他在通湖桥下住。非遇风浪险恶时，救生船一般是不出动的。他看看天色，知道湖里不会出什么事，就待在家里。

他也好义，也好利。湖里大船出事，下水救人，这时是不能计较报酬的。有一次一只装豆子的船在琵琶闸炸了，炸得粉碎。事后知道，是因为船底有一道小缝漏水，水把豆子浸湿了，豆子吃了水，突然间一齐膨胀起来，“砰”的一声把船撑炸了——那力量是非常之大的。船碎了，人掉在水里。这时跳下水救人，能要钱么？民国二十年，运河决口，陈泥鳅在激浪里救起了很多人。被救起的都已经是家破人亡，一无所有了，陈泥鳅连人家的姓名都没有问，更谈不上要什么酬谢了。在活人身上，他不能讨价；在死人身上，他却是不少要钱的。

人淹死了，尸首找不着。事主家里一不愿等尸首泡胀漂上来，二不愿尸首被“四水捋子”[①]钩得稀烂八糟，这时就会来找陈泥鳅。陈泥鳅不但水性好，且在水中能开眼见物。他就在出事地点附近，察看水流风向，然后一个猛子扎下去，潜入水底，伸手摸触。几个猛子之后，他准能把一个死尸托上来。不过得事先讲明，捞上来给多少酒钱，他才下去。有时讨价还价，得磨半天。陈泥鳅不着急，人反正已经死了，让他在水底多待一会没事。

---

① “四水捋子”是一种在水中打捞东西的用具，四面有弯钩，状如一小铁锚，而钩尖极锐利。——作者原注

陈泥鳅一辈子没少挣钱，但是他不置产业，一个积蓄也没有。他花钱很撒漫，有钱就喝酒尿了，赌钱输了。有的时候，也偷偷地周济一些孤寡老人，但嘱咐千万不要说出去。他也不娶老婆。有人劝他成个家，他说：“瓦罐不离井上破，大将难免阵头亡。淹死会水的。我见天跟水闹着玩，不定哪天龙王爷就把我请了去。留下孤儿寡妇，我死在阴间也不踏实。这样多好，吃饱了一家子不饥，无牵无挂！”

通湖桥桥洞里发现了一具女尸。怎么知道是女尸？她的长头发在洞口外飘动着。行人报了乡约，乡约报了保长，保长报到地方公益会。桥上桥下，围了一些人看。通湖桥是直通运河大闸的一道桥，运河的水由桥下流进澄子河。这座桥的桥洞很高，洞身也很长，但是很狭窄，只有人的肩膀那样宽。桥以西，桥以东，水面落差很大，水势很急，翻花卷浪，老远就听见淘淘的水声，像打雷一样。大家研究，这女尸一定是从大闸闸口冲下来的，不知怎么会卡在桥洞里了。不能就让她这么在桥洞里堵着。可是谁也想不出办法，谁也不敢下去。

去找陈泥鳅。

陈泥鳅来了，看了看。他知道桥洞里有一块石头，突出一个尖角（他小时候老在洞里钻来钻去，对洞里每一块石头都熟悉）。这女人大概是身上衣服在这个尖角上绊住了。这也是个巧劲儿，要不，这样猛的水流，早把她冲出来了。

“十块现大洋，我把她弄出来。”

“十块？”公益会的人吃了一惊，“你要得太多了！”

“是多了点。我有急用。这是玩命的事！我得从桥洞西口顺水窜进桥洞，一下子把她拨拉动了，就算成了。就这一下。一下子拨拉不动，我就会塞在桥洞里，再也出不来了！你们也都知道，桥洞只有肩膀宽，没法转身。水流这样急，退不出来。那我就只好陪着她了。”

大家都说：“十块就十块吧！这是砂锅捣蒜，一锤子！”

陈泥鳅把浑身衣服脱得光光的，道了一声：“对不起了！”纵身入水，顺着水流，笔直地窜进了桥洞。大家都捏着一把汗。只听见欻的一声，女尸冲出来了。接着陈泥鳅从东面洞口凌空窜出了水面。大家伙发了一声喊：“好水性！”

陈泥鳅跳上岸来，穿了衣服，拿了十块钱，说了声：“得罪得罪！”转身就走。

大家以为他又是进赌场、进酒店了。没有，他径直地走进陈五奶奶家里。

陈五奶奶守寡多年。她有个儿子，去年死了，儿媳妇改了嫁，留下一个孩子。陈五奶奶就守着小孙子过，日子很折皱[①]。这孩子得了急惊风，浑身滚烫，鼻翅扇动，四肢抽搐，陈五奶奶正急得两眼发直。陈泥鳅把十块钱交在她手里，说：“赶紧先到万全堂，磨一点羚羊角，给孩子喝了，再抱到王淡人那里看看！”

说着抱了孩子，拉了陈五奶奶就走。

陈五奶奶也不知哪里来的劲，跟着他一同走得飞快。

一九八三年八月一日急就

① 这是我的家乡话，意思是很困难，很不顺利。——作者原注

故里杂记

李　三

李三是地保，又是更夫。他住在土地祠。土地祠每坊都有一个。“坊”后来改称为“保”了。只有死了人，和尚放焰口，写疏文，写明死者籍贯，还沿用旧称：“南赡部洲中华民国某省某县某坊信士某某……”云云。疏文是写给阴间的公事。大概阴间还没有改过来。土地是阴间的保长。其职权范围与阳间的保长相等，不能越界理事，故称“当坊土地”。李三所管的，也只是这一坊之事。出了本坊，哪怕只差一步，不论出了什么事，死人失火，他都不问。一个坊或一个保的疆界，保长清楚，李三也清楚。

土地祠是俗称，正名是“福德神祠”。这四个字刻在庙门的砖额上，蓝地金字。这是个很小的庙。外面原有两根旗杆。西边的一根有一年叫雷劈了（这雷也真怪，把旗杆劈得粉碎，劈成了一片一片一尺来长的细木条，这还有个名目，叫作“雷楔”），只剩东边的一根了。进门有一个门道，两边各有一间耳房。东边的，住着李三。西边的一间，租给了一个卖糜饭饼子的。——糜饭饼子是米粥捣成糜，发酵后在一个平锅上烙成的，一面焦黄，一面是白的，有一点酸酸的甜味。再往里，过一个两步就跨过的天井，便是神殿。迎面塑着土地老爷的神像。神像不大，比一个常人还小一些。这土地老爷是单身，——不像乡下的土地庙里给他配一个土地奶奶。是一个笑眯眯的老头，一嘴的白胡子。头戴员外巾，身穿蓝色道袍。神像前是一个很狭的神案。神案上有一具铁制蜡烛架，横列一排烛钎，能插二十来根蜡烛。一个瓦香炉。神案前是一个收香钱的木柜。木柜前留着几尺可供磕头的砖地。如此而已。

李三同时又是庙祝。庙祝也没有多少事。初一、十五，把土地祠里外打扫一下，准备有人来进香。过年的时候，把两个“灯对子”找出来，挂在庙门两边。灯对子是长方形的纸灯，里面是木条钉成的框子，外糊白纸，上书大字，一边是“风调雨顺”，一边是“国泰民安”。灯对子里有横隔，可以点蜡烛。从正月初一，一直点到灯节。这半个多月，土地祠门前明晃晃的，很有点节日气氛。这半个月，进香的也多。每逢香期，到了晚上，李三就把收香钱的柜子打开，把香钱倒出来，一五一十地数一数。

偶尔有人来赌咒。两家为一件事分辨不清，——常见的是东家丢了东西，怀疑是西家偷了，两家对骂了一阵，就各备一份香烛到土地祠来赌咒。两个人同时磕了头，一个说：“土地老爷在上，若是某某偷了我的东西，就叫他现世现报！”另一个说：“土地老爷在上，我若做了此事，就叫我家死人失天火！他诬赖我，也一样！”咒已赌完，各自回家。李三就把只点了小半截的蜡烛吹灭，拔下，收好，备用。

李三最高兴的事，是有人来还愿。坊里有人家出了事，例如老人病重，或是孩子出了天花，就到土地祠来许愿。老人病好了，孩子天花出过了，就来还愿。仪式很隆重：给菩萨“挂匾”——送一块横宽二三尺的红布匾，上写四字：“有求必应”。满炉的香，红蜡烛把铁架都插满了（这种蜡烛很小，只二寸长，叫作“小牙”）。最重要的是：供一个猪头。因此，谁家许了愿，李三就很关心，随时打听。这是很容易打听到的。老人病好，会出来扶杖而行。孩子出了天花，在衣领的后面就会缝一条三指宽三寸长的红布，上写“天花已过”。于是李三就满怀希望地等着。这猪头到了晚上，就进了李三的砂罐了。一个七斤半重的猪头，够李三消受好几天。这几天，李三的脸上随时都是红喷喷的。

地保所管的事，主要的就是死人失火。一般人家死了人，他是不管的，他管的是无后的孤寡和“路倒”。一个孤寡老人死在床上，或是哪里发现一具无名男尸，在本坊地界，李三就有事了：拿了一个捐簿，到几家殷实店铺去化钱。然后买一口薄皮棺材装殓起来；省事一点，就用芦席一卷，草绳一捆（这有个名堂，叫作“万字纹的棺材，三道紫金箍”），用一把锄头背着，送到乱葬岗去埋掉。因此本地流传一句骂人的话：“叫李三把你背出去吧！”李三很愿意本坊常发生这样的事，因为募化得来的钱怎样花销，是谁也不来查账的。李三拿埋葬费用的余数来喝酒，实在也在情在理，没有什么说不过去。这种事，谁愿承揽，就请来试试！哼，你以为这几杯酒喝到肚里容易呀！不过，为了心安理得，无愧于神鬼，他在埋了死人后，照例还为他烧一陌纸钱，磕三个头。

李三瘦小干枯，精神不足，拖拖沓沓，迷迷瞪瞪，随时总像没有睡醒，——他夜晚打更，白天办事，睡觉也是断断续续的，看见他时他也真是刚从床上爬起来一会，想不到有时他竟能跑得那样快！那是本坊有了火警的时候。这地方把失火叫成“走水”，大概是讳言“火”字，所以反说着了。一有人家走水，李三就拿起他的更锣，用一个锣棒使劲地敲着，没命地飞跑，嘴里还大声地嚷叫：“××巷×家走水啦！××巷×家走水啦！”一坊失火，各坊的水龙都要来救，所以李三这回就跑出坊界，绕遍全城。

李三希望人家失火么？哎，话怎么能这样说呢！换一个说法：他希望火不成灾，及时救灭。火灭之后，如果这一家损失不大，他就跑去道喜：“恭喜恭喜，越烧越旺！”如果这家烧得片瓦无存，他就向幸免殃及的四邻去道喜：“恭喜恭喜，土地菩萨保佑！”他还会说：“火势没有蔓延，也多亏水龙来得快。”言下之意也很清楚：水龙来得快，是因为他没命地飞跑。听话的人并不是傻子。他飞跑着敲锣报警，不会白跑，总是能拿到相当可观的酒钱的。

地保的另一项职务是管叫花子。这里的花子有两种，一种是专赶各庙的香期的。初一、十五，各庙都有人进香。逢到菩萨生日（这些菩萨都有一个生日，不知是怎么查考出来的），香火尤盛。这些花子就从庙门、甬道，一直到大殿，密密地跪了两排。有的装作瞎子，有的用蜡烛油画成烂腿（画得很像），“老爷太太”不住地喊叫。进香的信女们就很自觉地把铜钱丢在他们面前破瓢里，她们认为把钱给花子，是进香仪式的一部分，不如此便显得不虔诚。因此，这些花子要到的钱是不少的。这些虔诚的香客大概不知道花子的黑话。花子彼此相遇，不是问要了多少钱，而说是“唤了多少狗”！这种花子是有帮的，他们都住在船上。每年还做花子会，很多花子船都集中在一起，也很热闹。这一种在帮的花子李三惹不起，他们也不碍李三的事，井水不犯河水。李三能管的是串街的花子。串街要钱的，他也只管那种只会伸着手赖着不走的软弱疲赖角色。李三提了一根竹棍，看见了，就举起竹棍大喝一声：“去去去！”有三等串街的他不管。一等是唱道情的。这是斯文一脉，穿着破旧长衫，念过两句书，又和吕洞宾、郑板桥有些瓜葛。店铺里等他唱了几句“老渔翁，一钓竿”，就会往柜台上丢一个铜板。他们是很清高的，取钱都不用手，只是用两片简板一夹，咚的一声丢在渔鼓筒里。另外两等，一是耍青龙（即耍蛇）的，一是吹筒子的。耍青龙的弄两条菜花蛇盘在脖子上，蛇芯子簌簌地直探。吹筒子的吹一个外面包了火赤练蛇皮的竹筒，“布——呜！”声音很难听，样子也难看。他们之一要是往店堂一站，半天不走，这家店铺就甭打算做生意了：女人、孩子都吓得远远地绕开走了。照规矩（不知是谁定的规矩），这两等，李三是有权赶他们走的。然而他偏不赶，只是在一个背人处把他们拦住，向他们索要例规。讨价还价，照例要争执半天。双方会谈的地方，最多的是官茅房——公共厕所。

地保当然还要管缉盗。谁家失窃，首先得叫李三来。李三先看看小偷进出的路径。是撬门，是挖洞，还是爬墙。按律（哪朝的律呢）：如果案发，撬门罪最重，只下明火执仗一等。挖洞次之。爬墙又次之。然后，叫本家写一份失单。事情就完了。如果是爬墙进去偷的，他还不会忘了把小偷爬墙用的一根船篙带走。——

小偷爬墙没有带梯子的，只是从河边船上抽一根竹篙，上面绑十来个稻草疙瘩，戗在墙边，踩着草疙瘩就进去了。偷完了，照例把这根竹篙靠在墙外。这根船篙不一会就会有失主到土地祠来赎。——“交二百钱，拿走！”

丢失衣物的人家，如果对李三说，有几件重要的东西，本家愿出钱赎回，过些日子，李三真能把这些赃物追回来。但是是怎样追回来的，是什么人偷的，这些事是不作兴问的。这也是规矩。

李三打更。左手拿着竹梆，吊着锣，右手拿锣槌。

笃，铛。定更。

笃，笃；铛——铛。二更。

笃，笃，笃；铛，铛——铛。三更。

三更以后，就不打了。

打更是为了防盗。但是人家失窃，多在四更左右，这时天最黑，人也睡得最死。李三打更，时常也装腔作势吓唬人：“看见了，看见了！往哪里躲！树后头！墙旮旯！……”其实他什么也没看见。

一进腊月，李三在打更时添了一个新项目，喊“小心火烛”[①]：

---

① 清末邑人谈人格有《警火》诗即咏此事，诗有小序，并录如下：

警　火

送灶后里胥沿街鸣锣于黄昏时，呼“小心火烛”。岁除即叩户乞赏。

烛双辉，香一炷，敬惟司命朝天去。云车风马未归来，连宵灯火谁持护。铜钲入耳警黄昏，侧耳有语还重申：“缸注水，灶徙薪”，沿街一一呼之频。唇干舌燥诚苦辛，不谋而告君何人？烹羊酌醴欢除夕，司命归来醉一得。今宵无用更鸣钲，一笑敲门索酒值。

从谈的诗中我们知道两件事。一是这种习俗原来由来已久，敲锣喊叫的正是李三这样的“里胥”。二是为什么在那样日子喊叫。原来是因为那时灶王爷上天去了，火烛没人管了。这实在是很有意思。不过，真实的原因还是岁暮风高，容易失火，与灶王的上天去汇报工作关系不大。——作者原注

“岁尾年关，——小心火烛——！

“火塘扑熄，——水缸上满——！

“老头子老太太，铜炉子撂远些[①]——！

“屋上瓦响，莫疑猫狗，起来望望——！

“岁尾年关，小心火烛……”

店铺上了板，人家关了门，外面很黑，西北风呜呜地叫着，李三一个人，腰里别着一个白纸灯笼，大街小巷，拉长了声音，有板有眼，有腔有调地喊着，听起来有点凄惨。人们想到：一年又要过去了。又想：李三也不容易，怪难为他。

没有死人，没有失火，没人还愿，没人家挨偷，李三这几天的日子委实过得有些清淡。他拿着锣、梆，很无聊地敲着三更：“笃，笃，笃；铛，铛——铛！”

一边敲，一边走，走到了河边。一只船上有一支很结实的船篙在船帮外面别着，他一伸手，抽了出来，夹在胳肢窝里回身便走。他还不紧不慢地敲着：“笃，笃，笃；铛，铛——铛！”

不想船篙带不动了，篙子后梢被一只很有劲的大手攥住了。

李三原想把船篙带到土地祠，明天等这个弄船的拿钱来赎，能弄二百钱，也能喝四两。不想这船家刚刚起来撒过尿，躺下还没有睡着。他听到有人抽篙子，爬出舱口一看：是李三！

“好，李三！你偷篙子！”

“莫喊！莫喊！”

李三不是很要脸面的人，但是一个地保偷东西，而且叫人当

① “撂远些”是说不要挨床太近，以免炉中残火烧着被褥。——作者原注

场抓住，总不大好看。

“你认打认罚？”

“认罚！认罚！罚多少？”

“罚二百钱！”

李三老是罚乡下人的钱。谁在街上挑粪，溅出了一点，“罚！二百钱！”谁在不该撒尿的地方撒了尿，“罚！二百钱！”没有想到这回被别人罚了。李三挨罚，这是有史以来第一次。

榆 树

侉奶奶住到这里一定已经好多年了，她种的八棵榆树已经很大了。

这地方把徐州以北说话带山东口音的人都叫作“侉子”。这县里有不少侉子。他们大都住在运河堤下，拉纤，推独轮车运货（运得最多的是河工所用石头），碾石头粉（石头碾细，供修大船的和麻丝桐油和在一起填塞船缝），烙锅盔（这种干厚棒硬的面饼也主要是卖给侉子吃），卖牛杂碎汤（本地人也有专门跑到运河堤上去尝尝这种异味的）……

侉奶奶想必本是一个侉子的家属，她应当有过一个丈夫，一个侉老爹。她的丈夫哪里去了呢？死了，还是“贩了桃子”——扔下她跑了？不知道。她丈夫姓什么？她姓什么？很少人知道。大家都叫她“侉奶奶”。大人、小孩，穷苦人、有钱的，都这样叫。倒好像她就姓侉似的。

侉奶奶怎么会住到这样一个地方来呢？（这附近住的都是本地人，没有另外一家侉子）她是哪年搬来的呢？你问附近的住户，他们都回答不出，只是说："啊，她一直就在这里住。"好像自从盘古开天地，这里就有一个侉奶奶。

侉奶奶住在一个巷子的外面。这巷口有一座门，大概就是所谓里门。出里门，有一条砖铺的街，伸向越塘，转过螺蛳坝，奔臭河边，是所谓后街。后街边有人家。侉奶奶却又住在后街以外。巷口外，后街边，有一条很宽的阴沟，正街的阴沟水都流到这里，水色深黑，发出各种气味，蓝靛的气味、豆腐水的气味、做草纸的纸浆气味，不知道为什么，闻到这些气味，叫人感到忧郁。经常有乡下人，用一个接了长柄的洋铁罐，把阴沟水一罐一罐刮起来，倒在木桶里（这是很好的肥料），刮得沟底嘎啦嘎啦地响。跳过这条大阴沟，有一片空地。侉奶奶就住在这片空地里。

侉奶奶的家是两间草房。独门独户，四边不靠人家，孤零零的。她家的后面，是一带围墙。围墙里面，是一家香店的作坊，香店老板姓杨。香是像压饸饹似的挤出来的，挤的时候还会发出"砰——"的一声。侉奶奶没有去看过师傅做香，不明白这声音是怎样弄出来的。但是她从早到晚就一直听着这种很深沉的声音。隔几分钟一声："砰——砰——砰"。围墙有个门，从门口往里看，便可看到一扇一扇像铁纱窗似的晒香的棕绷子，上面整整齐齐平铺着两排黄色的线香。侉奶奶门前，一眼望去，有一个海潮庵。原来不知是住和尚还是住尼姑的，多年来没有人住，废了。再往前，便是从越塘流下来的一条河。河上有一座小桥。侉奶奶家的左右都是空地。左边长了很高的草。右边是侉奶奶种的八棵榆树。

侉奶奶靠给人家纳鞋底过日子。附近几条巷子的人家都来找她，拿了旧布（间或也有新布），袼褙（本地叫作“骨子”）和一张纸剪的鞋底样。侉奶奶就按底样把旧布、袼褙剪好，“做”一“做”（粗缝几针），然后就坐在门口小板凳上纳。扎一锥子，纳一针，“哧啦——哧啦”。有时把锥子插在头发里“光”一“光”（读去声）。侉奶奶手劲很大，纳的针脚很紧，她纳的底子很结实，大家都愿找她纳。也不讲个价钱。给多，给少，她从不争。多少人穿过她纳的鞋底啊！

侉奶奶一清早就坐在门口纳鞋底。她不点灯。灯碗是有一个的，房顶上也挂着一束灯草。但是灯碗是干的，那束灯草都发黄了。她睡得早，天上一见星星，她就睡了。起得也早。别人家的烟筒才冒出烧早饭的炊烟，侉奶奶已经纳好半只鞋底。除了下雨下雪，她很少在屋里（她那屋里很黑），整天都坐在门外扎锥子，抽麻线。有时手酸了，眼困了，就停下来四面看看。

正街上有一家豆腐店，有一头牵磨的驴。每天上下午，豆腐店的一个孩子总牵驴到侉奶奶的榆树下打滚。驴乏了，一滚，再滚，总是翻不过去。滚了四五回，哎，翻过去了。驴打着响鼻，浑身都轻松了。侉奶奶原来直替这驴在心里攒劲；驴翻过了，侉奶奶也替它觉得轻松。

街上的，巷子里的孩子常上侉奶奶门前的空地上来玩。他们在草窝里捉蚂蚱，捉油葫芦。捉到了，就拿给侉奶奶看。“侉奶奶，你看！大不大？”侉奶奶必很认真地看一看，说：“大。真大！”孩子玩一回，又转到别处去玩了，或沿河走下去，或过桥到对岸远远的一个道士观去看放生的乌龟。孩子的妈妈有时来找孩子（或家里来了亲戚，或做得了一件新衣要他回家试试），就问侉奶奶："看见我家毛毛了么？"侉奶奶就说："看见咧，往东咧。"或："看见咧，过河咧。"……

侉奶奶吃得真是苦。她一年到头喝粥。三顿都是粥。平常是她到米店买了最糙最糙的米来煮。逢到粥厂放粥（这粥厂是官办的，门口还挂一块牌：×× 县粥厂），她就提了一个"檑子"（小水桶）去打粥。这一天，她就自己不开火了，喝这粥。粥厂里打来的粥比侉奶奶自己煮的要白得多。侉奶奶也吃菜。她的"菜"是她自己腌的胡萝卜。啊呀，那叫咸，比盐还咸，咸得发苦！——不信你去尝一口看！

只有她的侄儿来的那一天，才变一变花样。

侉奶奶有一个亲人，是她的侄儿。过继给她了，也可说是她的儿子。名字只有一个字，叫个"牛"。牛在运河堤上卖力气，也拉纤，也推车，也碾石头。他隔个十天半月来看看他的过继的娘。他的家口多，不能给娘带什么，只带了三斤重的一块锅盔。娘看见牛来了，就上街，到卖熏烧的王二的摊子上切二百钱猪头肉，用半张荷叶托着。另外，还忘不了买几根大葱，半碗酱。娘俩就结结实实地吃了一顿山东饱饭。

侉奶奶的八棵榆树一年一年地长大了。香店的杨老板几次托甲长丁裁缝来探过侉奶奶的口风，问她卖不卖。榆皮，是做香的原料。——这种事由买主亲自出面，总不合适，老街旧邻的，总得有个居间的人出来说话。这样要价、还价，才有余地。丁裁缝来一趟，侉奶奶总是说："树还小咧，叫它再长长。"

人们私下议论：侉奶奶不卖榆树，她是指着它当棺材本哪。

榆树一年一年地长。侉奶奶一年一年地活着，一年一年地纳鞋底。

侉奶奶的生活实在是平淡之至。除了看驴打滚，看孩子捉蚂蚱、捉油葫芦，还有些什么值得一提的事呢？——这些捉蚂蚱的孩子一年比一年大。侉奶奶纳他们穿的鞋底，尺码一年比一年放出来了。

值得一提的有：

有一年，杨家香店的作坊接连着了三次火，查不出起火原因。人说这是“狐火”，是狐狸用尾巴蹭出来的。于是在香店作坊的墙外盖了一个三尺高的“狐仙庙”，常常有人来烧香。着火的时候，满天通红，乌鸦乱飞乱叫，火光照着侉奶奶的八棵榆树也是通红的，像是火树一样。

有一天，不知怎么发现了海潮庵里藏着一窝土匪。地方保安队来捉他们。里面往外打枪，外面往里打枪，乒乒乓乓。最后是有人献计用火攻，——在庵外墙根堆了稻草，放火烧！土匪吃不住劲，只好把枪丢出，举着手出来就擒了。海潮庵就在侉奶奶家前面不远，两边开仗的情形，她看得清清楚楚。她很奇怪，离得这么近，她怎么就不知道庵里藏着土匪呢？

这些，使侉奶奶留下深刻印象，然而与她的生活无关。

使她的生活发生一点变化的是：——

有一个乡下人赶了一头牛进城，牛老了，他要把它卖给屠宰场去。这牛走到越塘边，说什么也不肯走了，跪着，眼睛里吧嗒吧嗒直往下掉泪。围了好些人看。有人报给甲长丁裁缝。这是发生在本甲之内的事，丁甲长要是不管，将为人神不喜。他出面求告了几家吃斋念佛的老太太，凑了牛价，把这头老牛买了下来，作为老太太们的放生牛。这牛谁来养呢？大家都觉得交侉奶奶养合适。丁甲长对侉奶奶说，这是一甲人信得过她，侉奶奶就答应下了。这养老牛还有一笔基金（牛总要吃点干草呀），就交给侉奶奶放印子。从此侉奶奶就多了几件事：早起把牛放出来，尽它到草地上去吃青草。青草没有了，就喂它吃干草。一早一晚，牵到河边去饮。傍晚拿了收印子钱的折子，沿街串乡去收印子。晚上，牛就和她睡在一个屋里。牛卧着，安安静静地倒嚼，侉奶奶可觉得比往常累得多。她觉得骨头疼，半夜了，还没有睡着。

不到半年，这头牛老死了。侉奶奶把放印子的折子交还丁甲长，还是整天坐在门外纳鞋底。

牛一死，侉奶奶也像老了好多。她时常病病歪歪的，连粥都不想吃，在她的黑洞洞的草屋里躺着。有时出来坐坐，扶着门框往外走。

一天夜里下大雨。瓢泼大雨不停地下了一夜。很多人家都进了水。丁裁缝怕侉奶奶家也进了水了，她屋外的榆树都浸在水里了。他赤着脚走过去，推开侉奶奶的门一看：侉奶奶死了。

丁裁缝派人把她的侄子牛叫了来。

得给侉奶奶办后事呀。侉奶奶没有留下什么钱，牛也拿不出钱，只有卖榆树。

丁甲长找到杨老板。杨老板倒很仁义，说是先不忙谈榆树的事，这都好说，由他先垫出一笔钱来，给侉奶奶买一身老衣，一副杉木棺材，把侉奶奶埋了。

侉奶奶安葬以后，榆树生意也就谈妥了。杨老板雇了人来，咯嗤咯嗤，把八棵榆树都放倒了。新锯倒的榆树，发出很浓的香味。

杨老板把八棵榆树的树皮剥了，把树干卖给了木器店。据人了解，他卖的八棵树干的钱就比他垫出和付给牛的钱还要多。他等于白得了八棵榆树皮，又捞了一笔钱。

鱼

臭水河和越塘原是连着的。不知从哪年起，螺蛳坝以下淤塞了，就隔断了。风和人一年一年把干土烂草往河槽里填，河槽变成很浅了，不过旧日的河槽依然可以看得出来。两旁的柳树还能标出原来河的宽度。这还是一条河，一条没有水的干河。

干河的北岸种了菜。南岸有几户人家。这几家都是做嫁妆的，主要是做嫁妆之中的各种盆桶，脚盆、马桶、檯子。这些盆桶是街上嫁妆店的订货，他们并不卖门市。这几家只是本钱不大，材料不多的作坊。这几家的大人、孩子，都是做盆桶的工人。他们整天在门外柳树下锯、刨。他们使用的刨子很特别。木匠使刨子是往前推，桶匠使刨子是往后拉。因为盆桶是圆的，这么使才方便，这种刨子叫作“刮刨”。盆桶成型后，要用砂纸打一遍，然后上漆。上漆之前，先要用猪血打一道底子。刷了猪血，得晾干。因此老远地就看见干河南岸，绿柳荫中排列着好些通红的盆盆桶桶，看起来很热闹，画出了这几家作坊的一种忙碌的兴旺气象。

桶匠有本钱，有手艺，在越塘一带，比起那些完全靠力气吃饭的挑夫、轿夫要富足一些。和杀猪的庞家就不能相比了。

从侉奶奶家旁边向南伸出的后街到往螺蛳坝方向，拐了一个直角。庞家就在这拐角处，门朝南，正对越塘。他家的地势很高，从街面到屋基，要上七八层台阶。房屋在这一片算是最高大的。房屋盖起的时间不久，砖瓦木料都还很新。檩粗板厚，瓦密砖齐。两边各有两间卧房，正中是一个很宽敞的穿堂。坐在穿堂里，可以清清楚楚看到越塘边和淤塞的旧河交接处的一条从南到北的土路，看到越塘的水，和越塘对岸的一切，眼界很开阔。这前面的新房子是住人的。养猪的猪圈，烧水、杀猪的场屋都在后面。

庞家兄弟三个，各有分工。老大经营擘画，总管一切。老二专管各处收买生猪。他们家不买现成的肥猪，都是买半大猪回来自养。老二带一个伙计，一趟能赶二三十头猪回来。因为杀的猪多，他经常要外出。杀猪是老三的事，——当然要有两个下手伙计。每天五更头，东方才现一点鱼肚白，这一带人家就听到猪尖声号叫，知道庞家杀猪了。猪杀得了，放了血，在杀猪盆里用开水烫透，吹气，刮毛。杀猪盆是一种特制的长圆形的木盆，盆帮很高。二百来斤的猪躺在里面，富富有余。杀几头猪，没有一定，按时令不同。少则两头，多则三头四头，到年下人家腌肉时就杀得更多了。因此庞家有四个极大的木盆，几个伙计同时动手洗刮。

这地方不兴叫“屠户”。也不叫“杀猪的”，大概嫌这种叫法不好听，大都叫“开肉案子的”。“开”肉案子，就是掌柜老板一流，显得身份高了。庞家肉案子生意很好，因为一条东大街上只有这一家肉案子。早起人进人出，剁刀响，铜钱响，票子响。不到晌午，几片猪就卖得差不多了。这里人一天吃的肉都是上午一次买齐，很少下午来割肉的。庞家肉案到午饭后，只留一两块后臀硬肋等待某些家临时来了客人的主顾，留一个人照顾着。一天的生意已经做完，店堂闲下来了。

店堂闲下来了。别的肉案子，闲着就闲着吧。庞家的人可真会想法子。他们在肉案子的对面，设了一道栏柜，卖茶叶。茶叶和猪肉是两码事，怎么能卖到一起去呢？——可是，又为什么一定不能卖到一起去呢？东大街没有一家茶叶店，要买茶叶就得走一趟北市口。有了这样一个卖茶叶的地方，省走好多路。卖茶叶，有一个人盯着就行了。有时叫一个小伙计来支应。有时老大或老三来看一会。有时，庞家的三妯娌之一，也来店堂里坐着，包包茶叶，收收钱。这半间店堂的茶叶店生意很好。

庞家三兄弟一个是一个。老大稳重，老二干练，老三是个文武全才。他们长得比别人高出一头。老三尤其肥白高大。他下午没事，常在越塘高空场上练石担子、石锁。他还会写字，写刘石庵体的行书。这里店铺都兴装着花槅子。槅子留出一方空白，叫作“桶子心”，可以贴字画。别家都是请人写画的。庞家肉案子是庞老三自己写的字。他大概很崇拜赵子龙。别人家槅心里写的是“春眠不觉晓，处处闻啼鸟”“夫天地者万物之逆旅，光阴者百代之过客”之类，他写的都是《三国演义》里赞赵子龙的诗。

庞家这三个妯娌，一个赛似一个的漂亮，一个赛似一个的能干。她们都非常勤快。天不亮就起来，烧水，煮猪食，喂猪。白天就坐在穿堂里做针线。都是光梳头，净洗脸，穿得整整齐齐，头上戴着金簪子，手上戴着麻花银镯。人们走到庞家门前，就觉得眼前一亮。

到粥厂放粥，她们就一人拎一个橝子去打粥。

这不免会引起人们议论：“戴着金簪子去打粥！——侉奶奶打粥，你庞家也打粥?！”大家都知道，她们打了粥来是不吃的，——喂猪！因此，越塘、螺蛳坝一带人对庞家虽很羡慕并不亲近，都觉得庞家的人太精了。庞家的人缘不算好。别人也知道，庞家人从心里看不起别人，尤其是这三个女的。

越塘边发生了从未见过的奇事。

这一年雨水特别大，臭水河的水平了岸，水都漫到后街街面上来了。地方上的居民铺户共同商议，决定挖开螺蛳坝，在淤塞的旧河槽挖一道沟，把臭水河的水引到越塘河里去。这道沟只两尺宽。臭水河的水位比越塘高得多。水在沟里流得像一支箭。

流着，流着，一个在岸边做桶的孩子忽然惊叫起来：“鱼！”

一条长有尺半的大鲤鱼“叭”的一声蹦到岸上来了。接着，一条，一条，又一条，鲤鱼！鲤鱼！鲤鱼！

不知从哪里来的那么多的鲤鱼。它们戗着急水往上蹿，不断地蹦到岸上。桶店家的男人、女人，大人、小孩，都奔到沟边来捉鱼。有人搬了脚盆放在沟边，等鲤鱼往里跳。大家约定，每家的盆，放在自己家门口，鱼跳进谁家的盆算谁的。

他们正在商议，庞家的几个人搬了四个大杀猪盆，在水沟流入越塘入口处挨排放好了。人们小声嘟囔：“真是眼尖手快啊！”但也没有办法。不是说谁家的盆放在谁家门口么？庞家的盆是放在庞家的门口（当然他家门口到河槽还有一个距离），庞家杀猪盆又大，放的地方又好，鱼直往里跳。人们不满意。但是好在家家的盆里都不断跳进鱼来，人们不断地欢呼，狂叫，简直好像做着一个欢喜而又荒唐的梦，高兴压过了不平。

这两天，桶匠家家家吃鱼，喝酒。这一辈子没有这样痛快地吃过鱼。一面开怀地嚼着鱼肉，一面还觉得天地间竟有这等怪事：鱼往盆里跳，实在不可思议。

两天后，臭水河的积水流泻得差不多了，螺蛳坝重新堵上，沟里没有水了，也没有鱼了，岸上到处是鱼鳞。

庞家桶里的鱼最多。但是庞家这两天没有吃鱼。他家吃的是鱼籽、鱼脏。鱼呢？这妯娌三个都把来用盐揉了，肚皮里撑一根芦柴棍，一条一条挂在门口的檐下晾着，挂了一溜。

把鱼已经通通吃光了的桶匠走到庞家门前，一个对一个说："真是鱼也有眼睛，谁家兴旺，它就往谁家盆里跳啊！"

正在穿堂里做针线的妯娌三个都听见了。三嫂子抬头看了二嫂子一眼，二嫂子看了大嫂子一眼，大嫂子又向两个弟媳妇都看了一眼。她们低下头来继续做针线，她们的嘴角都挂着一种说不清的表情。是对自己的得意？是对别人的鄙夷？

一九八一年六月十八日承德避暑山庄

鉴赏家

全县第一个大画家是季匋民，第一个鉴赏家是叶三。

叶三是个卖果子的。他这个卖果子的和别的卖果子的不一样。不是开铺子的，不是摆摊的，也不是挑着担子走街串巷的。他专给大宅门送果子。也就是给二三十家送。这些人家他走得很熟，看门的和狗都认识他。到了一定的日子，他就来了。里面听到他敲门的声音，就知道：是叶三。挎着一个金丝篾篮，篮子上插一把小秤，他走进堂屋，扬声称呼主人。主人有时走出来跟他见见面，有时就隔着房门说话。“给您称——？”——“五斤”。什么果子，是看也不用看的，因为到了什么节令送什么果子都是一定的。叶三卖果子从不说价。买果子的人家也总不会亏待他。有的人家当时就给钱，大多数是到节下（端午、中秋、新年）再说。叶三把果子称好，放在八仙桌上，道一声“得罪”，就走了。他的果子不用挑，个个都是好的。他的果子的好处，第一是得四时之先。市上还没有见这种果子，他的篮子里已经有了。第二是都很大，都均匀，很香，很甜，很好看。他的果子全都从他手里过过，有疤的、有虫眼的、挤筐、破皮、变色、过小的全都剔下来，贱价卖给别的果贩。他的果子都是原装；有些是直接到产地采办来的，都是“树熟”，——不是在米糠里闷熟了的。他经常出外，出去买果子比他卖果子的时间要多得多。他也很喜欢到处跑。四乡八镇，哪个园子里，什么人家，有一棵什么出名的好果树，他都知道，而且和园主打了多年交道，熟得像是亲家一样了。——别的卖果子的下不了这样的功夫，也不知道这些路道。到处走，能看很多好景致，知道各地乡风，可资谈助，对身体也好。他很少得病，就是因为路走得多。

立春前后，卖青萝卜。“棒打萝卜”，摔在地下就裂开了。杏子、桃子下来时卖鸡蛋大的香白杏，白得像一团雪，只嘴儿以下有一根红线的“一线红”蜜桃。再下来是樱桃，红的像珊瑚，白的像玛瑙。端午前后，枇杷。夏天卖瓜。七八月卖河鲜：鲜菱、鸡头、莲蓬、花下藕。卖马牙枣，卖葡萄。重阳近了，卖梨：河间府的鸭梨、莱阳的半斤酥，还有一种叫作“黄金坠子”的香气扑人个儿不大的甜梨。菊花开过了，卖金橘，卖蒂部起脐子的福州蜜橘。入冬以后，卖栗子、卖山药（粗如小儿臂）、卖百合（大如拳）、卖碧绿生鲜的檀香橄榄。

他还卖佛手、香橼。人家买去，配架装盘，书斋清供，闻香观赏。

不少深居简出的人，是看到叶三送来的果子，才想起现在是什么节令了的。

叶三卖了三十多年果子，他的两个儿子都成人了。他们都是学布店的，都出了师了。老二是三柜，老大已经升为二柜了。谁都认为老大将来是会升为头柜，并且会当管事的。他天生是一块好材料。他是店里头一把算盘，年终结总时总得由他坐在账房里哗哗剥剥打好几天。接待厂家的客人，研究进货（进货是个大学问，是一年的大计，下年多进哪路货，少进哪路货，哪些必须常备，哪些可以试销，关系全年的盈亏），都少不了他。老二也很能干。量尺、撕布（撕布不用剪子开口，两手的两个指头夹着，借一点巧劲，嗤——的一声，布就撕到头了），干净利落。店伙的动作快慢，也是一个布店的招牌。顾客总愿意从手脚麻利的店伙手里买布。这是天分，也靠练习。有人就一辈子都是迟钝笨拙，改不过来。不管干哪一行，都是人比人，这是没有办法的事。弟兄俩都长得很神气，眉清目秀，不高不矮。布店的店伙穿得都很好。什么料子时新，他们就穿什么料子。他们的衣料当然是价廉物美的。他们买衣料是按进货价算的，不加利润；若是零头，还有折扣。这是布店的规矩，也是老板乐为之的，因为店伙穿得时髦，也是给店里装门面的事。有的顾客来买布，常常指着店伙的长衫或翻在外面的短衫的袖子，“照你这样的，给我来一件。”

弟兄俩都已经成了家，老大已经有一个孩子，——叶三抱孙子了。

这年是叶三五十岁整生日，一家子商量怎么给老爷子做寿。老大老二都提出爹不要走宅门卖果子了，他们养得起他。

叶三有点生气了，“嫌我给你们丢人？两位大布店的‘先生’，有一个卖果子的老爹，不好看？”

儿子连忙解释："不是的。你老人家岁数大了，老在外面跑，风里雨里，水路旱路，做儿子的心里不安。"

"我跑惯了。我给这些人家送惯了果子。就为了季四太爷一个人，我也得卖果子。"

季四太爷即季匋民。他大排行是老四，城里人都称之为"四太爷"。

"你们也不用给我做什么寿。你们要是有孝心，把四太爷送我的画拿出去裱了，再给我打一口寿材。"这里有这样一种风俗，早早就把寿材准备下了，为的讨个吉利：添福添寿。于是就都依了他。

叶三还是卖果子。

他真是为了季匋民一个人卖果子的。他给别人家送果子是为了挣钱，他给季匋民送果子是为了爱他的画。

季匋民有一个脾气，一边画画，一边喝酒。喝酒不就菜，就水果。画两笔，凑着壶嘴喝一大口酒，左手拈一片水果，右手执笔接着画。画一张画要喝二斤花雕，吃斤半水果。

叶三搜罗到最好的水果，总是首先给季匋民送去。

季匋民每天一起来就走进他的小书房——画室。叶三不须通报，由一个小六角门进去，走过一条碎石铺成的冰花曲径，隔窗看见季匋民，就提着、捧着他的鲜果走进去。

"四太爷，枇杷，白沙的！"

"四太爷，东墩的西瓜，三白！——这种三白瓜有点梨花香味，别处没有！"

他给季匋民送果子，一来就是半天。他给季匋民磨墨、漂朱膘、研石青石绿、抻纸。季匋民画的时候，他站在旁边很入神地看，专心致意，连大气都不出。有时看到精彩处，就情不自禁地深深吸一口气，甚至小声地惊呼起来。凡是叶三吸气、惊呼的地方，也正是季匋民的得意之笔。季匋民从不当众作画，他画画有时是把书房门锁起来的。对叶三可例外，他很愿意有这样一个人在旁边看着，他认为叶三真懂，叶三的赞赏是出于肺腑，不是假充内行，也不是谀媚。

季匋民最讨厌听人谈画。他很少到亲戚家应酬。实在不得不去的，他也是到一到，喝半盏茶就道别。因为席间必有一些假名士高谈阔论。因为季匋民是大画家，这些名士就特别爱在他面前评书论画，借以卖弄自己高雅博学。这种议论全都是道听途说，似通不通。季匋民听了，实在难受。他还知道，他如果随声答音，应付几句，某一名士就会在别的应酬场所重贩他的高论，且说："兄弟此言，季匋民亦深为首肯。"

但是他对叶三另眼相看。

季匋民最佩服李复堂[①]。他认为扬州八怪里李复堂功力最深，大幅小品都好，有笔有墨，也奔放，也严谨，也浑厚，也秀润，而且不装模作样，没有江湖气。有一天叶三给他送来四开李复堂的册页，使季匋民大吃一惊：这四开册页是真的！季匋民问他是多少钱买的，叶三说没花钱。他到三垛贩果子，看见一家的柜橱的

---

① 李复堂，名鱓，字宗扬，复堂是他的号，又号"懊道人"。他是康熙年间的举人，当过滕县知县，因为得罪上级，功名和官都被革掉了，终年只做画师。他作画有时得向郑板桥去借纸，大概是相当穷困的。他本画工笔，是宫廷画家蒋廷锡的高足。后到扬州，改画写意，师法高其佩，受徐青藤、八大、石涛的影响，风度大变，自成一家。——作者原注

玻璃里镶了四幅画，——他在四太爷这里看过不少李复堂的画，能辨认，他用四张“苏州片”[1] 跟那家换了。“苏州片”花花绿绿的，又是簇新的，那家还很高兴。

叶三只是从心里喜欢画，他从不瞎评论。季匋民画完了画，钉在壁上，自己负手远看，有时会问叶三：“好不好？”

“好！”

“好在哪里？”

叶三大多能一句话说出好在何处。

季匋民画了一幅紫藤，问叶三。

叶三说：“紫藤里有风。”

“唔！你怎么知道？”

“花是乱的。”

“对极了！”

季匋民提笔题了两句词：

深院悄无人，风拂紫藤花乱。

季匋民画了一张小品，老鼠上灯台。叶三说：“这是一只小老鼠。”

“何以见得。”

“老鼠把尾巴卷在灯台柱上。它很顽皮。”

---

① 仿旧的画，多为工笔花鸟，设色娇艳，旧时多为苏州画工所作，行销各地，故称“苏州片”。苏州片也有仿制得很好的，并不俗气。——作者原注

“对！”

季匋民最爱画荷花。他画的都是墨荷。他佩服李复堂，但是画风和复堂不似。李画多凝重，季匋民飘逸。李画多用中锋，季匋民微用侧笔，——他写字写的是章草。李复堂有时水墨淋漓，粗头乱服，意在笔先；季匋民没有那样的恣悍，他的画是大写意，但总是笔意俱到，收拾得很干净，而且笔致疏朗，善于利用空白。他的墨荷参用了张大千，但更为舒展。他画的荷叶不勾筋，荷梗不点刺，且喜作长幅，荷梗甚长，一笔到底。

有一天，叶三送了一大把莲蓬来，季匋民一高兴，画了一幅墨荷，好些莲蓬。画完了，问叶三：“如何？”

叶三说：“四太爷，你这画不对。”

“不对？”

“‘红花莲子白花藕’。你画的是白荷花，莲蓬却这样大，莲子饱，墨色也深，这是红荷花的莲子。”

“是吗？我头一回听见！”

季匋民于是展开一张八尺生宣，画了一张红莲花，题了一首诗：

红花莲子白花藕，果贩叶三是我师。

惭愧画家少见识，为君破例着胭脂。

季匋民送了叶三很多画。——有时季匋民画了一张画，不满意，团掉了。叶三捡起来，过些日子送给季匋民看看，季匋民觉得也还不错，就略改改，加了题，又送给了叶三。季匋民送给叶三的画都是题了上款的。叶三也有个学名。他五行缺水，起名润生。季匋民给他起了个字，叫泽之。送给叶三的画上，常题“泽之三兄雅正”。有时径题“画与叶三”。季匋民还向他解释：以排行称呼，是古人风气，不是看不起他。

有时季匋民给叶三画了画，说：“这张不题上款吧，你可以拿去卖钱，——有上款不好卖。”

叶三说：“题不题上款都行。不过您的画我不卖！”

“不卖？”

“一张也不卖！”

他把季匋民送他的画都放在他的棺材里。

十多年过去了。

季匋民死了。叶三已经不卖果子，但是他四季八节，还四处寻觅鲜果，到季匋民坟上供一供。

季匋民死后，他的画价大增。日本有人专门收藏他的画。大家知道叶三手里有很多季匋民的画，都是精品。很多人想买叶三的藏画。叶三说：“不卖。”

有一天有一个外地人来拜望叶三，叶三看了他的名片，这人的姓很奇怪。姓辻，叫辻听涛。一问，是日本人。辻听涛说他是专程来看他收藏的季匋民的画的。

因为是远道来的，叶三只得把画拿出来。辻听涛非常虔诚，要了清水洗了手，焚了一炷香，还先对画轴拜了三拜，然后才展开。他一边看，一边不停地赞叹：“喔！喔！真好！真是神品！”

辻听涛要买这些画，要多少钱都行。

叶三说：“不卖。”

辻听涛只好怅然而去。

叶三死了。他的儿子遵照父亲的遗嘱，把季匋民的画和父亲一起装在棺材里，埋了。

一九八二年二月二十八日

王四海的黄昏

北门外有一条承志河。承志河上有一道承志桥，是南北的通道，每天往来行人很多。这是座木桥，相当的宽。这桥的特别处是上面有个顶子，不方不圆而长，形状有点像一个船篷。桥两边有栏杆，栏杆下有宽可一尺的长板，就形成两排靠背椅。夏天，常有人坐在上面歇脚、吃瓜；下雨天，躲雨。人们很喜欢这座桥。

桥南是一片旷地。据说早先这里是有人家的，后来一把火烧得精光，就再也没有人来盖房子。这不知是哪一年的事了。现在只是一片平地，有一点像一个校场。这就成了放风筝，踢毽子的好地方。小学生放了学，常到这里来踢皮球。把几个书包往两边一放，这就是球门。奔跑叫喊了一气，滚得一身都是土。不知是谁喊了一声：“回家吃饭啰！”于是提着书包，紧紧裤子，一窝蜂散去。

这又是各种卖艺人作场的地方。耍猴的。猴能爬旗杆，还能串戏——自己打开箱子盖，自己戴帽子，戴胡子。最好看的是猴子戴了“鬼脸”——面具，穿一件红袄，帽子上还有两根野鸡毛，骑羊。老绵羊围着场子飞跑，颈项里挂了一串铜铃，哗棱棱棱地响。要木头人戏的，老是那一出:《王香打虎》。王香的父亲上山砍柴，被老虎吃了。王香赶去，把老虎打死，从老虎的肚子里把父亲拉出来。父亲活了。父子两人抱在一起——完了。王香知道父亲被老虎吃了，感情很激动。那表达的方式却颇为特别：把一个木头脑袋在“台”口的栏杆上磕碰，碰得笃笃地响，“嘴”里“呜丢丢，呜丢丢”地哭诉着。这大概是所谓“呼天抢地”吧。围看的大人和小孩也不知看了多少次《王香打虎》了（王香已经打了八百年的老虎了，——从宋朝算起），但当看到王香那样激烈地磕碰木头脑袋，还是会很有兴趣地哄笑起来。要把戏，铛铛铛……铛铛铛——铛！铜锣声切住。“在家靠父母，出外靠朋友。有钱的帮个钱场子，没钱的帮着人场子。”——“小把戏！玩几套？”——“玩三套！”于是一个瘦骨伶仃的孩子，脱光了上衣（要把戏多是冬天），两手握着一根小棍，把两臂从后面撅——撅——撅，直到有人“哗叉哗叉”——投出铜钱，这才撅过来。一到要表演“大卸八块”了，有的妇女就急忙丢下几个钱，神色紧张地掉头走了。有时，腊月送灶以后，旷场上立起两根三丈长的杉篙，当中又横搭一根，人们就知道这是来了要“大把戏”的，大年初一，要表演“三上吊”了。所谓“三上吊”，是把一个女孩的头发（长发，原来梳着辫子），用烧酒打湿，在头顶心攥紧，系得实实的；头发挽扣，一根长绳，掏进发扣，用滑车拉上去，这女孩就吊在半空中了。下面的大人，把这女孩来回推晃，女孩子就在半空中悠动起来。除了做寒鸭凫水、童子拜观音等等动作外，还要做脱裤子、穿裤子的动作。这女孩子穿了八条裤子，在空中把七条裤子一条一条脱下，又一条一条穿上。这女孩子悠过来，悠过去，就是她那一把头发拴在绳子上……

到了有卖艺人作场，承志桥南的旷场周围就来了许多卖吃食的。卖烂藕的，卖煮荸荠的，卖牛肉高粱酒，卖回卤豆腐干，卖豆腐脑的，吆吆喝喝，异常热闹。还有卖梨膏糖的。梨膏糖是糖稀、白砂糖，加一点从药店里买来的梨膏熬制成的，有一点梨香。一块有半个火柴盒大，一分厚，一块一块在一方木板上摆列着。卖梨膏糖的总有个四脚交叉的架子，上铺木板，还装饰着一些绒球、干电池小灯泡。卖梨膏糖全凭唱。他有那么一个六角形的小手风琴。本地人不识手风琴，管那玩意叫“呜哩哇”，因为这东西只能发出这样三个声音。卖梨膏糖的把木架支好，就拉起“呜哩哇”唱起来：

太阳出来一点（呐）红，
秦琼卖马下山（的）东。
秦琼卖了他的黄骠（的）马啊，
五湖四海就访（啦）宾（的）朋！

呜哩呜哩哇，
呜哩呜哩哇……

这些玩意，年复一年，都是那一套，大家不免有点看厌了，虽则到时还会哄然大笑，会神色紧张。终于有一天，来了王四海。

有人跟卖梨膏糖的说：“嗨，卖梨膏糖的，你的嘴还真灵，你把王四海给唱来了！”

“我？”

“你不是唱‘五湖四海访宾朋’吗？王四海来啦！”

“王四海？”

卖梨膏糖的不知王四海是何许人。

王四海一行人下了船，走在大街上，就引起城里人的注意。一共七个人。走在前面的是一个小小子，一个小姑娘，一个瘦小但很精神的年轻人，一个四十开外的彪形大汉。他们都是短打扮，但是衣服的式样、颜色都很时髦。他们各自背着行李，提着皮箱。皮箱上贴满了轮船、汽车和旅馆的圆形的或椭圆形的标记。虽然是走了长路，但并不显得风尘仆仆。脚步矫健，气色很好。后面是王四海。他戴了一顶兔灰色的呢帽，穿了一件酱紫色烤花呢的大衣，——虽然大衣已经旧了，可能是在哪个大城市的拍卖行里买来的。他空着手，什么也不拿。他一边走，一边时时抱拳向路旁伫看的人们致意。后面两个看来是伙计，穿着就和一般要把戏的差不多了。他们一个挑着一对木箱；一个扛着一捆兵器，——枪尖刀刃都用布套套着，一只手里牵着一头水牛。他们走进了五湖居客栈。

卖艺的住客栈，少有。——一般要把戏卖艺的都住庙，有的就住在船上。有人议论：“五湖四海，这倒真应了典了。”

这地方把住人的旅店分为两大类：房间“高尚”，设备新颖，软缎被窝，雪白毛巾，带点洋气的，叫“旅馆”，门外的招牌上则写作“××旅社”；较小的仍保留古老的习惯，叫“客栈”，甚至更古老一点，还有称之为“下处”的。客栈的格局大都是这样：两进房屋，当中有个天井，有十来个房间。砖墙、矮窗。不知什么道理，客栈的房间哪一间都见不着太阳。一进了客栈，除了觉得空气潮湿，还闻到一股长期造成的洗脸水和小便的气味。这种气味一下子就抓住了旅客，使他们觉得非常亲切。对！这就是他们住惯了的那种客栈！他们就好像到了家了。客栈房金低廉，若是长住，还可打个八折、七折。住客栈的大都是办货收账的行商、细批流年的命相家、卖字画的、看风水的、走方郎中、草台班子“重金礼聘”的名角、寻亲不遇的落魄才子……一到晚上，客栈门口就挂出一个很大的灯笼。灯笼两侧贴着扁宋体的红字，一侧写道：“招商客栈”，一侧是“近悦远来”。

五湖居就是这样一个客栈。这家客栈的生意很好，为同行所艳羡。人们说，这是因为五湖居有一块活招牌，就是这家的掌柜的内眷，外号叫貂蝉。叫她貂蝉，一是因为她长得俊俏；二是因为她丈夫比她大得太多。她二十四五，丈夫已经五十大几，俨然是个董卓。这董卓的肚脐可点不得灯，他瘦得只剩下一把骨头，是个痨病胎子。除了天气好的时候，他起来坐坐，平常老是在后面一个小单间里躺着。栈里的大小事务，就都是貂蝉一个人张罗着。其实也没有多少事。客人来了，登店簿，收押金，开房门；客人走时，算房钱，退押金，收钥匙。她识字，能写会算，这些事都在行。泡茶、灌水、扫地、抹桌子、替客人跑腿买东西，这些事有一个老店伙和一个小孩子支应，她用不着管。春夏天长，她成天坐在门边的一张旧躺椅上嗑瓜子，有时轻轻地哼着小调：

一把扇子七寸长，

一个人扇风二人凉……

或拿一面镜子，用一把小镊子对着镜子夹眉毛。觉得门前有人走过，就放下镜子看一眼，似有情，又似无意。

街上人对这个女店主颇有议论。有人说，她是可以陪宿的，还说过夜的钱和房钱一块结算，账单上写得明明白白：房金多少，陪宿几次。有人说："别瞎说！你嘴上留德。人家也怪难为，嫁了个痨病壳子，说不定到现在还是个黄花闺女！"

这且不言，却说王四海一住进五湖居，下午就在全城的通衢要道、热闹市口贴了很多海报。打武卖艺的贴海报，这也少有。海报的全文上一行是："历下王四海献艺"；下行小字："每日下午承志桥"。语意颇似《老残游记》白妞黑妞说书的招贴。大抵齐鲁人情古朴，文风也简练如此。

第二天，王四海拿了名片到处拜客。这在县城，也是颇为新鲜的事。商会会长，重要的钱庄、布店、染坊、药铺，他都投了片子，进去说了几句话，无非是："初到宝地，请多关照。"随即留下一份红帖。凭帖入场，可以免费。他的名片上印的是：

南北武术　力胜牯牛

大力士　王四海

山东济南

他到德寿堂药铺特别找管事的苏先生多谈了一会。原来王四海除了“献艺”，还卖膏药。熬膏药需要膏药黐子，——这东西有的地方叫作“膏药粘”，状如沥青，是一切膏药之母。叙谈结果，德寿堂的管事同意八折优惠，先货后款——可以赊账。王四海当即留下十多张红帖。

至于他给女店主送去几份请帖，自不待说。

王四海献艺的头几天，真是万人空巷。

打虎亲兄弟，上阵父子兵。王四海的这个武术班子，都姓王，都是叔伯兄弟、侄儿侄女。他们走南闯北，搭过很多班社，走过很多码头。大概五省联军总司令孙传芳到过的地方，他们也都到过。他们在上海大世界、南京夫子庙、汉口民众乐园、苏州玄妙观，都表演过。他们原来在一个相当大的马戏杂技团，后来这个杂技团散了，方由王四海带着，来跑小码头。

锣鼓声紧张热烈。虎音大锣，高腔南堂鼓，听着就不一样。老远就看见铁脚高杆上飘着四面大旗，红字黑字，绣得分明：“以武会友”“南北武术”“力胜牯牛”“祖传膏药”。场子也和别人不一样，不是在土地上用锣槌棒画一个圆圈就算事，而是有一圈深灰色的帆布帷子。入门一次收费，中场不再零打钱。这气派就很“高尚”。

玩意也很地道。真刀真枪，真功夫，很干净，很漂亮，很文明，——没有一点野蛮、恐怖、残忍。

彪形大汉、精干青年、小小子、小姑娘，依次表演。或单人，或对打。三节棍、九节鞭、双手带单刀破花枪、双刀进枪、九节鞭破三节棍……

掌声，叫好。

王四海在前面表演了两个节目：护手钩对单刀、花枪，单人猴拳。他这猴拳是南派。服装就很慑人。一身白。下边是白绸肥腿大裆的灯笼裤，上身是白紧身衣，腰系白铜大扣的宽皮带，脉门上戴着两个黑皮护腕，护腕上两圈雪亮的泡钉。果然是身手矫捷，状如猿猴。他这猴拳是带叫唤的，当他尖声长啸时，尤显得猴气十足。到他手搭凉棚，东张西望，或缩颈曲爪搔痒时，周围就发出赞赏的笑声。——自从王四海来了后，原来在旷场上踢皮球的皮孩子就都一边走路，一边模仿他的猴头猴脑的动作，尖声长啸。

猴拳打完，彪形大汉和精干青年就卖一气膏药。一搭一档，一问一答。他们的膏药，就像上海的黄楚九大药房的“百灵机”一样，“有意想不到之效力”，什么病都治：五痨七伤、筋骨疼痛、四肢麻木、半身不遂、膨胀噎嗝、吐血流红、对口搭背、无名肿毒、梦遗盗汗、小便频数……甚至肾囊阴湿都能包好。

“那位说了，我这是臊裆——”

“对，俺的性大！”

“恁要是这么说，可就把自己的病耽误了！”

“这是病？”

“这是阳弱阴虚，肾不养水！”

“这是肾亏？！”

“对了！一天两天不要紧。一月两月也不要紧。一年两年，可就坏了事了！”

“坏了啥事？”

“妨碍恁生儿育女。不孝有三，无后为大。全凭一句话，提醒懵懂人。买几帖试试！”

“能见效？”

“能见效！一帖见好，两帖去病，三帖除根！三帖之后，包管恁身强力壮，就跟王四海似的，能跟水牛摔跤。买两帖，买两帖。不多卖！就这二三十张膏药，卖完了请看王四海力胜牯牛，——跟水牛摔跤！”

这两位绕场走了几圈，人们因为等着看王四海和水牛摔跤，膏药也不算太贵，而且膏药黐乌黑发亮，非同寻常，疑若有效，不大一会，也就卖完了。这时一个伙计已经把水牛牵到场地当中。

王四海再次上场，换了一身装束，斗牛士不像斗牛士，摔跤手不像摔跤手。只见他上身穿了一件黑大绒的褡膊，上绣金花，下身穿了一条紫红库缎的裤子，足蹬黑羊皮软靴。上场来，双手抱拳，作了一个罗圈揖，随即走向水牛，双手扳住牛犄角，浑身使劲。牛也不鬣，它挺着犄角往前顶，差一点把王四海顶出场外。王四海双脚一跺，钉在地上，牛顶不动他了。等王四海拿出手来，拉了一个山膀，再度攥住牛角，水牛又拼命往后退，好赖不让王四海把它扳倒。王四海把牛拽到场中，运了运气。当他又一次抓到牛角时，这水牯牛猛一扬头，把王四海扔出去好远。王四海并没有摔倒在地，而是就势翻了一串小翻，身轻如燕，落地无声。

“好！”

王四海绕场一周，又运了运气。老牛也哞哞地叫了几声。

正在这牛颇为得意的时候，王四海突然从它的背后蹿到前面，手扳牛角，用尽两膀神力，大喝一声：“嗨咿！”说时迟，那时快，只听见“吭腾”一声，水牛已被摔翻在地。

"好！！"

全场爆发出炸雷一样的彩声。

王四海抬起身来，向四面八方鞠躬行礼，表示感谢。他这回行的不是中国式的礼，而是颇像西班牙的斗牛士行的那种洋礼，姿势优美，风度颇似泰隆宝华，越显得飒爽英俊，一表非凡。全场男女观众纷纷起立，报以掌声。观众中的女士还不懂洋规矩，否则她们是很愿意把一把一把鲜花扔给他的。他在很多观众的心目中成了一位英雄。他们以为天下英雄第一是黄天霸，第二便是王四海。有一个挨着貂蝉坐的油嘴滑舌的角色大声说："这倒真是一位吕布！"

貂蝉白了他一眼，没有说话。

观众散场。老牛这时已经起来。一个伙计扔给它一捆干草，它就半卧着吃了起来。它知道，收拾刀枪，拆帆布帷子，总得有一会，它尽可安安静静地咀嚼。——它一天只有到了这会才能吃一顿饱饭呀。这一捆干草就是它摔了一跤得到的报酬。

不几天，王四海在离承志桥不远的北门外大街上租了两间门面，卖膏药。他下午和水牛摔跤，上午坐在膏药店里卖膏药。王四海为人很"四海"，善于应酬交际。膏药店开张前一天，他把附近较大店铺的管事的都请到五柳园吃了一次早茶，请大家捧场。果然到开张那天，王四海的铺子里就挂满了同街店铺送来的大红蜡笺对子、大红洋绉的幛子。对子大部分都写的是："生意兴隆通四海，财源茂盛达三江。"幛子上的金字则是"名扬四海""四海名扬"，一碗豆腐，豆腐一碗。红通通的一片，映着兵器架上明晃晃的刀枪剑戟，显得非常火炽热闹。王四海有一架 RCA 老式留声机，就搬到门口唱起来。不过他只有三张唱片，一张《毛毛雨》、一张《枪毙阎瑞生》、一张《洋人大笑》，只能翻来覆去地调换。一群男女洋人在北门外大街笑了一天，笑得前仰后合，上气不接下气。

承志河涨了春水，柳条儿绿了，不知不觉，王四海来了快两个月了。花无百日红，王四海卖艺的高潮已经过去了。看客逐渐减少。城里有不少人看“力胜水牛”已经看了七八次，乡下人进城则看了一次就不想再看了，——他们可怜那条牛。

这天晚上，老大（彪形大汉）、老六（精干青年）找老四（王四海）说“事”。他们劝老四见好就收。他们走了那么多码头，都是十天半拉月，顶多一个“号头”（一个月，这是上海话），像这样连演四十多场（刨去下雨下雪），还没有过。葱烧海参，也不能天天吃。就是海京伯来了，也不能连满仨月。要是“瞎”在这儿，败了名声，下个码头都不好走。

王四海不说话。

他们知道四海为什么留恋这个屁帘子大的小城市，就干脆把话挑明了。

“俺们走江湖卖艺的，最怕在娘们身上栽了跟头。寻欢作乐，露水夫妻，那不碍。过去，哥没问过你。你三十往外了，还没成家，不能老叫花猫吃豆腐。可是这种事，认不得真，着不得迷。你这回，是认了真，着了迷了！你打算怎么着？难道真要在这儿当个吕布？你正是好时候，功夫、卖相，都在那儿摆着。有多少白花花的大洋钱等着你去挣。你可别把一片锦绣前程自己白白地葬送了！俺们老王家，可就指望着你啦！”

“好事不出门，坏事传千里，没有不透风的墙。你听到这儿人的闲言碎语了么？别看这小地方的人，不是好欺的。墙里开花墙外香，他们不服这口气。要是叫人家堵住了，敲一笔竹杠是小事；绳捆索绑，押送出境，可就现了大眼了。一世英名，付诸流水。四哥，听兄弟一句话，走吧！”

王四海还是不说话。

“你说话，说一句话呀！”

王四海说：“再续半个月，再说。”

老大、老六摇头。

王四海的武术班子真是走了下坡路了，一天不如一天。老大、老六、侄儿、侄女都不卖力气。就是两个伙计敲打的锣鼓，也是没精打采的。王四海怪不得他们，只有自己格外“卯上”。山膀拉得更足，小翻多翻了三个，“嗨咿”一声也喊得更为威武。就是这样，也还是没有多少人叫好。

这一天，王四海和老牛摔了几个回合，到最后由牛的身后蹿出，扳住牛角，大喝一声，牛竟没有倒。

观众议论起来。有人说王四海的力气不行了，有人说他的力气已经用在别处了。这两人就对了对眼光，哈哈一笑。有人说：“不然，这是故意卖关子。王四海今天准有更精彩的表演。——瞧！”

王四海有点沉不住气，寻思：这牛今天是怎么了？一面又绕场一周，运气，准备再摔。不料，在他绕场、运气的时候，还没有接近老牛，离牛还有八丈远，这牛“吭腾”一声，自己倒了！

观众哗然，他们大笑起来。他们明白了：“力胜牯牛”原来是假的。这牛是驯好了的。每回它都是自己倒下，王四海不过是在那里装腔作势做做样子。这回不知怎么出了岔子，露了馅了。也许是这牛犯了牛脾气，再不就是它老了，反应迟钝了……大家一哄而散。

王家班开了一个全体会议，连侄儿、侄女都参加，一致决议：走！明天就走！

王四海说，他不走。

“还不走?！你真是害了花疯啦！那好，将军不下马，各自奔前程。你不走，俺们走，可别怪自己弟兄不义气！栽到这份上，还有脸再在这城里待下去吗？”

王四海觉得对不起叔伯兄弟，他什么也不要，只留下一对护手钩，其余的，什么都叫他们带走。他们走了，连那条老牛也牵走了。王四海把他们送到码头上。

老大说：“四兄弟，我们这就分手了。到了那儿，给你来信。你要是还想回来，啥时候都行。”

王四海点点头。

老六说：“四哥，多保重——小心着点！”

王四海点点头。

侄儿侄女给王四海行了礼，说：“四叔，俺们走了！”说着，这两个孩子的眼泪就下来了。王四海的心里也是酸酸的。

王四海一个人留下来，卖膏药。

他到德寿堂找了管事苏先生。苏先生以为他又要来赊膏药黐子，问他这回要多少。王四海说：“苏先生，我来求您一件事。”

“什么事？”

“能不能给我几个膏药的方子？”

“膏药方子？你以前卖的膏药都放了什么药？”

"什么也没有，就是您这儿的膏药黐子。"

"那怎么摊出来乌黑雪亮的？"

"掺了点松香。"

"那你还卖那种膏药不行吗？"

"苏先生！要是过路卖艺，日子短，卖点假膏药，不要紧。这治不了病，可也送不了命。等买的主发现膏药不灵，我已经走了，他也找不到我。我想在贵宝地长住下去，不能老这么骗人。往后我就指着这吃饭，得卖点真东西。"

苏先生觉得这是几句有良心的话，说得也很恳切；德寿堂是个大药店，不靠卖膏药赚钱，就答应了。

苏先生还把王四海的这番话传了出去，大家都知道王四海如今卖的是真膏药。大家还议论，这个走江湖的人品不错。王四海膏药店的生意颇为不恶。

不久，五湖居害痨病的掌柜死了，王四海就和貂蝉名正言顺地在一起过了。

他不愿人议论他是贪图五湖居的产业而要了貂蝉的，五湖居的店务他一概不问。他还是开他的膏药店。

光阴荏苒，眨眼的工夫，几年过去了。貂蝉生了个白胖小子，已经满地里跑了。

王四海穿起了长衫，戴了罗宋帽，看起来和一般生意人差不多，除了他走路抓地（练武的人走路都是这个走法，脚指头抓着地），已经不像个打把式卖艺的了。他的语声也变了。腔调还是山东腔，所用的字眼很多却是地道的本地话。头顶有点秃，而且发胖了。

他还保留一点练过武艺人的习惯，每天清早黄昏要出去遛遛弯，在承志桥上坐坐，看看来往行人。

这天他收到老大、老六的信，看完了，放在信插子里，依旧去遛弯。他坐在承志桥的靠背椅上，听见远处有什么地方在吹奏“得胜令”，他忽然想起大世界、民众乐园，想起霓虹灯、马戏团的音乐。他好像有点惆怅。他很想把那对护手钩取来耍一会。不大一会，连这点意兴也消失了。

王四海站起来，沿着承志河，漫无目的地走着。夕阳把他的影子拉得很长。

故人往事

戴车匠

戴车匠是东街一景。

车匠是一种很古老的行业了。中国什么时候开始有车匠，无可考。想来这是很久远的事了。所谓车匠，就是在木制的车床上用旋刀车旋小件圆形木器的那种人。从我记事的时候，全城似只有这一个车匠，一家车匠店。

车匠店离革巷口不远，坐南朝北。左邻是侯家银匠店，右邻是杨家香店。侯银匠成天用一根吹管吹火打银簪子、银镯子，或用小錾子錾银器上的花纹。侯家还出租花轿。花轿就停放在店堂的后面。大红缎子的轿帏，上绣丹凤朝阳和八仙，——中国的八仙是一组很奇怪的仙人，什么场合都有他们的份。结婚和八仙有什么关系呢？谁家姑娘要出阁，就事前到侯银匠家把花轿订下来。

这顶花轿不知抬过多少新娘子了。附近几条街巷的人家，大家小户，都用这顶花轿。杨家香店柜前立着一块竖匾，上面不是写的字，却是用金漆堆塑出一幅“鹤鹿同春”的画。弯着脖子吃草的金鹿和蜷一只腿的金鹤留给过往行人很深的印象，因为一天要看见好多次。而且这是一幅画，凡是画，只要画得不太难看，人们还是愿意看一眼的。这在劳碌的生活中也是一种享受。我们那里不知道为什么有这样一种规矩，香店里每天都要打一盆稀稀的糨糊，免费供应街邻。人家要用少量的糨糊，就拿一块小纸，到香店里去“寻”。——大量的当然不行，比如糊窗户、打袼褙，那得自己家里拿面粉冲。我小时糊风筝，就常到杨家香店寻糨糊（一个“三尾”的风筝是用不了多少糨糊的）……

戴家车匠店夹在两家之间。门面很小，只有一间。地势却颇高。跨进门槛，得上五层台阶。因此车匠店有点像个小戏台（戴车匠就好像在台上演戏）。店里正面是一堵板壁。板壁上有一副一尺多长、四寸来宽的小小的朱红对子，写的是：

室雅何须大

花香不在多

不知这是哪位读书人的手笔。但是看来戴车匠很喜欢这副对子。板壁后面，是住家。前面，是作坊。作坊靠西墙，放着两张车床。这所谓车床和现代的铁制车床是完全不同的。就像一张狭长的小床，木制的，有一个四框，当中有一个车轴，轴上安旋刀，轴下有皮条，皮条钉在踏板上，双脚上下踏动踏板，皮条牵动车轴，旋刀来回转动，车匠坐在坐板上，两手执定小块木料，就旋刀上车旋成器，这就是中国的古式的车床，——其原理倒是和铁制车床是一样的。这东西用语言是说不清楚的。《天工开物》之类的书上也许有车床的图，我没有查过。

靠里的车床是一张大的，那还是戴车匠的父亲留下的。老一辈人打东西不怕费料，总是超过需要的粗壮。这张老车床用了两代人，坐板已经磨得很光润，所有的榫头都还是牢牢实实的，没有一点活动。戴车匠嫌它过于笨重，就自己另打了一张新的。除了做特别沉重的东西，一般都使用外边较小的这一张。

戴车匠起得很早。在别家店铺才卸下铺板的时候，戴车匠已经吃了早饭，选好了材料，看看图样，坐到车床的坐板上了。一个人走进他的工作，是叫人感动的。他这就和这张床子成了一体，一刻不停地做起活来了。看到戴车匠坐在床子上，让人想起古人说的："百工居于肆，以成其器。"中国的工匠，都是很勤快的。好吃懒做的工匠，大概没有，——很少。

车匠做的活都是圆的。常言说："砍的没有旋的圆。"较粗的活是量米的升子，烧饼槌子。——我们那里擀烧饼不用擀杖，用一种特制的烧饼槌子，一段圆木头，车光了，状如一个小碌碡，当中掏出圆洞，插进一个木杆。较细的活是布掸子的把，——末端车成一个滴溜圆的小球或甘露形状；擀烧麦皮用的细擀杖，——我们那里擀烧麦皮用两根小擀杖同时擀，擀杖长五寸，粗如指，极光滑，两根擀杖须分量相等。最细致的活是装围棋子的槟榔木的小圆罐，——罐盖须严丝合缝，木理花纹不错分毫。戴车匠做得最多的是大小不等的滑车。这是三桅大帆船上用的。布帆升降，离不开滑车。做得了的东西，都悬挂在西边墙上，真是琳琅满目，细巧玲珑。

车匠用的木料都是坚实细致的，檀木——白檀，紫檀，红木，黄杨，枣木，梨木，最次的也是榆木的。戴车匠踩动踏板，执刀就料，旋刀轻轻地吟叫着，吐出细细的木花。木花如书带草，如韭菜叶，如番瓜瓤，有白的、浅黄的、粉红的、淡紫的，落在地面上，落在戴车匠的脚上，很好看。住在这条街上的孩子多爱上戴车匠家看戴车匠做活，一个一个，小傻子似的，聚精会神，一看看半天。

孩子们愿意上戴车匠家来，还因为他养着一窝洋老鼠——白耗子，装在一个一面有玻璃的长方木箱里，挂在东面的墙上。洋老鼠在里面踩车、推磨、上楼、下楼，整天不闲着，——无事忙。戴车匠这么大的人了，对洋老鼠并无多大兴趣，养来是给他的独儿子玩的。

一到快过清明节了，大街小巷的孩子就都惦记起戴车匠来。

这里的风俗，清明那天吃螺蛳，家家如此，说是清明吃螺蛳，可以明目。买几斤螺蛳，入盐，少放一点五香大料，煮出一大盆，可供孩子吃一天。孩子们除了吃，还可以玩，——用螺蛳弓把螺蛳壳射出去，螺蛳弓是竹制的小弓，有一支小弓箭，附在双股麻线拧成的弓弦上。竹箭从竹片窝成的弓背当中的一个窟窿里穿过去。孩子们用竹箭的尖端把螺蛳掏出来吃了，用螺蛳壳套在竹箭上，一拉弓弦，弓背弯成满月，一撒手，哒的一声，螺蛳壳便射了出去。射得相当高，相当远。在平地上，射上屋顶是没有问题的。——竹箭被弓背挡住，是射不出去的。家家孩子吃螺蛳，放螺蛳弓，因此每年夏天瓦匠捡漏时，总要从瓦楞里打扫下好些螺蛳壳来。不知道为什么，这种螺蛳弓都是车匠做，——其实这东西不用上床子旋，只要用破竹的作刀即能做成，应该由竹器店供应才对。清明前半个月，戴车匠就把别的活都停下来，整天地做螺蛳弓。孩子们从戴车匠门前过，就都兴奋起来。到了接近清明，戴车匠家就都是孩子。螺蛳弓分大、中、小三号，弹力有差，射程远近不同，价钱也不一样。孩子们眼睛发亮，挑选着，比较着，挨挨挤挤，叽叽喳喳，好不热闹。到清明那天，听吧，到处是拉弓放箭的声音："哒——哒！"

戴车匠每年照例要给他的儿子做一张特号的大弓。所有的孩子看了都羡慕。

戴车匠眯缝着眼睛看着他的儿坐在门槛上吃螺蛳，把螺蛳壳用力地射到对面一家倒闭了的钱庄的屋顶上，若有所思。

他在想什么呢？

他的儿子已经八岁了。他该不会是想：这孩子将来干什么？是让他也学车匠，还是另外学一门手艺？世事变化很快，他隐隐约约觉得，车匠这一行恐怕不能永远延续下去。

一九八一年，我回乡了一次（我去乡已四十余年）。东街已经完全变样，戴家车匠店已经没有痕迹了。——侯家银匠店，杨家香店，也都没有了。

也许这是最后一个车匠了。

收字纸的老人

中国人对于字有一种特殊的崇拜心理，认为字是神圣的。有字的纸是不能随便抛掷的。亵渎了字纸，会遭到天谴。因此，家家都有一个字纸篓。这是一个小口、宽肩的扁篓子，竹篾为胎，外糊白纸，正面竖贴着一条二寸来宽的红纸，写着四个正楷的黑字：“敬惜字纸。”字纸篓都挂在一个尊贵的地方，一般都在堂屋里家神菩萨的神案的一侧。隔十天半月，字纸篓快满了，就由收字纸的收去。这个收字纸的姓白，大人小孩都叫他老白。他上岁数了，身体却很好。满腮的白胡子茬，衬得他的脸色异常红润。眼不花，耳不聋。走起路来，腿脚还很轻快。他背着一个大竹筐，推门走进相熟的人家，到堂屋里把字纸倒在竹筐里，转身就走，并不惊动主人。有时遇见主人正在堂屋里，也说说话，问问老太爷的病好些了没有，小少爷快该上学了吧……

他把这些字纸背到文昌阁去，烧掉。

文昌阁的地点很偏僻，在东郊，一条小河的旁边，一座比较大的灰黑色的四合院。叫作“阁”，其实并没有什么阁。正面三间朝北的平房，砖墙瓦顶，北墙上挂了一幅大立轴，上书“文昌帝君之神位”，纸色已经发黑。香案上有一副锡制的香炉烛台。除此之外，一无所有，显得空荡荡的。这文昌帝君不知算是什么神，只知道他原先也是人，读书人，曾经连续做过十七世士大夫，不知道怎么又变成了“帝君”。他是司文运的。更具体地说，是掌握读书人的功名的。谁该有什么功名，都由他决定。因此，读书人对他很崇敬。过去，每逢初一、十五，总有一些秀才或候补秀才到阁里来磕头。要是得了较高的功名，中了举，中了进士，就更得到文昌阁来拈香上供，感谢帝君恩德。科举时期，文昌阁在一县的士人心目中是占据很重要的位置的，后来，就冷落下来了。

正房两侧，各有两间厢房。西厢房是老白住的。他是看文昌阁的，也可以说是一个庙祝。东厢房存着一副《文昌帝君阴骘文》的书版。当中是一个颇大的院子，种着两棵柿子树。夏天一地浓荫，秋天满株黄柿。柿树之前，有一座一人多高的砖砌的方亭子，亭子的四壁各有一个脸盆大的圆洞。这便是烧化字纸的化纸炉。化纸炉设在文昌阁，顺理成章。老白收了字纸，便投在化纸炉里，点火焚烧。化纸炉四面通风，不大一会，就烧尽了。

老白孤身一人，日子好过。早先有人拈香上供，他可以得到赏钱。有时有人家拿几刀纸让老白代印《阴骘文》（印了送人，是一种积德的善举），也会送老白一点工钱。老白印了多次《阴骘文》，几乎能背下来了（他是识字的），开头是："帝君曰：吾一十七世为士大夫，身未尝虐民酷吏……"后来，也没有人来印《阴骘文》了，这副版子就闲在那里，落满了灰尘。不过老白还是饿不着的。他挨家收字纸，逢年过节，大家小户都会送他一点钱。端午节，有人家送他几个粽子；八月节，几个月饼；年下，给他二升米，一方咸肉。老白粗茶淡饭，怡然自得。化纸之后，关门独坐。门外长流水，日长如小年。

他有时也会想想县里的几个举人、进士到阁里来上供谢神的盛况。往事历历，如在目前。有一天夜里，他做了一个梦，李三老爷点了翰林，要到文昌阁拈香。旗锣伞扇，摆了二里长。他听见有人叫他："老白！老白！李三老爷来进香了，轿子已经到了螺蛳坝，你还不起来把正门开了！"老白一骨碌坐起来，愣怔了半天，才想起来三老爷已经死了好几年了。这李三老爷虽说点了翰林，人缘很不好，一县人背后都叫他"李三麻子"。

老白收了字纸，有时要抹平了看看（他怕万一有人家把房地契当字纸扔了，这种事曾经发生过）。近几年他收了一些字纸，却一个字都不认得。字横行如蚯蚓，还有些三角、圆圈、四方块。那是中学生的英文和几何的习题。他摇摇头，把这些练习本和别的字纸一同填进化纸炉烧了。孔夫子和欧几里得、纳斯菲尔于是同归于尽。

老白活到九十七岁，无疾而终。

花　瓶

这张汉是对门万顺酱园连家的一个亲戚兼食客，全名是张汉轩，大家都叫他“张汉”，大概觉得已经沦为食客，就不必“轩”了。此人有七十岁了，长得活脱像一个伏尔泰，一张尖脸，一个尖尖的鼻子。他年轻时在外地做过幕，走过很多地方，见多识广，什么都知道，是个百事通。比如说抽烟，他就告诉你烟有五种：水、旱、鼻、雅、潮。“雅”是鸦片。“潮”是潮烟，这地方谁也没见过。说喝酒，他就能说出山东黄、状元红、莲花白……说喝茶，他就告诉你狮峰龙井、苏州的碧螺春，云南的“烤茶”是怎样在一个罐里烤的，福建的工夫茶的茶杯比酒盅还小，就是吃了一只炖肘子，也只能喝三杯，这茶太酽了。他熟读《子不语》《夜雨秋灯录》，能讲许多鬼狐故事。他还知道云南怎样放蛊，湘西怎样赶尸。他还亲眼见到过旱魃、僵尸、狐狸精，有时间，有地点，有鼻子有眼。三教九流，医卜星相，他全知道。他读过《麻衣神相》《柳庄神相》，会算“奇门遁甲”“六壬课”“灵棋经”。他总要到快九点钟时才出现（白天不知道他干什么），他一来，大家精神为之一振，这一晚上就全听他一个人白话。（旧作《异秉》）

张汉在保全堂药店讲过许多故事。有些故事平平淡淡，意思不大（尽管他说得神乎其神）。有些过于不经，使人难信。有一些却能使人留下强烈印象，日后还会时常想起。

下面就是他讲过的一个故事。

死生由命，富贵在天。不但是人，就是猫狗，也都有它的命。就是一件器物，什么时候毁坏，在它造出来的那一天，就已经注定了。

江西景德镇，有一个瓷器工人，专能制造各种精美瓷器。他造的瓷器，都很名贵。他同时又是个会算命的人。每回造出一件得意的瓷器，他就给这件瓷器算一个命。有一回，他造了一只花瓶。出窑之后，他都呆了：这是一件窑变，颜色极美，釉彩好像在不停地流动，光华夺目，变幻不定。这是他入窑之前完全没有想到的。他给这只花瓶也算了一个命。花瓶脱手之后，他就一直设法追踪这只宝器的下落。

过了若干年，这件花瓶数易其主，落到一家人家。当然是大户人家，而且是爱好古玩的收藏家。小户人家是收不起这样价值连城的花瓶的。

这位瓷器工人，访到了这家，等到了日子，敲门求见。主人出来，知是远道来客，问道：“何事？”——“久闻府上收了一只窑变花瓶，我特意来看看。——我是造这只花瓶的工人。”主人见这人的行动有点离奇，但既是造花瓶的人，不便拒绝，便迎进客厅待茶。

瓷器工人抬眼一看，花瓶摆在条案上，别来无恙。

主人好客，虽是富家，却不倨傲。他向瓷器工人讨教了一些有关烧窑挂釉的学问，并拿出几件宋元瓷器，请工人鉴赏。宾主二人，谈得很投机。

忽然听到当啷一声，条案上的花瓶破了！主人大惊失色，跑过去捧起花瓶，跌着脚连声叫道：“可惜！可惜——好端端的，怎么会破了呢？”

瓷器工人不慌不忙，走了过去，接过花瓶，对主人说：“不必惋惜。”他从瓶里摸出一根方头铁钉，并让主人向花瓶胎里看一看。只见瓶腹内用蓝釉烧着一行字：

某年月日时鼠斗落钉毁此瓶

这是一个迷信故事。这个故事当然是编出来的。不过编得很有情致。这比许多荒唐恐怖的迷信故事更能打动人，并且使人获得美感。一件瓷器的毁损，也都是前定的，这种宿命观念不可谓不深刻。这故事是谁编的？为什么要编出这样的故事？迷信当然不能提倡，但是宿命观念是久远而且牢固的，它将会在相当长的时间内，在中国人的思想里潜伏。人类只要还不能完全掌握自己的命运，迷信总还会存在。许多迷信故事应当收集起来，这对我们了解这个民族长期形成的心理素质是有帮助的。从某一方面说，这也是一宗文化遗产。

如意楼和得意楼

扬州人早上皮包水（上茶馆），晚上水包皮（上澡堂子）。扬八属（扬州所属八县）莫不如此，我们那个小县城就有不少茶楼。竺家巷是一条不很长、也不宽的巷子，巷口就有两家茶馆。一家叫“如意楼”，一家叫“得意楼”。两家茶馆斜对门。如意楼坐西朝东，得意楼坐东朝西。两家离得很近。下雨天，从这家到那家，三步就能跳过去。两家的楼上的茶客可以凭窗说话，不用大声，便能听得清清楚楚。如要隔楼敬烟，把烟盒轻轻一丢，对面便能接住。如意楼的老板姓胡，人称“胡老板”或“胡老二”。得意楼的老板姓吴，人称“吴老板”或“吴老二”。

上茶馆并不是专为喝茶。茶当然是要喝的。但主要是去吃点心。所以“上茶馆”又称“吃早茶”。“明天我请你吃早茶。”——“我的东，我的东！”——“我先说的，我先说的！”茶馆又是人们交际应酬的场所。摆酒请客，过于隆重。吃早茶则较为简便，所费不多。朋友小聚，店铺与行客洽谈生意，大都是上茶馆。间或也有为了房地纠纷到茶馆来“说事”的。有人居中调停，两下拉拢；有人仗义执言，明辨是非，有点类似江南的“吃讲茶”。上茶馆是我们那一带人生活里的重要项目，一个月里总要上几次茶馆。有人甚至是每天上茶馆的，熟识的茶馆里有他的常座和单独给他预备的茶壶。

扬州一带的点心是很讲究的，世称“川菜扬点”。我们那个县里茶馆的点心不如扬州富春那样的齐全，但是品目也不少。计有：

包子。这是主要的。包子是肉馅的（不像北方的包子往往掺了白菜或韭菜）。到了秋天，螃蟹下来的时候，则在包子嘴上加一撮蟹肉，谓之“加蟹”。我们那里的包子是不收口的。捏了褶子，留一个小圆洞，可以看到里面的馅。“加蟹”包子每一个的口上都可以看到一块通红的蟹黄，油汪汪的，逗引人们的食欲。野鸭肥壮时，有几家大茶馆卖野鸭馅的包子，一般茶馆没有。如意楼和得意楼都未卖过。

蒸饺。皮极薄，皮里一包汤汁。吃蒸饺须先咬破一个口，将汤汁吸去。吸时要小心，否则烫嘴。蒸饺也是肉馅，也可以加笋，——加切成米粒大的冬笋细末，则须于正价之外，另加笋钱。

烧麦。烧麦通常是糯米肉末为馅。别有一种“清糖菜”烧麦，乃以青菜煮至稀烂，菜叶菜梗，都已溶化，略无渣滓，少加一点盐，加大量的白糖、猪油，搅成糊状，用为馅。这种烧麦蒸熟后皮子是透明的，从外面可以看到里面碧绿的馅，故又谓之翡翠烧麦。

千层油糕。

糖油蝴蝶花卷。

蜂糖糕。

开花馒头。

在点心没有上桌之前，先喝茶，吃干丝。我们那里茶馆里吃点心都是现要，现包，现蒸，现吃。笼是小笼，一笼蒸十六只。不像北方用大笼蒸出一屉，拾在盘子里。因此要了点心，得等一会。喝茶、吃干丝的时候，也是聊天的时候，干丝是扬州镇江一带特有的东西。压得很紧的方块豆腐干，用快刀劈成薄片，再切为细丝，即为干丝。干丝有两种。一种是烫干丝。干丝在开水里烫后，加上好秋油、小磨麻油、金钩虾米、姜丝、青蒜末。上桌一拌，香气四溢。一种是煮干丝，乃以鸡汤煮成，加虾米、火腿。煮干丝较俗，不如烫干丝清爽。吃干丝必须喝浓茶。吃一筷干丝，呷一口茶，这样才能各有余味，相得益彰。有爱喝酒的，也能就干丝喝酒。早晨喝酒易醉，常言说："莫饮卯时酒，昏昏直至酉。"但是我们那里爱喝"卯酒"的人不少。这样喝茶、吃干丝，吃点心，一顿早茶要吃两个来小时。我们那里的人，过去的生活真是够悠闲的。——一九八一年我回乡一次，吃早茶的风气还有，但大家吃起来都是匆匆忙忙的了。恐怕原来的生活节奏也是需要变一变。

如意楼的生意很好。一大清早，小徒弟就把铺板卸了，把两口炉灶生起来，——一口烧开水，一口蒸包子，巷口就弥漫了带硫黄味道的煤烟。一个师傅剁馅。茶馆里剁馅都是在一个高齐人胸的粗大的木墩上剁。师傅站在一个方木块上，两手各执一把厚背的大刀，抡起胳膊，乒乒乓乓地剁。一个师傅就一张方桌边切干丝。另外三个师傅揉面。"打到的媳妇揉到的面"，包子皮有没有咬劲，全在揉。他们都很紧张，很专注，很卖力气。一天就这样开始了。

如意楼的胡二老板有三十五六了。他是个矮胖子，生得五短，但是很精神。双眼皮，大眼睛，满面红光，一头乌黑的短头发。

他是个很勤勉的人。每天早起，店门才开，他即到店。各处巡视，尝尝肉馅咸淡，切开揉好的面，看看蜂窝眼的大小。我们那里包包子的面不能发得太大，不像北方的包子，过于暄腾，得发得只起小孔，谓之“小酵面”。这样才筋道，而且不会把汤汁渗进包子皮。然后，切下一小块面，在烧红的火叉上烙一烙，闻闻面香，看兑碱兑得合适不合适。其实师傅们调馅兑碱都已很有经验，准保咸淡适中，酸碱合度，不会有差。但是胡老二还是每天要视验一下，方才放心。然后，就坐下来和师傅们一同擀皮子、刮馅儿，包包子、烧麦、蒸饺……（他是学过这行手艺的，是城里最大的茶馆小蓬莱出身）茶馆的案子都是比较矮的，他一坐下，就好像短了半截。如意楼做点心的有三个人，连胡老二自己，四个。胡二老板坐在靠外的一张矮板凳上，为的是有熟客来时，好欠起屁股来打个招呼：“您来啦！您请楼上坐！”客人点点头，就一步一步登上了楼梯。

胡老二在东街不算是财主，他自己总是很谦虚地说他的买卖本小利微，经不起风雨。他和开布店的、开药店的、开酱园的、开南货店的、开棉席店的……自然不能相比。他既是财东，又是耍手艺的。他穿短衣时多，很少有穿了长衫、摇着扇子从街上走的时候。但是大家都知道他手里很足实，这些年正走旺字。屋里有金银，外面有戥秤。他一天卖了多少笼包子，下多少本，看多少利，本街的人是算得出来的。“如意楼”这块招牌不大，但是很亮堂。招牌下面缀着一个红布条，迎风飘摆。

相形之下，对面的得意楼就显得颇为暗淡。如意楼高朋满座，得意楼茶客不多。上得意楼的多是上城完粮的小乡绅、住在五湖居客栈的外地人，本街的茶客少。有些是上了如意楼楼上一看，没有空座，才改主意上对面的。其实两家卖的东西差不多，但是大家都爱上如意楼，不爱上得意楼。这真是没有办法的事。

得意楼的老板吴老二有四十多了，是个细高条儿，疏眉细眼。他自己不会做点心的手艺，整天只是坐在账桌边写账，——其实茶馆是没有多少账好写的。见有人来，必起身为礼:“楼上请！”然后扬声吆喝:“上来 × 位！”这是招呼楼上的跑堂的。他倒是穿长衫的。账桌上放着一包哈德门香烟，不时点火抽一根，蹙着眉头想心事。

得意楼年年亏本，混不下去了。吴老二只好改弦更张，另辟蹊径。他把原来做包点的师傅辞了，请了一个厨子，茶馆改酒馆。旧店新开，不换招牌，还叫作“得意楼”。开张三天，半卖半送。鸡鸭鱼肉，煎炒烹炸，面饭两便，气象一新。同街店铺送了大红对子，道喜兼来尝新的络绎不绝，颇为热闹。过了不到二十天，就又冷落下来了。门前的桌案上摆了几盘煎熟了的鱼，看样子都不怎么新鲜。灶上的铁钩上挂了两只鸡，颜色灰白。纱橱里的猪肝、腰子，全都瘪塌塌地摊在盘子里。吴老二脱去了长衫，穿了短袄，系了一条白布围裙，从老板降格成了跑堂的了。他肩上搭了一条抹布，围裙的腰里别了一把筷子。——这不知是一种什么规矩，酒馆的跑堂的要把筷子别在腰里。这种规矩，别处似少见。他脚上有脚垫，又是“踩趾”——脚指头摞着，走路不利索。他就这样一拐一拧地招呼座客。面色黄白，两眼无神，好像害了一种什么不易治疗的慢性病。

得意楼酒馆看来又要开不下去。一街的人都预言，用不了多久，就会关张的。

吴老二蹙着眉头想：我怎么就这么不走运呢？

他不知道，他的买卖开不好，原因就是他的精神萎靡。他老是这么拖拖沓沓，没精打采，吃茶饭的顾客，一看见他的呆滞的目光，就倒了胃口。

一个人要兴旺发达，得有那么一点精神。

一九八五年七月上旬作

小姨娘

小姨娘章叔芳是我的继母的异母妹妹。她比我才大两岁。我们是同学，在同一所初中读书。她比我高一班。她读初三，我读初二。那年她十六岁，我十四。但是在家里我还是叫她“小姨娘”。

章家是乡下财主。他们原来在章家庄住。章家庄是一个很大的庄子。庄里有好几户靠田产致富的财主，章家在庄里是首户。后来外公在城里南门盖了一所房子，就搬到城里来了。章老头脾气很“奘”，除了几家至亲（也都是他那样的乡下财主），跟谁也不来往。他和城里的上代做过官，有功名的世家绅士不通庆吊。他说：“我不巴结他们！”地方上有关公益的事情，修桥铺路、施药、开粥厂……他一毛不拔，不出一个钱。因此得了一个外号：“章臭屎”。

章家的房子很朴实，没有什么亭台楼阁，但是很轩敞豁亮。砖瓦木料都是全新的。外公奉行朱柏庐治家格言：“黎明即起，洒扫庭院，要内外整洁。”他虽然不亲自洒扫，但要督促佣人。他的大厅上的箩底方砖上连一根草屑也没有。桌椅只是红木的（不是“海梅”、紫檀），但是每天抹拭，定期搽核桃油，光可鉴人。榫头稍有活动，立刻雇工修理。

章家没有花园，却有一座桑园，种的都是湖桑。又不养蚕，种那么多桑树干什么？大厅前面天井里的石条上却摆了十几盆橙子。橙子在我们那不多见。橙子结得很好，下雪天还黄澄澄地挂在枝头，叶子不落，碧绿的。

章家家规很严，我从来没有见外公笑过。他们家的人都不会喝酒。老头子生日、姑奶奶归宁，逢年过节，摆席请客，给客人预备高粱酒，——其实只有我父亲一个人喝，他们自己家的人只喝糯米做的甜酒。席上没有人划拳碰杯，宴后也没有人撒酒疯。家里不许赌钱。过年准许赌五天，但也限于掷骰子赶老羊，不许打麻将，更不许推牌九。在这个家里听不到有人大声说笑，说话声音都很低，整天都是静悄悄的。

章家人都很爱干净，勤理发，勤洗澡，勤换衣裳，什么时候都是精神饱满，容光焕发。章家的人都长得很漂亮。二舅舅、三舅舅都可称为美男子。章老头只是一张圆圆的脸，身体很健壮，外婆也不见得太好看，生的儿女却都那么出众，有点奇怪。

我们初中有两个公认为最好看的女生。一个是胡增淑，一个是章叔芳。胡增淑长得很性感，她走路爱眯着眼，扭腰，袅袅婷婷，真是“烟视媚行”。她深知自己长得好看，从镜子面前经过，反光的玻璃面前，总要放慢脚步，看看自己。章叔芳和胡增淑是两种类型。她长得很挺直，头发剪得短短的，有点像男孩子。眼睛很大，很黑，闪烁有光。她听人说话都是平视。有时眨两下眼睛，表示"哦，是这样！"或"是吗？是这样吗？"，她眉宇间有一股英气，甚至流露一点野性，但不细看是看不出来的，她给人的印象还是很文静、很秀雅的。

她不知为什么会爱上了宗毓琳。

宗毓琳和他的弟弟宗毓珂都和我同班。宗家原是这个县的人，宗毓琳的父亲后来到了上海，在法租界巡捕房当了"包打听"——低级的侦探。包打听都在青红帮，否则怎么在上海混？不知道为什么宗家要把两个儿子送回家乡来读初中，可能是为了可以省一点费用。

和章叔芳同班有一个同学叫王霈。王霈的父亲是个吟诗写字的名士，他家的房子很雅致。进门是一个大花园，有一片竹子。王霈的父亲在竹丛当中盖了一个方厅——四方的厅，像一个有门有窗的大亭子。这本是王诗人宴客听雨的地方。近年诗人老去，雅兴渐减，就把方厅锁了起来，空着。宗家经人介绍，把方厅租了下来，宗家兄弟就住在方厅里。

宗家兄弟也只是初中生，不见得有特别处。他们是在上海长大的，说话有一点上海口音，但还是本地话，因为这位包打听的家里说的还是江北话。他们的言谈举止有点上海的洋气，不像本地学生那样土。衣着倒也是布料的，但是因为是宁波裁缝做的，式样较新。颜色也不只是竹布的、蓝布的，而是糙米色的、铁灰色的。宗毓珂的乒乓球打得很好，是全校的绝对冠军。宗毓琳会写散文小说，模仿谢冰心、朱自清、张资平、郁达夫。这在我们那个初中里倒是从来没有的。我们只会写"作文"。我们的初中有一个《初中壁报》，是学生自治会办的。每期的壁报刊头都是我画的。《壁报》是这个初中的才子的园地，大家都要看的。宗毓琳每期都在《壁报》上发表作品（抄在稿纸上，贴在一块黑板上）。宗毓琳中等身材，相貌并不太出众，有点卷发，涂了“司丹康”，显得颇为英俊。

小姨娘就为这些爱了他？

小姨娘第一次到宗毓琳住的方厅，是为了去借书，——宗毓琳有不少“新文学”的书，是由小舅舅章鹤鸣陪着去的，章鹤鸣和我同班、同岁。

第二次，是去还书。这天她和宗毓琳就发生了关系。章叔芳主动，她两下就脱了浑身衣服。两人都没有任何经验。他们的那点知识都是从《西厢记·佳期》《红楼梦·贾宝玉初试云雨情》得来的。初试云雨，紧张慌乱。宗毓琳不停地发抖，浑身出汗。倒是章叔芳因为比宗毓琳大一岁，懂事较早，使宗毓琳渐渐安定，才能成事。从此以后，章叔芳三天两头就去宗毓琳住的方厅。少男少女，情色相当，哼哼唧唧，美妙非常。他们在屋里欢会的时候，章鹤鸣和宗毓珂就在竹丛中下象棋，给他们望风。他们的事有些同学知道了。因为王霈的同学常到王霈家去玩，怎么能会看不出蛛丝马迹？同学们见章鹤鸣和宗毓珂在外面下象棋，就知道章叔芳和宗毓琳在里面“画地图”——他们做了“坏事”，总会在被单上留下斑渍的。

没有不透风的墙。小姨娘的事终于传到外公的耳朵里。王霈的未婚妻童苓湘和章叔芳同班。童苓湘是我的大舅妈的表妹。童苓湘把章叔芳的事和表姐谈了。大舅妈不敢不告诉婆婆。外婆不敢不告诉外公。外公听了，暴跳如雷。他先把小舅舅鹤鸣叫来，着着实实打了二十界方，小舅舅什么都说了。

外公把小姨娘揪着耳朵拉到大厅上，叫她罚跪。

伤风败俗，丢人现眼……！

才十六岁……！

一个“包打听”的儿子……！

章老头抓起一个祖传的霁红大胆瓶，叭嚓一下，摔得粉碎。

全家上下，鸦雀无声。大舅舅的小女儿三三也都吓得趴在大舅妈的怀里不敢动。

小姨娘直挺挺地跪在大厅里，不哭，不流一滴眼泪，眼睛很黑，很大。

跪了一个多小时。

后来是二嫂子——我的二舅妈拉她起来，扶她到她的屋里。

二舅妈是丹阳人。丹阳是介乎江南和江北之间的地方。她是在上海商业专科学校和二舅舅恋爱，结了婚到本县来的。——我的外公对儿子的前途有他的独特的设想，不叫他们上大学，二舅、三舅都是读的商专。二舅妈是一个典型的古典美人，瓜子脸、一双凤眼，肩削而腰细。她因为和二舅舅热恋，不顾一切，离乡背井，嫁到一个苏北小县的地主家庭来，真是要有一点勇气。她嫁过来已经一年多，但是全家都还把她当作新娘子，当作客人，对她很客气。但是她很寂寞。她在本县没有亲戚，没有同学，也没有朋友，而且和章家人语言上也有隔阂，没有什么可以说说话的人。丈夫——我的二舅舅在县银行工作，早出晚归。只有二舅舅回来，她才有说有笑（他们说的是掺杂了上海话、丹阳话和本地话的混合语言）。二舅舅上班，二舅妈就只有看看小说，写写小字——临《灵飞经》。她爱吹箫，但是在这个空气严肃的家庭里——整天静悄悄的，吹箫，似乎不大合适，她带来的一支从小吹惯的玉屏洞箫，就一直挂在壁上。她是寂寞的。但是这种寂寞又似乎是她所喜欢的。有时章叔芳到她屋里来，陪她谈谈，姑嫂二人，推心置腹，无话不谈。她是自由恋爱结婚的，对小姑子的行为是同情的，理解的，虽然也觉得她太年轻，过于任性。

二嫂子为什么敢于把章叔芳拉起来，扶到自己屋里？因为她知道公爹奈何不得，他不能冲到儿媳妇的屋里去。

章老头在外面跳脚大骂："你给我滚出去！滚！敢回来，我打断你的腿！"

老头气得搬了一把竹椅在桑园里一个人坐着，晚饭也不吃。

章叔芳拣了几件衣裳，打了个包袱往外走。外婆塞给她一包她攒下的私房钱，二舅妈把手上戴的一对金镯子抹下来给了她。全家送她。她给妈磕了一个头，对全家大小深深地鞠了三个躬，开了大门。门外已经雇好了一辆黄包车等着，她一脚跨上车，头也不回，走了。

第二天她和宗毓琳就买了船票，回上海。

到上海后给二嫂子来过一封信，以后就再没有消息。

初中的女同学都说章叔芳很大胆，很倔强，很浪漫主义。

过了两年，章老头生病死了，——亲戚们议论，说是叫章叔芳气死的，二哥写信叫她回来看看，说妈很想她。

她回来了，抱着一个孩子。

她对着父亲的灵柩磕了三个头。没哭。

她在娘家住了三个月，住的还是她以前住的房，睡的是她以前睡的床。

我再看见她时她抱了个一岁多的孩子在大厅里打麻将。章老头死后，章家开始打麻将了。二哥、大嫂子，还有一个表婶。她胖了。人还是很漂亮。穿得很时髦，但是有点俗气。看她抱着孩子很熟练地摸牌，很灵巧地把牌打出去，完全像一个包打听人家的媳妇。她的大胆、倔强、浪漫主义全都没有一点影子了。

章家人很精明，他们在新四军快要解放我们家乡的前一年，把全部田产都卖了，全家到南洋去做了生意。因此他们人没有受罪，家产没有损失。听说在南洋很发财。——二舅舅、三舅舅都是学的商业专科学校，懂得做生意。

他们是否把章叔芳也接到南洋去了呢？没听说。

胡增淑后来在南京读了师范，嫁了一个飞行员。飞行员摔死了，她成了寡妇。有同学在重庆见到她，打扮得花枝招展，还挺媚。后来不知怎么样了。

一九九三年七月九日

第三辑　晚饭花

晚饭花

晚饭花就是野茉莉。因为是在黄昏时开花，晚饭前后开得最为热闹，故又名晚饭花。

野茉莉，处处有之，极易繁衍。高二三尺，枝叶披纷，肥者可荫五六尺。花如茉莉而长大，其色多种易变。子如豆，深黑有细纹，中有瓤，白色，可作粉，故又名粉豆花。曝干作蔬，与马兰头相类。根大者如拳、黑硬，俚医以治吐血。

——吴其濬《植物名实图考》

珠子灯

这里的风俗，有钱人家的小姐出嫁的第二年，娘家要送灯。

送灯的用意是祈求多子。元宵节前几天，街上常常可以看到送灯队伍。几个女佣人，穿了干净的衣服，头梳得光光的，戴着双喜字大红绒花，一人手里提着一盏灯；前面有几个吹鼓手吹着细乐。远远听到送灯的箫笛，很多人家的门就开了。姑娘、媳妇走出来，倚门而看，且指指点点，悄悄评论。这也是一年的元宵节景。

一堂灯一般是六盏。四盏较小，大都是染成红色或白色而画了红花的羊角琉璃泡子。一盏是麒麟送子：一个染色的琉璃角片扎成的娃娃骑在一匹麒麟上。还有一盏是珠子灯：绿色的琉璃珠子穿扎成的很大的宫灯。灯体是八扇玻璃，漆着红色的各体寿字，其余部分都是珠子，顶盖上伸出八个珠子的凤头，凤嘴里衔着珠子的小幡，下缀珠子的流苏。这盏灯分量相当的重，送来的时候，得两个人用一根小扁担抬着。这是一盏主灯，挂在房间的正中。旁边是麒麟送子，玻璃泡子挂在四角。

到了“灯节”的晚上，这些灯里就插了红蜡烛，点亮了。从十三“上灯”到十八“落灯”，接连点几个晚上。平常这些灯是不点的。

屋里点了灯，气氛就很不一样了。这些灯都不怎么亮（点灯的目的原不是为了照明），但很柔和。尤其是那盏珠子灯，洒下一片淡绿的光，绿光中珠幡的影子轻轻地摇曳，如梦如水，显得异常安静。元宵的灯光扩散着吉祥、幸福和朦胧暧昧的希望。

孙家的大小姐孙淑芸嫁给了王家的二少爷王常生。她屋里就挂了这样六盏灯。不过这六盏灯只点过一次。

王常生在南京读书，秘密地加入了革命党，思想很新。订婚以后，他请媒人捎话过去：请孙小姐把脚放了。孙小姐的脚当真放了，放得很好，看起来就不像裹过的。

孙小姐是个才女。孙家对女儿的教育很特别，教女儿读诗词。除了《长恨歌》《琵琶行》，孙小姐能背全本《西厢记》。嫁过来以后，她也看王常生带回来的黄遵宪的《日本国志》和林译小说《迦茵小传》《茶花女遗事》……

两口子琴瑟和谐，感情很好。

不料王常生在南京得了重病，抬回来不到半个月，就死了。

王常生临死对夫人留下遗言："不要守节。"

但是说了也无用。孙王二家都是书香门第，从无再婚之女。改嫁，这种念头就不曾在孙小姐的思想里出现过。这是绝不可能的事。

从此，孙小姐就一个人过日子。这六盏灯也再没有点过了。

她变得有点古怪了，她屋里的东西都不许人动。王常生活着的时候是什么样子，永远是什么样子，不许挪动一点。王常生用过的手表、座钟、文具，还有他养的一盆雨花石，都放在原来的位置。孙小姐原是个爱洁成癖的人，屋里的桌子椅子、茶壶茶杯，每天都要用清水洗三遍。自从王常生死后，除了过年之前，她亲自监督着一个从娘家陪嫁过来的女佣人大洗一天之外，平常不许擦拭。里屋炕几上有一套茶具：一个白瓷的茶盘，一把茶壶，四个茶杯。茶杯倒扣着，上面落了细细的尘土。茶壶是荸荠形的扁圆的，茶壶的鼓肚子下面落不着尘土，茶盘里就清清楚楚留下一个干净的圆印子。

她病了，说不清是什么病。除了逢年过节起来几天，其余的时间都在床上躺着，整天地躺着。除了那个女佣人，没有人上她屋里去。

她就这么躺着，也不看书，也很少说话，屋里一点声音没有。她躺着，听着天上的风筝响，斑鸠在远远的树上叫着双声，“鹁鸪鸪——咕，鹁鸪鸪——咕”，听着麻雀在檐前打闹，听着一个大蜻蜓振动着透明的翅膀，听着老鼠咬啮着木器，还不时听到一串滴滴答答的声音，那是珠子灯的某一处流苏散了线，珠子落在地上了。

女佣人在扫地时，常常扫到一二十颗散碎的珠子。

她这样躺了十年。

她死了。

她的房门锁了起来。

从锁着的房间里，时常还听见散线的玻璃珠子滴滴答答落在地板上的声音。

李小龙的家在李家巷。

这是一条南北向的巷子，相当宽，可以并排走两辆黄包车。但是不长，巷子里只有几户人家。

西边的北口一家姓陈。这家好像特别的潮湿，门口总飘出一股湿布的气味，人的身上也带着这种气味。他家有好几棵大石榴，比房檐还高，开花的时候，一院子都是红通通的。结的石榴很大，垂在树枝上，一直到过年下雪时才剪下来。

陈家往南，直到巷子的南口，都是李家的房子。

东边，靠北是一个油坊的堆栈，粉白的照壁上黑漆八个大字：“双窨香油，照庄发客”。

靠南一家姓夏。这家进门就是锅灶，往里是一个不小的院子。

这家特别重视过中秋。每年的中秋节，附近的孩子就上他们家去玩，去看院子里还在开着的荷花，几盆大桂花，缸里养的鱼；看他家在院子里摆好了的矮脚的方桌，放了毛豆、芋头、月饼、酒壶，准备一家赏月。

在油坊堆栈和夏家之间，是王玉英的家。

王家人很少，一共三口。王玉英的父亲在县政府当录事，每天一早便提着一个蓝布笔袋、一个铜墨盒去上班。王玉英的弟弟上小学。王玉英整天一个人在家。她老是在她家的门道里做针线。

王玉英家进门有一个狭长的门道。三面是墙：一面是油坊堆栈的墙，一面是夏家的墙，一面是她家房子的山墙。南墙尽头有一个小房门，里面才是她家的房屋。从外面是看不见她家的房屋的。这是一个长方形的天井，一年四季，照不进太阳。夏天很凉快，上面是高高的蓝天，正面的山墙脚下密密地长了一排晚饭花。王玉英就坐在这个狭长的天井里，坐在晚饭花前面做针线。

李小龙每天放学，都经过王玉英家的门外。他都看见王玉英（他看了陈家的石榴，又看了“双窨香油，照庄发客”，还会看看夏家的花木）。晚饭花开得很旺盛，它们使劲地往外开，发疯一样，喊叫着，把自己开在傍晚的空气里。浓绿的，多得不得了的绿叶子；殷红的，胭脂一样的，多得不得了的红花；非常热闹，但又很凄清。没有一点声音，在浓绿浓绿的叶子和乱乱纷纷的红花之前，坐着一个王玉英。

这是李小龙的黄昏。要是没有王玉英，黄昏就不成其为黄昏了。

李小龙很喜欢看王玉英，因为王玉英好看。王玉英长得很黑，但是两只眼睛很亮，牙很白。王玉英有一个很好看的身子。

红花、绿叶、黑黑的脸、明亮的眼睛、白的牙，这是李小龙天天看的一张画。

王玉英一边做针线，一边等着她的父亲。她已经焖好饭了，等父亲一进门就好炒菜。

王玉英已经许了人家。她的未婚夫是钱老五。大家都叫他“钱老五”。不叫他的名字，而叫“钱老五”，有轻视之意。老人们说他“不学好”。人很聪明，会画两笔画，也能刻刻图章，但做事没有长性。教两天小学，又到报馆里当两天记者。他手头并不宽裕，却打扮得像个阔少爷，穿着细毛料子的衣裳，梳着油光光的分头，还戴了一副金丝眼镜。他交了许多“三朋四友”，风流浪荡，不务正业。都传说他和一个寡妇相好，有时就住在那个寡妇家里，还花寡妇的钱。

这些事也传到了王玉英的耳朵里，连李小龙也都听说了嘛，王玉英还能不知道？不过王玉英倒不怎么难过，她有点半信半疑。而且她相信她嫁过去，他就会改好的。她看见过钱老五，她很喜欢他的人才。

钱老五不跟他的哥哥住。他有一所小房，在臭河边。他成天不在家，门老是锁着。

李小龙知道钱老五在哪里住。他放学每天经过。他有时趴在门缝上往里看：里面有三间房，一个小院子，有几棵树。

王玉英也知道钱老五的住处。她路过时，看看两边没有人，也曾经趴在门缝上往里看过。

有一天，一顶花轿把王玉英抬走了。

从此，这条巷子里就看不见王玉英了。

晚饭花还在开着。

李小龙放学回家，路过臭河边，看见王玉英在钱老五家门前的河边淘米。只看见一个背影。她头上戴着红花。

李小龙觉得王玉英不该出嫁，不该嫁给钱老五。他很气愤。

这世界上再也没有原来的王玉英了。

三姊妹出嫁

秦老吉是个挑担子卖馄饨的。他的馄饨担子是全城独一份，他的馄饨也是全城独一份。

这副担子非常特别。一头是一个木柜，上面有七八个扁扁的抽屉；一头是安放在木柜里的烧松柴的小缸灶，上面支一口紫铜浅锅。铜锅分两格，一格是骨头汤，一格是下馄饨的清水。扁担不是套在两头的柜子上，而是打的时候就安在柜子上，和两个柜子成一体。扁担不是直的，是弯的，像一个罗锅桥。这副担子是楠木的，雕着花，细巧玲珑，很好看。这好像是《东京梦华录》时期的东西，李嵩笔下画出来的玩意儿。秦老吉老远地来了，他挑的不像是馄饨担子，倒好像挑着一件什么文物。这副担子不知道传了多少代了，因为材料结实，做工精细，到现在还很完好。

别人卖的馄饨只有一种，葱花水打猪肉馅。他的馄饨除了猪肉馅的，还有鸡肉馅的、螃蟹馅的，最讲究的是荠菜冬笋肉末馅的，——这种肉馅不是用刀刃而是用刀背剁的！作料也特别齐全，除了酱油、醋，还有花椒油、辣椒油、虾皮、紫菜、葱末、蒜泥、韭花、芹菜和本地人一般不吃的芫荽。馄饨分别放在几个抽屉里，作料敞放在外面，任凭顾客各按口味调配。

他的器皿用具也特别精洁——他有一个拌馅用的深口大盘，是雍正青花！

笃——笃笃，秦老吉敲着竹梆，走来了。找一个柳荫，把担子歇下，竹梆敲出一串花点，立刻就围满了人。

秦老吉就用这副担子，把三个女儿养大了。

秦老吉的老婆死得早，给他留下三个女儿。大凤、二凤和小凤。三个女儿，一个比一个小一岁，梯子蹬似的。三个丫头一个模样，像一个模子脱出来的。三个姑娘，像三张画。有人跟秦老吉说："应该叫你老婆再生一个的，好凑成一套四扇屏儿！"

姊妹三个，从小没娘，彼此提挈，感情很好。一家人都很勤快。一进门，清清爽爽，干净得像明矾澄过的清水。谁家娶了邋遢婆娘，丈夫气急了，就说："你到秦老吉家看看去！"三姊妹各有所长，分工负责。大裁小剪，单夹皮棉——秦老吉冬天穿一件山羊皮的背心，是大姐的；锅前灶后，热水烧汤，是二姐的；小妹妹小，又娇，两个姐姐惯着她，不叫她做重活，她就成天地挑花绣朵。她把两个姐姐绣得全身都是花。围裙上、鞋尖上、手帕上、包头布上，都是花。这些花里有一样必不可少的东西，是凤。

姊妹三个都大了。一个十八，一个十七，一个十六。该嫁了。这三只凤要飞到哪棵梧桐树上去呢？

三姊妹都有了人家了。大姐许了一个皮匠，二姐许了一个剃头的，小妹许的是一个卖糖的。

皮匠的脸上有几颗麻子，一街人都叫他“麻皮匠”。他在东街的“乾陞和”茶食店廊檐下摆一副皮匠担子。“乾陞和”的门面很宽大，除了一个柜台，两边竖着的两块碎白石底子堆刻黑漆大字的木牌——一块写着“应时糕点”，一块写着“满汉饽饽”。这之外，没有什么东西，放一副皮匠担子一点不碍事。麻皮匠每天一早，“乾陞和”才开了门，就拿起一把长柄的笤帚把店堂打扫干净，然后就在“满汉饽饽”下面支起担子，开始绱鞋。他是个手脚很快的人。走起路来腿快，绱起鞋来手快。只见他把锥子在头发里“光”两下，一锥子扎过鞋帮鞋底，两根用猪鬃引着的蜡线对穿过去，噌——噌，两把就绱了一针。流利合拍，均匀紧凑。他绱鞋的时候，常有人歪着头看。绱鞋，本来没有看头，但是麻皮匠绱鞋就能吸引人。大概什么事做得很精熟，就很美了。因为手快，麻皮匠一天能比别的皮匠多绱好几双鞋。不但快，绱得也好。针脚细密，楦得也到家，穿在脚上，不易走样。因此，他生意很好。也因此，落下“麻皮匠”这样一个称号。人家做好了鞋，叫佣人或孩子送去绱，总要叮嘱一句：“送到麻皮匠那里去。”这街上还有几个别的皮匠。怕送错了。他脸上的那几颗麻子就成了他的标志。他姓什么呢？好像是姓马。

二姑娘的婆家姓时。老公公名叫时福海。他开了一爿剃头店，字号也就是“时福海记”。剃头的本属于“下九流”，他的店铺每年贴的春联却是：“头等事业，顶上生涯”。自从满清推翻，建立民国，人们剪了辫子，他的店铺主要是剃光头，以“水热刀快”为号召。时福海像所有的老剃头待诏一样，还擅长向阳取耳（掏耳朵），捶背拿筋。剃完头，用两只拳头给顾客哔哔剥剥地捶背（捶出各种节奏和清浊阴阳的脆响)，噔噔地揪肩胛后的“懒筋”——捶、揪之后，真是“浑身通泰”。他还专会治“落枕”。睡落了枕，歪着脖子走进去，时福海把你的脑袋搁在他弓起的大腿上，两手扶着下颌，轻试两下，“咔叭”——就扳正了！老年间，剃头匠是半个跌打医生。

这地方不知怎么会有这么一个传统，剃头的多半也是吹鼓手(不是所有的剃头匠都是吹鼓手，也不是所有的吹鼓手都是剃头匠)。时福海就也是一个吹鼓手。他吹唢呐，两腮鼓起两个圆圆的鼓包，憋得满脸通红。他还会“进曲”。好像一城的吹鼓手里只有他会，或只有他擅长这个玩意儿。人家办丧事，“六七”开吊，在“初献”“亚献”之后，有“进曲”这个项目。赞礼的礼生喝道“进——曲！”时福海就拿了一面荸荠鼓，由两个鼓手双笛伴奏，唱一段曲子。曲词比昆曲还要古，内容是“神仙道化”，感叹人生无常，有《薤露》《蒿里》遗意，很可能是元代的散曲。时福海自己也不知道唱的是什么，但还是唱得感慨唏嘘，自己心里都酸溜溜的。

时代变迁，时福海的这一套有点吃不开了。剃光头的人少了，“水热刀快”不那么有号召力了。卫生部门天天宣传挖鼻孔、挖耳朵不卫生。懂得享受捶背揪懒筋的乐趣的人也不多了。时福海忽然变成一个举动迟钝的老头。

时福海有两个儿子。下等人不避父讳，大儿子叫大福子，小儿子叫小福子。

大福子很能赶潮流。他把逐渐暗淡下去的“时福海记”重新装修了一下，门窗柱壁，油漆一新，全部是奶油色，添了三面四尺高、二尺宽的大玻璃镜子。三面大镜之间挂了两个狭长的镜框，里面嵌了磁青砑银的蜡笺对联，请一个擅长书法的医生汪厚基浓墨写了一副对子：

不教白发催人老
更喜春风满面生

他还置办了“夜巴黎”的香水，“司丹康”的发蜡。顶棚上安了一面白布制成的“风扇”，有滑车牵引，叫小福子坐着，一下一下地拉“风扇”的绳子，使理发的人觉得“清风徐来”，十分爽快。这样，“时福海记”就又兴旺起来了。

大福子也学了吹鼓手。笙箫管笛，无不精通。

这地方不知怎么会流传“倒扳桨”“跌断桥”“剪靛花”之类的《霓裳续谱》《白雪遗音》时期的小曲。平常人不唱，唱的多是理发的、搓澡的、修脚的、裁缝、做豆腐的年轻子弟。他们晚上常常聚在“时福海记”唱，大福子弹琵琶。“时福海记”外面站了好些人在听。

二凤要嫁的就是大福子。

三姑娘许的这家苦一点，姓吴，小人叫吴顺福，是个遗腹子。家里只有两个人，一个老母亲，是个跛脚，走起路来一踮一踮的。母子二人，相依为命。妈妈很慈祥，儿子很孝顺。吴顺福是个很聪明的人，十五岁上就开始卖糖。卖糖和卖糖可不一样。他卖的不是普通的芝麻糖、花生糖，他卖的是“样糖”。他跟一个师叔学会了一宗手艺：能把白糖化了，倒在模子里，做成大小不等的福禄寿三星、财神爷、麒麟送子。高的二尺，矮的五寸，衣纹生动，须眉清楚；还能把糖里加了色，不用模子，随手吹出各种瓜果，桃、梨、苹果、佛手，跟真的一样，最好看的是南瓜：金黄的瓜，碧绿的蒂子，还开着一朵淡黄的瓜花。这种糖，人家买去，都是当摆设，不吃。——吃起来有什么意思呢，还不是都是糖的甜味！卖得最多的是糖兔子。白糖加麦芽糖熬了，切成梭子形的一块一块，两头用剪刀剪开，一头窝进腹下，是脚，一头便是耳朵。耳朵下捏一下，便是兔子脸，两边嵌进两粒马料豆，一个兔子就成了！马料豆有绿豆大，一头是通红的，一头是漆黑的。这种豆药店里卖，平常配药很少用它，好像是天生就为了做糖兔的眼睛用的！这种糖兔子很便宜，一般的孩子都买得起。也吃了，也玩了。

师叔死后，这门手艺成了绝活儿，全城只有吴顺福一个人会，因此，他的生意是不错的。

他做的这些艺术品都放在擦得晶亮的玻璃橱子里，在肩上挑着。他的糖担子好像一个小型的展览会，歇在哪里，都有人看。

麻皮匠、大福子、吴顺福，都住得离秦老吉家不远。大姑娘、二姑娘、三姑娘几乎每天都能看到她们的女婿。姐儿仨有时在一起互相嘲戏。三姑娘小凤是个镴嘴子[1]，咭咭呱呱，对大姐姐说：“十个麻子九个俏，不是麻子没人要！”

大姐啐了她一口。

她又对二姐姐说：“姑娘姑娘真不丑，一嫁嫁个吹鼓手。吃冷

① 镴嘴子是一种鸟，喙大而硬。此地说嘴尖舌巧的姑娘为镴嘴子，其实镴嘴子哑着的时候多，不善鸣叫。——作者原注

饭，喝冷酒，坐在人家大门口！”①

二姐也啐了她一口。

两个姐姐容不得小凤如此放肆，就一齐反唇相讥：“敲锣卖糖，各干各行！”

小妹妹不干了，用拳头捶两个姐姐，“卖糖怎么啦！卖糖怎么啦！”

秦老吉正在外面拌馅儿，听见女儿打闹，就厉声训斥道：“靠本事吃饭，比谁也不低。麻油拌芥菜，各有心中爱，谁也不许笑话谁！”

三姊妹听了，都吐了舌头。

姐儿仨同一天出门子，都是腊月二十三。一顶花轿接连送了三个人。时辰倒是错开了，头一个是小凤，日落酉时。第二个是大凤，戌时。最后才是二凤。因为大福子要吹唢呐送小姨子，又要吹唢呐送大姨子。轮到他拜堂时已是亥时。给他吹唢呐的是他的爸爸时福海。时福海吹了一气，又坐到喜堂去受礼。

三天回门。三个姑爷、三个女儿都到了。秦老吉办了一桌酒，除了鸡鸭鱼肉，他特意包了加料三鲜馅的绉纱馄饨，让姑爷尝尝他的手艺。鲜美清香，自不必说。

三个女儿的婆家，都住得不远，两三步就能回来看看父亲。炊煮扫除，浆洗缝补，一如往日。有点小灾小病，头疼脑热，三个女儿抢着来伺候，比没出门时还殷勤。秦老吉心满意足，毫无遗憾。他只是有点发愁：他一朝撒手，谁来传下他的这副馄饨担

① 这是当地童谣。“吃冷饭，喝冷酒”也有说成“吃人家饭，喝人家酒”的。——作者原注

子呢？

笃——笃笃，秦老吉还是挑着担子卖馄饨。

真格的，谁来继承他的这副古典的、南宋时期的、楠木的馄饨担子呢？

一九八一年九月十日

岁寒三友

这三个人是：王瘦吾、陶虎臣、靳彝甫。王瘦吾原先开绒线店，陶虎臣开炮仗店，靳彝甫是个画画的。他们是从小一块长大的。这是三个说上不上，说下不下的人。既不是缙绅先生，也不是引车卖浆者流。他们的日子时好时坏。好的时候桌上有两个菜，一荤一素，还能烫二两酒；坏的时候，喝粥，甚至断炊。三个人的名声倒都是好的。他们都没有做过伤天害理的事，对人从不尖酸刻薄，对地方的公益，从不袖手旁观。某处的桥坍了，要修一修；哪里发现一名“路倒”，要掩埋起来；闹时疫的时候，在码头路口设一口瓷缸，内装药茶，施给来往行人；一场大火之后，请道士打醮禳灾……遇有这一类的事，需要捐款，首事者把捐簿伸到他们的面前时，他们都会提笔写下一个谁看了也会点头的数目。因此，他们走在街上，一街的熟人都跟他们很客气地点头打招呼。

“早！”

“早！”

“吃过了？”

“偏过了，偏过了！”

王瘦吾真瘦，瘦得两个肩胛骨从长衫的外面都看得清清楚楚。他年轻时很风雅过几天。他小时开蒙的塾师是邑中名士谈甓渔，谈先生教会了他作诗。那时，绒线店由父亲经营着，生意不错，这样他就有机会追随一些阔的和不太阔的名士，春秋佳日，文酒雅集。遇有什么张母吴太夫人八十寿辰征诗，也会送去两首七律。瘦吾就是那时落下的一个别号。自从父亲一死，他挑起全家的生活，就不再作一句诗，和那些诗人们也再无来往。

他家的绒线店是一个不大的连家店。店面的招牌上虽写着“京广洋货，零趸批发”，所卖的却只是：丝线、绦子、头号针、二号针、女人钳眉毛的镊子、刨花[①]、抿子（涂刨花水用的小刷子）、品青、煮蓝、僧帽牌洋蜡烛、太阳牌肥皂、美孚灯罩……种类很多，但都值不了几个钱。每天晚上结账时都是一堆铜板和一角两角的零碎的小票，难得看见一块洋钱。

这样一个小店，维持一家生活，是困难的。王瘦吾家的人口日渐增多了。他上有老母，自己又有了三个孩子。小的还在娘怀里抱着。两个大的，一儿一女，已经都在上小学了。不用说穿衣，就是穿鞋也是个愁人的事。

儿子最恨下雨。小学的同学几乎全部在下雨天都穿了胶鞋来

---

① 桐木刨出来的薄薄的长条。泡在水里，稍带黏性。过去女人梳头掠发，离不开它。——作者原注

上学，只有他穿了还是他父亲穿过的钉鞋[1]。钉鞋很笨，很重，走起来还嘎啦嘎啦地响。他一进学校的大门，同学们就都朝他看，看他那双鞋。他闹了好多回。每回下雨，他就说："我不去上学了！"妈都给他说好话："明年，明年就买胶鞋。一定！"——"明年！您都说了几年了！"最后还是嘟着嘴，挟了一把补过的旧伞，走了。王瘦吾听见街石上儿子的钉鞋愤怒的声音，半天都没有说话。

女儿要参加全县小学秋季运动会，表演团体操，要穿规定的服装：白上衣、黑短裙。这都还好办。难的是鞋，——要一律穿白球鞋。女儿跟妈要。妈说："一双球鞋，要好几块钱。咱们不去参加了。就说生病了，叫你爸写个请假条。"女儿不像她哥发脾气，闹，她只是一声不响，眼泪不停地往下滴。到底还是去了。这位能干的妈跟邻居家借来一双球鞋，比着样子，用一块白帆布连夜赶做了一双。除了底子是布的，别处跟买来的完全一样。天亮的时候，做妈的轻轻地叫："妞子，起来！"女儿一睁眼，看见床前摆着一双白鞋，趴在妈胸前哭了。王瘦吾看见妻子疲乏而凄然的笑容，他的心酸。

因此，王瘦吾老想发财。

这财，是怎么个发法呢？靠这个小绒线店，是不可能有什么出息的。他得另外想办法。这城里的街，好像是傍晚时的码头，各种船只，都靠满了。各行各业，都有个固定的地盘，想往里面

---

① 现在的年轻人连钉鞋也不知道了！钉鞋是一双纳帮很结实的布鞋，也有用生牛皮做的，在桐油里浸过，鞋底钉了很多奶头大的铁钉。在未有胶鞋之前，这便是雨鞋。——作者原注

再插一只手，很难。他得把眼睛看到这个县城以外，这些行业以外。他做过许多不同性质的生意。他做过虾籽生意，醉蟹生意，腌制过双黄鸭蛋。张家庄出一种木瓜酒，他运销过。本地出一种药材，叫作“豨莶”，他收过，用木船装到上海（他自己就坐在一船高高的药草上），卖给药材行。三叉河出一种水仙鱼，他曾想过做罐头……他做的生意都有点别出心裁，甚至是想入非非。他隔个把月就要出一次门，四乡八镇，到处跑。像一只饥饿的鸟，到处飞，想给儿女们找一口食。回来时总带着满身的草屑灰尘；人，越来越瘦。

后来他想起开工厂。他的这个工厂是个绳厂，做草绳和钱串子。蓑衣草两股，绞成细绳，过去是穿制钱用的，所以叫作“钱串子”。现在不使制钱了，店铺里却离不开它。茶食店用来包扎点心，席子店捆席子，卖鱼的穿鱼鳃。绞这种细绳，本来是湖西农民冬闲时的副业，一大捆一大捆挑进城来兜售。因为没有准人，准时，准数，有时需用，却遇不着。有了这么个厂，对于用户方便多了。王瘦吾这个厂站住了。他就不再四处奔跑。

这家工厂，连王瘦吾在内，一共四个人。一个伙计搬运，两个做活。有两架“机器”，倒是铁的，只是都要用手摇。这两架机器，摇起来嘎嘎地响，给这条街增添了一种新的声音，和捶铜器、打烧饼、算命瞎子的铜铛的声音混合在一起。不久，人们就习惯了，仿佛这声音本来就有。

初二、十六[①] 的傍晚，常常看到王瘦吾拎了半斤肉或一条鱼从

① 这是店铺里打牙祭的日子。——作者原注

街上走回家。

每到天气晴朗，上午十来点钟，在这条街上，就可以听到从阴城方向传来爆裂的巨响：“砰——磅！”

大家就知道，这是陶虎臣在试炮仗了。孩子们就提着裤子向阴城飞跑。

阴城是一片古战场。相传韩信在这里打过仗。现在还能挖到一种有耳的尖底陶瓶，当地叫作“韩瓶”，据说是韩信的部队所用的行军水壶。说是这种陶瓶冬天插了梅花，能结出梅子来。现在这里是乱葬岗，不知道从什么时候起叫作“阴城”。到处是坟头、野树、荒草、芦荻。草里有蛤蟆、野兔子、大极了的蚂蚱、油葫芦、蟋蟀。早晨和黄昏，有许多白颈老鸦。人走过，就哑哑地叫着飞起来。不一会，又都纷纷地落下了。

这里没有住户人家。只有一个破财神庙，里面住着一个侉子。这侉子不知是什么来历。他杀狗，吃肉，——阴城里野狗多的是，还喝酒。

这地方很少有人来。只有孩子们结伴来放风筝，掏蟋蟀。再就是陶虎臣来试炮仗。

试的是“天地响”。这地方把双响的大炮仗叫“天地响”，因为地下响一声，飞到半空中，又响一声，炸得粉碎，纸屑飘飘地落下来。陶家的“天地响”一听就听得出来，特别响。两响之间的距离也大——蹿得高。

“砰——磅！”

“砰——磅！”

他走一二十步，放一个，身后跟着一大群孩子。孩子里有胆大的，要求放一个，陶虎臣就给他一个，“点着了快跑！——崩疼了可别哭！”

其实是崩不着的。陶虎臣每次试炮仗，特意把其中的几个的捻子加长，就是专为这些孩子预备的。捻子着了，嗤嗤地冒火，半天，才听见响呢。

陶家炮仗店的门口也是经常围着一堆孩子，看炮仗师傅做炮仗。两张白木的床子，有两块很光滑的木板。把一张粗草纸裹在一个钢钎上，两块木板一搓，吱溜——就是一个炮仗筒子。

孩子们看师傅做炮仗，陶虎臣就伏在柜台上很有兴趣地看这些孩子。有时问他们几句话：

“你爸爸在家吗？干吗呢？”

“你的痄腮好了吗？”

孩子们都知道陶老板人很和气，很喜欢孩子，见面都很愿意叫他：

“陶大爷！”

“陶伯伯！”

“哎，哎。”

陶家炮仗店的生意本来是不错的。

他家的货色齐全。除了一般的鞭炮，还出一种别家不做的鞭，叫作“遍地桃花”。不但外皮，连里面的筒子都一色是梅红纸卷的。放了之后，地下一片红，真像是一地的桃花瓣子。如果是过年，下过雪，花瓣落在雪地上，红是红，白是白，好看极了。

这种鞭，成本很贵，除非有人定做，平常是不预备的。

一般的鞭炮，陶虎臣自己是不动手的。他会做花炮。一筒大花炮，能放好几分钟。他还会做一种很特别的花，叫作“酒梅”。一棵弯曲横斜的枯树，埋在一个瓷盆里，上面串结了许多各色的小花炮，点着之后，满树喷花。火花射尽，树枝上还留下一朵一朵梅花，蓝荧荧的，静悄悄地开着，经久不息。这是棉花浸了高粱酒做的。

他还有一项绝技，是做焰火。一种老式的焰火，有的地方叫作“花盒子”。

酒梅，焰火，他都不在店里做，在家里做。因为这有许多秘方，不能外传。

做焰火，除了配料，关键是串捻子。串得不对，会轰隆一声，烧成一团火。弄不好，还会出事。陶虎臣的一只左眼坏了，就是因为有一次放焰火，出了故障，不着了，他搭了梯子爬到架上去看，不想焰火忽然又响了，一个火球迸进了瞳孔。

陶虎臣坏了一只眼睛，还看不出太大的破相，不像一般有残疾的人往往显得很凶狠。他依然随时是和颜悦色的，带着宽厚而慈祥的笑容。这种笑容，只有与世无争、生活上容易满足的人才会有。

但是他的这种心满意足的神情逐年在消退。鞭炮生意，是随着年成走的。什么时候风调雨顺、国泰民安，什么时候炮仗店就生意兴隆。这样的年头，能够老是有么？

“遍地桃花”近年很少人家来定货了。地方上多年未放焰火，有的孩子已经忘记放焰火是什么样子了。

陶虎臣长得很敦实，跟他的名字很相称。

靳彝甫和陶虎臣住在一条巷子里，相隔只有七八家。谁家的火灭了，孩子拿了一块劈柴，就能从另一家引了火来。他家很好认，门口钉着一块铁皮的牌子，红地黑字：“靳彝甫画寓”。

这城里画画的，有三种人。

一种是画家。这种人大都有田有地，不愁衣食，作画只是自己消遣，或作为应酬的工具。他们的画是不卖钱的。求画的人只是送几件很高雅的礼物。或一坛绍兴花雕，或火腿、鲥鱼、白沙枇杷，或一套讲究的宜兴紫砂茶具，或两大盆正在茁箭子的剑兰。他们的画，多半是大写意，或半工半写。工笔画他们是不耐烦画的，也不会。

一种是画匠。他们所画的，是神像。画得最多的是“家神菩萨”。这“家神菩萨”是一个大家族：头一层是南海观音的一伙，第二层是玉皇大帝和他的朝臣，第三层是关帝老爷和周仓、关平，最下一层是财神爷。他们也在玻璃的反面用油漆画福禄寿三星（这种画美术史家称之为“玻璃油画”），作插屏。他们是在制造一种商品，不是作画。而且是流水作业，描花纹的是一个人（照着底子描），“开脸”的是一个人，着色的是另一个人。他们的作坊，叫作“画匠店”。一个画匠店里常有七八个人同时做活，却听不到一点声音，因为画匠多半是哑巴。

靳彝甫两者都不是。也可以说是介乎两者之间的那么一种人。比较贴切些，应该称之为“画师”，不过本地无此说法，只是说“画画的”。他是靠卖画吃饭的，但不像画匠店那样在门口设摊或批发给卖门神“欢乐”的纸店[1]，他是等人登门求画的（所以挂“画寓”的招牌）。他的画按尺论价，大青大绿另加，可以点题。来求画的，多半是茶馆酒肆、茶叶店、参行、钱庄的老板或管事。也有那些闲钱不多、送不起重礼、攀不上高门第的画家，又不甘于家里只有四堵素壁的中等人家。他们往往喜欢看着他画，靳彝甫也就欣然对客挥毫。主客双方，都很满意。他的画署名（画匠的作品是从不署名的），但都不题上款，因为不好称呼，深了不是，浅了不是，题了，人家也未必高兴，所以只是简单地写四个字：“靳彝甫铭”。若是佛像，则题“靳铭沐手敬绘”。

靳家三代都是画画的。家里积存的画稿很多。因为要投合不同的兴趣，山水、人物、翎毛、花卉，什么都画。工笔、写意、浅绛、重彩不拘。

他家家传会写真，都能画行乐图（生活像）和喜神图（遗像）。中国的画像是有诀窍的。画师家都藏有一套历代相传的“百脸图”。把人的头面五官加以分析，定出一百种类型。画时端详着对象，确定属于哪一类，然后在此基础上加减，画出来总是有几分像的。靳彝甫多年不画喜神了。因为画这种像，经常是在死人刚刚断气时，被请了去，在床前对着勾描。他不愿看死人。因此，除了至亲好友，这种活计，一概不应。有来求的，就说不会。行乐图，自从有了照相馆之后，也很少有人来要画了。

靳彝甫自己喜欢画的，是青绿山水和工笔人物。青绿山水、工笔人物，一年能收几件呢？因此，除了每年端午，他画几十张

---

① 在梅红纸上用刻刀镂刻出透空的细致的吉祥花纹，贴在门关上，小的叫“吊钱”，大的叫“欢乐”。有的地方叫“吊挂”。——作者原注

各式各样的钟馗，挂在巷口如意楼酒馆标价出售，能够有较多的收入，其余的时候，全家都是半饥半饱。

虽然是半饥半饱，他可是活得有滋有味，他的画室里挂着一块小匾，书“四时佳兴”。画室前面有一个很小的天井。靠墙种了几竿玉屏萧竹。石条上摆着茶花、月季。一个很大的钧窑平盘里养着一块玲珑剔透的上水石，蒙了半寸厚的绿苔，长着虎耳草和铁线草。冬天，他总要养几头单瓣的水仙。不到三寸长的碧绿的叶子，开着白玉一样的繁花。春天，放风筝。他会那样耐烦地用一个称金子用的小戥子约着蜈蚣风筝两边脚上的鸡毛（鸡毛分量稍差，蜈蚣上天就会打滚）。夏天，用莲子种出荷花。不大的荷叶，直径三寸的花，下面养了一二分长的小鱼。秋天，养蟋蟀。他家藏有一本托名贾似道撰写的《秋虫谱》。养蟋蟀的泥罐还是他祖父留下来的旧物。每天晚上，他点一个灯笼，到阴城去掏蟋蟀。财神庙的那个侉子，常常一边喝酒、吃狗肉，一边看这位大胆的画师的灯笼走走，停停，忽上，忽下。

他有一盒爱若性命的东西，是三块田黄石章。这三块田黄都不大，可是跟三块鸡油一样！一块是方的，一块略长，还有一块不成形。数这块不成形的值钱，它有文三桥[①] 刻的边款（篆文不知叫一个什么无知的人磨去了）。文三桥呀，可着全中国，你能找出几块？有一次，邻居家失火，他什么也没拿，只抢了这三块图章往外走。吃不饱的时候，只要把这三块图章拿出来看看，他就觉得对这个世界没有什么可抱怨的了。

---

① 文徵明的长子，名彭，字寿承，“三桥”是他的别号。——作者原注

这一年，这三个人忽然都交了好运。

王瘦吾的绳厂赚了钱。他可又觉得这个买卖货源、销路都有限，他早就想好了另外一宗生意。这个县北乡高田多种麦，出极好的麦秸，当地农民多以掐草帽辫为副业。每年有外地行商来，以极便宜的价钱收去。稍经加工，就成了草帽，又以高价卖给农民。王瘦吾想：为什么不能就地制成草帽呢？这钱为什么要给外地人赚去呢？主意已定，他就把两台绞绳机盘出去，买了四架扎草帽的机子，请了一个师傅，教出三个徒弟，就在原来绳厂的旧址，办起了一个草帽厂。城里的买卖人都说：王瘦吾这步棋看得准，必赚无疑！草帽厂开张的那天，来道喜和看热闹的人很多。一盘草帽辫，在师傅手里，通过机针一扎，哒哒地响，一会儿工夫，哎，草帽盔出来了——又一会，草帽边！——成了！一顶一顶草帽，顷刻之间，摞得很高。这不是草帽，这是大洋钱呀！这一天，靳彝甫送来一张“得利图”，画着一个白须的渔翁，背着鱼篓，提着两尾金鳞赤尾的大鲤鱼。凡看了这张画的，无不大笑：这渔翁的长相，活脱就是王瘦吾！陶虎臣特地送来一挂遍地桃花满堂红的一千头的大鞭，砰砰磅磅响了好半天！

陶虎臣从来没有做过这么大的焰火生意。这一年闹大水。运河平了漕。西北风一起，大浪头翻上来，把河堤上丈把长的青石都卷了起来。看来，非破堤不可。很多人家扎了筏子，预备了大澡盆，天天晚上不敢睡，只等堤决水下来时逃命。不料，河水从下游泄出，伏汛安然度过，保住了无数人畜。秋收在望，市面繁荣，城乡一片喜气。有好事者倡议：今年放放焰火！东西南北四城，都放！一台七套，四七二十八套。陶家独家承做了十四套，——其余的，他匀给别的同行了。

四城的焰火错开了日子，——为的是人们可以轮流赶着去看。东城定在八月十五。地点：阴城。

这天天气特别好。万里无云，一天皓月。阴城的正中，立起一个四丈多高的架子。有人早早吃了晚饭，就扛了板凳来等着了。各种卖小吃的都来了。卖牛肉高粱酒的，卖回卤豆腐干的，卖五香花生米的、芝麻灌香糖的，卖豆腐脑的，卖煮荸荠的，还有卖河鲜——卖紫皮鲜菱角和新剥鸡头米的……到处是“气死风”的四角玻璃灯，到处是白蒙蒙的热气、香喷喷的茴香八角气味。人们寻亲访友，说短道长，来来往往，亲亲热热。阴城的草都被踏倒了。人们的鞋底也叫秋草的浓汁磨得滑溜溜的。

忽然，上万双眼睛一齐朝着一个方向看。人们的眼睛一会儿睁大，一会儿眯细；人们的嘴一会儿张开，一会儿又合上；一阵阵叫喊，一阵阵欢笑，一阵阵掌声。——陶虎臣点着了焰火了！

这种花盒子是有一点简单的故事情节的。最热闹的是“炮打泗州城”。起先是梅、兰、竹、菊四种花，接着是万花齐放。万花齐放之后，有一个间歇，木架子下面黑黑的，有人以为这一套已经放完了。不料一声炮响，花盒子又落下一层，照眼的灯球之中有一座四方的城，眼睛好的还能看见城门上“泗州”两个字（不知道为什么是泗州而不是别的城）。城外向里打炮，城里向外打，灯球飞舞，砰磅有声。最有趣的是“芦蜂追瘌子”，这是一个喜剧性的焰火。一阵火花之后，出现一个人，——一个泥头的纸人，这人是个瘌痢头，手里拿着一把破芭蕉扇。霎时间飞来了许多马蜂，这些马蜂——火花，纷纷扑向瘌痢头，瘌痢头四面躲闪，手里的芭蕉扇不停地挥舞起来。看到这里，满场大笑。这些辛苦得近于麻木的人，是难得这样开怀一笑的呀。最后一套是平平常常的，只是一阵火花之后，扑鲁扑鲁吊下四个大字："天下太平"。字是灯球组成的。虽然平淡，人们还是舍不得离开。火光炎炎，逐渐消隐，这时才听到人们呼喊：

"二丫头，回家咧！"

"四儿，你在哪儿哪？"

"奶奶，等等我，我鞋掉了！"

人们摸摸板凳，才知道：呀，露水下来了。

靳彝甫捉到一只蟹壳青蟋蟀。消息很快就传开了。每天有人提了几罐蟋蟀来斗。都不是对手，而且都只是一个回合就分胜负。这只蟹壳青的打法很特别。它轻易不开牙，只是不动声色，稳稳地站着。突然扑上去，一口就咬破对方的肚子（据说蟋蟀的打法各有自己的风格，这种咬破肚子的打法是最厉害的）。它嚯嚯地叫起来，上下摆动它的触须，就像戏台上的武生耍翎子。负伤的败将，怎么下"探子"①，也再不敢回头。于是有人怂恿他到兴化去。兴化养蟋蟀之风很盛，每年秋天有一个斗蟋蟀的集会。靳彝甫被人们说得心动了。王瘦吾、陶虎臣给他凑了一笔路费和赌本，他就带了几罐蟋蟀，搭船走了。

① 探子是刺激蟋蟀的斗志用的。北方多用猪鬃，南方多用四杈草掰成细须，九蒸九晒。——作者原注

斗蟋蟀也像摔跤、击拳一样，先要约约运动员的体重。分量相等，才能入盘开斗。如分量低于对方而自愿下场者，听便。

没想到，这只蟋蟀给他赢了四十块钱。——四十块钱相当于一个小学教员两个月的薪水！靳彝甫很高兴，在如意楼订了几个菜，约王瘦吾、陶虎臣来喝酒。

（这只身经百战的蟋蟀后来在冬至那天寿终了，靳彝甫特地打了一个小小的银棺材，送到阴城埋了。）

没喝几杯，靳彝甫的孩子拿了一张名片，说是家里来了客。靳彝甫接过名片一看：“季匋民！”

“他怎么会来找我呢？”

季匋民是一县人引为骄傲的大人物。他是个名闻全国的大画家，同时又是大收藏家、大财主，家里有好田好地、宋元名迹。他在上海一个艺术专科大学当教授，平常难得回家。

“你回去看看。”

“我少陪一会。”

季匋民和靳彝甫都是画画的，可是气色很不一样。此人面色红润，双眼有光，浓黑的长髯，声音很洪亮。衣着很随便，但质料很讲究。

“我冒进宝府，唐突得很。”

“哪里哪里。只是我这寒舍，实在太小了。”

“小，而雅，比大而无当好！”

寒暄之后，季匋民说明来意：听说彝甫有几块好田黄，特地来看看。靳彝甫捧了出来，他托在手里，一块一块，仔仔细细看了。

“好，——好，——好。匋民平生所见田黄多矣，像这样润的，少。”他估了估价，说按时下行情，值二百洋。有文三桥边款的一块就值一百。他很直率地问靳彝甫肯不肯割爱。靳彝甫也很直率地回答：“不到山穷水尽，不能舍此性命。”

“好！这像个弄笔墨的人说的话！既然如此，匋民绝不夺人之所爱。不过，如果你有一天想出手，得先尽我。”

“那可以。”

“一言为定。”

“一言为定。”

买卖不成，季匋民倒也没有不高兴。他又提出想看看靳彝甫家藏的画稿。靳彝甫祖父的、父亲的。——靳彝甫本人的，他也想看看。他看得很入神，拍着画案说：“令祖、令尊，都被埋没了啊！吾乡固多才俊之士，而皆困居于蓬牖之中，声名不出于里巷，悲哉！悲哉！”

他看了靳彝甫的画，说：“彝甫兄，我有几句话……”

“您请指教。”

“你的画，家学渊源。但是，有功力，而少境界。要变！山水，暂时不要画。你见过多少真山真水？人物，不要跟在改七芗、费晓楼后面跑，倪墨耕尤为甜俗。要越过唐伯虎，直追两宋南唐。我奉赠你两个字：古，艳。比如这张杨妃出浴，披纱用洋红，就俗。用朱红，加一点紫！把颜色搞得重重的！脸上也不要这样干净，给她贴几个花子！——你是打算就这样在家乡困着呢？还是想出去闯闯呢？出去，走走，结识一些大家，见见世面！到上海，那里人才多！”

他建议靳彝甫选出百十件画，到上海去开一个展览会。他认识朵云轩，可以借他们的地方。他还可以写几封信给上海名流，请他们为靳彝甫吹嘘吹嘘。他还嘱咐靳彝甫，卖了画，有了一点钱，要做两件事：读万卷书，行万里路。最后说："我今天很高兴。看了令祖、令尊的画稿，偷到不少的东西。——我把它化一化，就是杰作！哈哈哈哈……"

这位大画家就这样疯疯癫癫，哈哈大笑着，提了他的筇竹杖，一阵风似的走了。

靳彝甫一边卷着画，一边想：季匋民是见得多。他对自己的指点，很有道理，很令人佩服。但是，到上海，开展览会，结识名流……唉，有钱的名士的话怎么能当得真呢！他笑了。

没想到，三天之后，季匋民真的派人送来了七八封朱丝栏玉版宣的八行书。

靳彝甫的画展不算轰动，但是卖出去几十张画。那张在季匋民授意之下重画的杨妃出浴，一再有人重订。报上发了消息，一家画刊还选了他两幅画。这都是他没有想到的。王瘦吾和陶虎臣在家乡看到报，很替他高兴："彝甫出了名了！"

卖了画，靳彝甫真的按照季匋民的建议，"行万里路"去了。一去三年，很少来信。

这三年啊！

王瘦吾的草帽厂生意很好。草帽没个什么讲究，买的人只是一图个结实，二图个便宜。他家出的草帽是就地产销，省了来回运费，自然比外地来的便宜得多。牌子闯出去了，买卖就好做。全城并无第二家，那四台哒哒作响的机子，把带着钱想买草帽的客人老远地就吸过来了。

不想遇见一个王伯韬。

这王伯韬是个开陆陈行的。这地方把买卖豆麦杂粮的行叫作“陆陈行”。人们提起陆陈行，都暗暗摇头。做这一行的，有两大特点：其一，是资本雄厚，大都兼营别的生意，什么买卖赚钱，他们就开什么买卖，眼尖手快。其二，都是流氓——都在帮。这城里发生过几起大规模的斗殴，都是陆陈行挑起的。打架的原因，都是抢行霸市。这种人一看就看得出来。他们的衣着和一般的生意人就不一样。不论什么时候，长衫里面的小褂的袖子总翻出很长的一截。料子也是老实商人所不用的。夏天是格子纺，冬天是法兰绒。脚底下是黑丝袜，方口的黑纹皮面的硬底便鞋。王伯韬和王瘦吾是同宗，见面总是“瘦吾兄”长“瘦吾兄”短。王瘦吾不爱搭理他，尽可能地躲着他。

谁知偏偏躲不开，而且天天要见面。王伯韬也开了一家草帽厂，就在王瘦吾的草帽厂的对门！他新开的草帽厂有八台机子、八个师傅，门面、柜台，一切都比王瘦吾的大一倍。

王伯韬真是不顾血本，把批发、零售价都压得极低。王瘦吾算算，这样的定价，简直无利可图。他不服这口气，也随着把价钱落下来。

王伯韬坐在对面柜台里，还是满脸带笑，“瘦吾兄”长“瘦吾兄”短。

王瘦吾撑了一年，实在撑不住了。

王伯韬放出话来：“瘦吾要是愿意把四台机子让给我，他多少钱买的，我多少钱要！”

四台机子，连同库存的现货、辫子，全部倒给了王伯韬。王瘦吾气得生了一场重病。一病一年多。卖机子的钱，连同小绒线店的底本，全变成了药渣子，倒在门外的街上了。

好不容易，能起来坐一坐，出门走几步了。可是人瘦得像一张纸，一阵风吹过，就能倒下。

陶虎臣呢？

头一年，因为四乡闹土匪，连城里都出了几起抢案，县政府和当地驻军联名出了一张布告：“冬防期间，严禁燃放鞭炮。”炮仗店平时生意有限，全指着年下。这一冬防，可把陶虎臣防苦了。且熬着，等明年吧。

明年！蒋介石搞他娘的“新生活”[①]，根本取缔了鞭炮。城里几家炮仗店统统关了张。陶虎臣别无产业，只好做一点“黄烟子”和蚊烟混日子。“黄烟子”也像是个炮仗，只是里面装的不是火药而是雄黄，外皮也是黄的。点了捻子，不响，只是从屁股上冒出一股黄烟，能冒半天。这种东西，端午节人家买来，点着了扔在床脚柜底熏五毒；孩子们把黄烟屁股抵在板壁上写“虎”字。

---

① “新生活”是蒋介石搞的“新生活”运动，提倡“礼义廉耻”，到处刷写着“礼义廉耻，国之四维。四维不张，国乃灭亡”；限制行人靠左边走；废除作揖，改行握手；禁止燃放鞭炮；等等。总之，大家都过新生活，不许过旧生活。——作者原注

蚊烟是在一个皮纸的空套里装上锯末，加一点芒硝和鳝鱼骨头，盘成一盘，像一条蛇。这东西点起来味道很呛，人和蚊子都受不了。这两种东西，本来是炮仗店附带做做的，靠它赚钱吃饭，养家活口的，怎么行呢？——一年有几个端午节？蚊子也不是四季都有啊！

第三年，陶家炮仗店的铺闼子门① 下了一把牛鼻子铁锁，再也打不开了。陶家的锅，也揭不开了。起先是喝粥，——喝稀粥，后来连稀粥也喝不成了。陶虎臣全家，已经饿了一天半。

有那么一个缺德的人敲开了陶家的门。这人姓宋，人称“宋保长”，他是什么事都干得出来，什么钱也敢拿的。他来做媒了。二十块钱，陶虎臣把女儿嫁给了一个驻军的连长。这连长第二天就开拔。他倒什么也不挑，只要是一个黄花闺女。陶虎臣跳着脚大叫：“不要说得那么好听！这不是嫁！这是卖！你们到大街去打锣喊叫：我陶虎臣卖女儿！你们喊去！我不害臊！陶虎臣！你是个什么东西！陶虎臣！我操你八辈祖奶奶！你就这样没有能耐呀！”女儿的妈和弟弟都哭。女儿倒不哭，反过来劝爹：“爹！爹！您别这样！我愿意！——真的！爹！我真的愿意！”她朝上给爹妈磕了头，又趴在弟弟的耳边说了一句话。这一句话是：“饿的时候，忍着，别哭。”弟弟直点头。女儿走到爹床前，说了声：“爹！我走啦！您保重！”陶虎臣脸对墙躺着，连头都没有回，他的眼泪哗哗地往下淌。

两个半月过去了。陶家一直就花这二十块钱。二十块钱剩

① 这地方店铺的门一般都是一块一块狭长的门板，上在门坎的槽里，称为“铺闼子”。——作者原注

得不多了，女儿回来了。妈脱下女儿的衣服一看，什么都明白了：这连长天天打她。女儿跟妈妈偷偷地说："妈，我过上了他的脏病。"

岁暮天寒，彤云酿雪，陶虎臣无路可走，他到阴城去上吊。

他没有死成。他刚把腰带拴在一棵树上，把头伸进去，一个人拦腰把他抱住，一刀砍断了腰带。这人是住在财神庙的那个侉子。

靳彝甫回来了。他一到家，听说陶虎臣的事，连脸都没洗，拔脚就往陶家去。陶虎臣躺在一领破芦席上，拥着一条破棉絮。靳彝甫掏出五块钱来，说："虎臣，我才回来，带的钱不多，你等我一天！"

跟脚，他又奔王瘦吾家。瘦吾也是家徒四壁了。他正在对着空屋发呆。靳彝甫也掏出五块钱，说："瘦吾，你等我一天！"

第三天，靳彝甫约王瘦吾、陶虎臣到如意楼喝酒。他从内衣口袋里掏出两封洋钱，外面裹着红纸。一看就知道，一封是一百。他在两位老友面前，各放了一封。

"先用着。"

"这钱——？"

靳彝甫笑了笑。

那两个都明白了：彝甫把三块田黄给季匋民送去了。

靳彝甫端起酒杯说："咱们今天醉一次。"

那两个同意。

"好，醉一次！"

这天是腊月三十。这样的时候，是不会有人上酒馆喝酒的。如意楼空荡荡的，就只有这三个人。

外面，正下着大雪。

一九八〇年八月二十日初稿

十一月二十日二稿

黄油烙饼

萧胜跟着爸爸到口外去。

萧胜满七岁，进八岁了。他这些年一直跟着奶奶过。他爸的工作一直不固定。一会儿修水库啦，一会儿大炼钢铁啦。他妈也是调来调去。奶奶一个人在家乡，说是冷清得很。他三岁那年，就被送回老家来了。他在家乡吃了好些萝卜白菜，小米面饼子，玉米面饼子，长高了。

奶奶不怎么管他。奶奶有事。她老是找出一些零碎料子给他接衣裳，接褂子、接裤子、接棉袄、接棉裤。他的衣服都是接成一道一道的，一道青，一道蓝。倒是挺干净的。奶奶还给他做鞋。自己打袼褙，剪样子，纳底子，自己绱。奶奶老是说："你的脚上有牙，有嘴？""你的脚是铁打的？"再就是给他做吃的。小米面饼子，玉米面饼子，萝卜白菜，炒鸡蛋，熬小鱼。他整天在外面玩。奶奶把饭做得了，就在门口嚷："胜儿！回来吃饭咧！——"

后来办了食堂。奶奶把家里的两口锅交上去，从食堂里打饭回来吃。真不赖！白面馒头，大烙饼，卤虾酱炒豆腐，焖茄子，猪头肉！食堂的大师傅穿着白衣服，戴着白帽子，在蒸笼的白蒙蒙的热气中晃来晃去，拿铲子敲着锅边，还大声嚷叫。人也胖了，猪也肥了。真不赖！

后来就不行了。还是小米面饼子，玉米面饼子。

后来小米面饼子里有糠，玉米面饼子里有玉米核磨出的碴子，拉嗓子。人也瘦了，猪也瘦了。往年，撵个猪可费劲哪。今年，一伸手就把猪后腿攥住了。挺大一个克郎，一挤它，咕咚就倒了。掺假的饼子不好吃，可是萧胜还是吃得挺香。他饿。

奶奶吃得不香。她从食堂打回饭来，掰半块饼子，嚼半天，其余的，都归了萧胜。

奶奶的身体原来就不好，她有个气喘的病，每年冬天都犯。白天还好，晚上难熬。萧胜躺在炕上，听奶奶喝喽喝喽地喘。睡醒了，还听她喝喽喝喽。他想，奶奶喝喽了一夜。可是奶奶还是喝喽着起来了，喝喽着给他到食堂去打早饭，打掺了假的小米饼子，玉米饼子。

爸爸去年冬天回来看过奶奶。他每年回来，都是冬天。爸爸带回来半麻袋土豆，一串口蘑，还有两瓶黄油。爸爸说，土豆是他分的；口蘑是他自己采、自己晾的；黄油是“走后门”搞来的。爸爸说，黄油是牛奶炼的，很“营养”，叫奶奶抹饼子吃。土豆，奶奶借锅来蒸了，煮了，放在灶火里烤了，给萧胜吃了。口蘑过年时打了一次卤。黄油，奶奶叫爸爸拿回去：“你们吃吧。这么贵重的东西！”爸爸一定要给奶奶留下，奶奶把黄油留下了，可是一直没有吃。奶奶把两瓶黄油放在躺柜上，时不时地拿抹布擦擦。黄油是个啥东西？牛奶炼的？隔着玻璃，看得见它的颜色是嫩黄嫩黄的。去年小三家生了小四，他看见小三他妈给小四用松花粉扑痱子。黄油的颜色就像松花粉。油汪汪的，很好看，奶奶说，这是能吃的。萧胜不想吃。他没有吃过，不馋。

奶奶的身体越来越不好。她从前从食堂打回饼子，能一气走到家。现在不行了，走到歪脖柳树那儿就得歇一会。奶奶跟上了年纪的爷爷、奶奶们说："只怕是过得了冬，过不得春呀。"萧胜知道这不是好话。这是一句骂牲口的话。"嗳！看你这乏样儿！过得了冬过不得春！"果然，春天不好过。村里的老头老太太接二连三地死了。镇上有个木业生产合作社，原来打家具、修犁耙，都停了，改了打棺材。村外添了好些新坟，好些白幡。奶奶不行了，她浑身都肿。用手指按一按，老大一个坑，半天不起来。她求人写信叫儿子回来。

爸爸赶回来，奶奶已经咽了气了。

爸爸求木业社把奶奶屋里的躺柜改成一口棺材，把奶奶埋了。晚上，坐在奶奶的炕上流了一夜眼泪。

萧胜一生第一次经验什么是"死"。他知道"死"就是"没有"了。他没有奶奶了。他躺在枕头上，枕头上还有奶奶的头发的气味。他哭了。

奶奶给他做了两双鞋，做得了，说："来试试！"——"等会儿！"吱溜，他跑了。萧胜醒来，光着脚把两双鞋都试了试。一双正合脚，一双大一些。他的赤脚接触了搪底布，感觉到奶奶纳的底线，他叫了一声："奶奶！"又哭了一气。

爸爸拜望了村里的长辈，把家里的东西收拾收拾，把一些能用的锅碗瓢盆都装在一个大网篮里。把奶奶给萧胜做的两双鞋也装在网篮里。把两瓶动都没有动过的黄油也装在网篮里。锁了门，就带着萧胜上路了。

萧胜跟爸爸不熟。他跟奶奶过惯了。他起先不说话。他想家，想奶奶，想那棵歪脖柳树，想小三家的一对大白鹅，想蜻蜓，想蝈蝈，想挂大扁飞起来格格地响，露出绿色硬翅膀底下的桃红色的翅膜……后来跟爸爸熟了。他是爸爸呀！他们坐了汽车，坐火车，后来又坐汽车。爸爸很好，爸爸老是引他说话，告诉他许多口外的事。他的话越来越多，问这问那。他对“口外”产生了很浓厚的兴趣。

他问爸爸啥叫“口外”。爸爸说“口外”就是张家口以外，又叫“坝上”。“为啥叫坝上？”他以为“坝”是一个水坝。爸爸说到了就知道了。

敢情“坝”是一溜大山。山顶齐齐的，倒像个坝。可是真大！汽车一个劲地往上爬。汽车爬得很累，好像气都喘不过来，不停地哼哼。上了大山，嘿，一片大平地！真是平呀！又平又大，像是擀过的一样。怎么可以这样平呢！汽车一上坝，就撒开欢了。它不哼哼了，“刷——”一直往前开。一上了坝，气候忽然变了。坝下是夏天，一上坝就像秋天。忽然，就凉了。坝上坝下，刀切的一样。真平呀！远远有几个小山包，圆圆的。一棵树也没有。他的家乡有很多树。榆树，柳树，槐树。这是个什么地方！不长一棵树！就是一大片大平地，碧绿的，长满了草。有地。这地块真大。从这个小山包一匹布似的一直扯到了那个小山包。地块究竟有多大？爸爸告诉他：有一个农民牵了一头母牛去犁地，犁了一趟，回来时候母牛带回来一个新下的小牛犊，已经三岁了！

汽车到了一个叫“沽源”的县城，这是他们的最后一站。一辆牛车来接他们。这车的样子真可笑，车轱辘是两个木头饼子，还不怎么圆，骨鲁鲁，骨鲁鲁，往前滚。他仰面躺在牛车上，上面是一个很大的蓝天。牛车真慢，还没有他走得快。他有时下来掐两朵野花，走一截，又爬上车。

这地方的庄稼跟口里也不一样。没有高粱，也没有老玉米，种莜麦、胡麻。莜麦干净得很，好像用水洗过、梳过。胡麻打着把小蓝伞，秀秀气气，不像是庄稼，倒像是种着看的花。

喝，这一大片马兰！马兰他们家乡也有，可没有这里的高大。长得齐大人的腰那么高，开着巴掌大的蓝蝴蝶一样的花。一眼望不到边。这一大片马兰！他这辈子也忘不了。他像是在一个梦里。

牛车走着走着。爸爸说：到了！他坐起来一看，一大片马铃薯，都开着花，粉的、浅紫蓝的、白的，一眼望不到边，像是下了一场大雪。花雪随风摇摆着，他有点晕。不远有一排房子，土墙、玻璃窗。这就是爸爸工作的“马铃薯研究站”。土豆——山药蛋——马铃薯。“马铃薯”是学名。爸说的。

从房子里跑出来一个人。“妈妈——！”他一眼就认出来了！妈妈跑上来，把他一把抱了起来。

萧胜就要住在这里了，跟他的爸爸、妈妈住在一起了。

奶奶要是一起来，多好。

萧胜的爸爸是学农业的，这几年老是干别的。奶奶问他：“为什么总是把你调来调去的？”爸说：“我好欺负。”马铃薯研究站别人都不愿来，嫌远。爸愿意。妈是学画画的，前几年老画两个娃娃拉不动的大萝卜啦，上面张个帆可以当作小船的豆荚啦。她也愿意跟爸爸一起来，画“马铃薯图谱”。

妈给他们端来饭。真正的玉米面饼子，两大碗粥。妈说这粥是草籽熬的。有点像小米，比小米小。绿盈盈的，挺稠，挺香。还有一大盘鲫鱼，好大。爸说别处的鲫鱼很少有过一斤的，这儿“淖”里的鲫鱼有一斤二两的，鲫鱼吃草籽，长得肥。草籽熟了，风把草籽刮到淖里，鱼就吃草籽。萧胜吃得很饱。

爸说把萧胜接来有三个原因。一是奶奶死了，老家没有人了。二是萧胜该上学了，暑假后就到不远的一个完小去报名。三是这里吃得好一些。口外地广人稀，总好办一些。这里的自留地一个人有五亩！随便刨一块地就能种点东西。爸爸和妈妈就在研究站旁边开了一块地，种了山药、南瓜。山药开花了，南瓜长了骨朵了。用不了多久，就能吃了。

马铃薯研究站很清静，一共没有几个人。就是爸爸、妈妈，还有几个工人。工人都有家。站里就是萧胜一家。这地方，真安静。成天听不到声音，除了风吹莜麦穗子，沙沙地像下小雨；有时有小燕吱喳地叫。

爸爸每天戴个草帽下地跟工人一起去干活，锄山药。有时查资料，看书。妈一早起来到地里掐一大把山药花，一大把叶子，回来插在瓶子里，聚精会神地对着它看，一笔一笔地画。画的花和真的花一样！萧胜每天跟妈一同下地去，回来鞋和裤脚沾的都是露水。奶奶做的两双新鞋还没有上脚，妈把鞋和两瓶黄油都锁在柜子里。

白天没有事，他就到处去玩，去瞎跑。这地方大得很，没遮没挡，跑多远，一回头还能看到研究站的那排房子，迷不了路。他到草地里去看牛、看马、看羊。

他有时也去莳弄莳弄他家的南瓜、山药地。锄一锄，从机井里打半桶水浇浇。这不是为了玩。萧胜是等着要吃它们。他们家不起火，在大队食堂打饭，食堂里的饭越来越不好。草籽粥没有了，玉米面饼子也没有了。现在吃红高粱饼子，喝甜菜叶子做的汤。再下去大概还要坏。萧胜有点饿怕了。

他学会了采蘑菇。起先是妈妈带着他采了两回，后来，他自己也会了。下了雨，太阳一晒，空气潮乎乎的，闷闷的，蘑菇就出来了。蘑菇这玩意很怪，都长在“蘑菇圈”里。你低下头，侧着眼睛一看，草地上远远的有一圈草，颜色特别深，黑绿黑绿的，隐隐约约看到几个白点，那就是蘑菇圈。滴溜圆。蘑菇就长在这一圈深颜色的草里。圈里面没有，圈外面也没有。蘑菇圈是固定的。今年长，明年还长。哪里有蘑菇圈，老乡们都知道。

有一个蘑菇圈发了疯。它不停地长蘑菇，呼呼地长，三天三夜一个劲地长，好像是有鬼，看着都怕人。附近七八家都来采，用线穿起来，挂在房檐底下。家家都挂了三四串，挺老长的三四串。老乡们说，这个圈明年就不会再长蘑菇了，它死了。萧胜也采了好些。他兴奋极了，心里直跳。“好家伙！好家伙！这么多！这么多！”他发了财了。

他为什么这样兴奋？蘑菇是可以吃的呀！

他一边用线穿蘑菇，一边流出了眼泪。他想起奶奶，他要给奶奶送两串蘑菇去。他现在知道，奶奶是饿死的。人不是一下饿死的，是慢慢地饿死的。

食堂的红高粱饼子越来越不好吃，因为掺了糠。甜菜叶子汤也越来越不好喝，因为一点油也不放了。他恨这种掺糠的红高粱饼子，恨这种不放油的甜菜叶子汤！

他还是到处去玩，去瞎跑。

大队食堂外面忽然热闹起来。起先是拉了一牛车的羊砖来。他问爸爸这是什么，爸爸说："羊砖。"——"羊砖是啥？"——"羊粪压紧了，切成一块一块。"——"干啥用？"——"烧。"——"这能烧吗？"——"好烧着呢！火顶旺。"后来盘了个大灶。后来杀了十来只羊。萧胜站在旁边看杀羊。他还没有见过杀羊。嘿，一点血都流不到外面，完完整整就把一张羊皮剥下来了！

这是要干啥呢？

爸爸说，要开三级干部会。

"啥叫三级干部会？"

"等你长大了就知道了！"

三级干部会就是三级干部吃饭。

大队原来有两个食堂，南食堂，北食堂，当中隔一个院子，院子里还搭了个小棚，下雨天也可以两个食堂来回串，原来社员们分在两个食堂吃饭。开三级干部会，就都挤到北食堂来。南食堂空出来给开会干部用。

三级干部会开了三天，吃了三天饭。头一天中午，羊肉口蘑臊子蘸莜面。第二天炖肉大米饭。第三天，黄油烙饼。晚饭倒是马马虎虎的。

社员和干部同时开饭。社员在北食堂，干部在南食堂。北食堂还是红高粱饼子，甜菜叶子汤。北食堂的人闻到南食堂里飘过来的香味，就说："羊肉口蘑臊子蘸莜面，好香好香！""炖肉大米饭，好香好香！""黄油烙饼，好香好香！"

萧胜每天去打饭，也闻到南食堂的香味。羊肉、米饭，他倒不稀罕；他见过，也吃过。黄油烙饼他连闻都没闻过。是香，闻着这种香味，真想吃一口。

回家，吃着红高粱饼子，他问爸爸："他们为什么吃黄油烙饼？"

"他们开会。"

"开会干吗吃黄油烙饼？"

"他们是干部。"

"干部为啥吃黄油烙饼？"

"哎呀！问得太多了！吃你的红高粱饼子吧！"

正在咽着红饼子的萧胜的妈忽然站起来，把缸里的一点白面倒出来，又从柜子里取出一瓶奶奶没有动过的黄油，启开瓶盖，挖了一大块，抓了一把白糖，兑点起子，擀了两张黄油发面饼。抓了一把莜麦秸塞进灶火，烙熟了。黄油烙饼发出香味，和南食堂里的一样。妈把黄油烙饼放在萧胜面前，说："吃吧，儿子，别问了。"

萧胜吃了两口，真好吃。他忽然咧开嘴痛哭起来，高叫了一声："奶奶！"

妈妈的眼睛里都是泪。

爸爸说："别哭了，吃吧。"

萧胜一边流着一串一串的眼泪，一边吃黄油烙饼。他的眼泪流进了嘴里。黄油烙饼是甜的，眼泪是咸的。

金冬心

召应博学鸿词杭郡金农字寿门别号冬心先生、稽留山民、龙梭仙客、苏伐罗吉苏伐罗，早上起来觉得很无聊。

他刚从杭州扫墓回来。给祖坟加了加土，吩咐族侄把聚族而居的老宅子修理修理，花了一笔钱。杭州官员馈赠的程仪殊不丰厚，倒是送了不少花雕和莼菜，坛坛罐罐，装了半船。装莼菜的瓷罐子里多一半是西湖水。我能够老是饮花雕酒喝莼菜汤过日脚么？开玩笑！

他是昨天日落西时回扬州的。刚一进门，洗了脸，给他装裱字画、收拾图书的陈聋子就告诉他：袁子才把十张灯退回来了。是托李馥馨茶叶庄的船带回来的。附有一封信。另外还有十套《随园诗话》。金冬心当时哼了一声。

去年秋后，来求冬心先生写字画画的不多，他又买了两块大砚台，一块红丝碧端，一块蕉叶白，手头就有些紧。进了腊月，他忽然想起一个主意：叫陈聋子用乌木做了十张方灯的架子，四面由他自己书画。自以为这主意很别致。他知道他的字画在扬州实在不大卖得动了，——太多了，几乎家家都有。过了正月初六，就叫陈聋子搭了李馥馨的船到南京找袁子才，托他代卖。凭子才的面子，他在南京的交往，估计不难推销出去。他希望一张卖五十两。少说，也能卖二十两。不说别的，单是乌木灯架，也值个三两二两的。那么，不无小补。

袁子才在小仓山房接见了陈聋子，很殷勤地询问了冬心先生的起居，最近又有什么轰动一时的诗文，说广灯是好灯！诗、书、画，可称三绝。先放在我这里吧。

金冬心原以为过了元宵，袁子才就会兑了银子来。不想过了清明，还没有消息。

现在，退回来了！

袁枚的信写得很有风致："……金陵人只解吃鸭脯，光天白日，尚无目识字画，安能于光烛影中别其媸妍耶？……"

这个老奸巨猾！不帮我卖灯，倒给我弄来十部《诗话》，让我替他向扬州的鹾贾打秋风！——俗！

晚上吃了一碗鸡丝面，早早就睡了。

今天一起来，很无聊。

喝了几杯苏州新到的碧螺春，念了两遍《金刚经》，趿着鞋，到小花圃里看了看。宝珠山茶开得正好，含笑也都有了骨朵了。然而提不起多大兴致。他惦记着那十盆兰花。他去杭州之前，瞿家花园新从福建运到十盆素心兰。那样大的一盆，每盆不愁有百十个箭子！索价五两一盆，不贵！要是袁子才替他把灯卖出去，这十盆建兰就会摆在他的小花圃苇棚下的石条上。这样的兰花，除了冬心先生，谁配？然而……

他踱回书斋里，把袁枚的信摊开又看了一遍，觉得袁枚的字很讨厌，而且从字里行间嚼出一点挖苦的意味。他想起陈聋子描绘的随园：有几棵柳树，几块石头，有一个半干的水池子，池子边种了十来棵木芙蓉，到处是草，草里有蜈蚣……这样一个破园子，会是江宁织造的大观园么？可笑！① 此人惯会吹牛，装模作样！他顺手把《随园诗话》打开翻了几页，到处是倚人自重，借别人的赏识，为自己吹嘘。有的诗，还算清新，然而，小聪明而已。正如此公自道："诗被人嫌只为多！"再看看标举的那些某夫人、某太夫人的诗，都不见佳。哈哈，竟然对毕秋帆也揄扬了一通！毕秋帆是什么？——商人耳！郑板桥对袁子才曾作过一句总评，说他是"斯文走狗"，不为过分！

他觉得心里痛快了一点，——不过，还是无聊。

他把陈聋子叫来，问问这些天有什么函件简帖。陈聋子捧出了一沓。金冬心拆看了几封，都没有什么意思，问："还有没有？"

陈聋子把脑门子一拍，说："有！——我差一点忘了，我把它单独放在拜匣里了：程雪门有一张请帖，来了三天了！"

"程雪门？"

"对对对！请你陪客。"

"请谁？"

"铁大人。"

① 袁枚说大观园就是他的随园。——作者原注

“哪个铁大人？”

“新放的两淮盐务道铁保珊铁大人。”

“几时？”

“今天！中饭！平山堂！”

“你多误事！——去把帖子给我拿来！——去订一顶轿子！——你真是！——快去！——哎哟！”

金冬心开始觉得今天有点意思了。

等着催请了两次，到第三次催请时，冬心先生换了衣履，坐上轿子，直奔平山堂。

程雪门是扬州一号大盐商，今天宴请新任盐务道，非比寻常！果然，等金冬心下了轿，往平山堂一看，只见扬州的名流显贵都已到齐。藩臬二司、河工漕运、当地耆绅、清客名士，济济一堂。花翎补服，辉煌耀眼；轻衣缓带，意态萧闲。程雪门已在正面榻座上陪着铁保珊说话，一眼看见金冬心来了，站起身来，铁保珊早抢步迎了出来。

“冬心先生！久仰！久仰得很哪！”

“岂敢岂敢！臣本布衣，幸瞻丰采！铁大人从都里来，一路风霜，辛苦了！”

“请！”

“请！请！”

铁保珊拉了金冬心入座。程雪门道了一声：“得罪！”自去应酬别的客人。大家只见铁保珊倾侧着身子和金冬心谈得十分投机，金冬心不时点头拊掌，不知他们谈些什么，不免悄悄议论。

“雪门今天请金冬心来陪铁保珊，好大的面子！”

“听说是铁保珊指名要见的。”

“金冬心这时候才来，架子搭得不小！”

“看来他的字画行情要涨！”

稍顷宴齐，更衣入席。平山堂中，雁翅般摆开了五桌。正中一桌，首座自然是铁保珊。次座是金冬心。金冬心再三谦让，铁保珊一把把他按得坐下，说：“你再谦，大家就不好坐了！”金冬心只得从命。程雪门在这桌的主座上陪着。

今天的酒席很清淡。铁大人接连吃了几天满汉全席，实在是没有胃口，接到请帖，说：“请我，我到！可是我只想喝一碗晚米稀粥，就一碟香油拌疙瘩丝！”程雪门说一定照办。按扬州请客的规矩，菜单曾请铁保珊过了目。凉碟是金华竹叶腿、宁波瓦楞明蚶、黑龙江熏鹿脯、四川叙府糟蛋、兴化醉蛏鼻、东台醉泥螺、阳澄湖醉蟹、糟鹌鹑、糟鸭舌、高邮双黄鸭蛋、界首茶干拌荠菜、凉拌枸杞头……热菜也只是蟹白烧乌青菜、鸭肝泥酿怀山药、鲫鱼脑烩豆腐、烩青腿子口蘑、烧鹅掌。甲鱼只用裙边。鲟花鱼不用整条的，只取两块嘴后鳃边眼下蒜瓣肉。砗只取两块瑶柱。炒芙蓉鸡片塞牙，用大兴安岭活捕来的飞龙剁泥、鸽蛋清。烧烤不用乳猪，用果子狸。头菜不用翅唇参燕，清炖杨妃乳——新从江阴运到的河豚鱼。铁大人听说有河豚，说：“那得有炒蒌蒿呀！——‘竹外桃花三两枝，春江水暖鸭先知。蒌蒿满地芦芽短，正是河豚欲上时。’有蒌蒿，那才配称。”——“有有有！”随饭的炒菜也极素净：素炒蒌蒿薹、素炒金花菜、素炒豌豆苗、索炒紫芽姜、素炒马兰头、素炒凤尾——只有三片叶子的嫩莴苣尖、素烧黄芽白……铁大人听了菜单（他没有看）说是“这样好，‘咬得菜根，则百事可做’”。他请金冬心过目，冬心先生说：“‘一箪食，一瓢饮’，农一介寒士，无可无不可的。”

金冬心尝了尝这一桌非时非地清淡而名贵的菜肴，又想起袁子才，想起他的《随园食单》，觉得他把几味家常鱼肉说得天花乱坠，真是寒乞相，嘴角不禁浮起一丝冷笑。

酒过三巡，铁保珊提出寡饮无趣，要行一个酒令。他提出的这个酒令叫作“飞红令”，各人说一句或两句古人诗词，要有“飞、红”二字，或明嵌、或暗藏，都可以。这令不算苛。他自己先说了两句：“花谢花飞飞满天，红消香断有谁怜？”有人不识出处。旁边的人提醒他：“《红楼梦》！”这时正是《红楼梦》大行的时候，“开谈不说《红楼梦》，纵读诗书也枉然”，不知出处的怕露怯，连忙说：“哦，——《红楼梦》！《红楼梦》！”下面也有说“一片花飞减却春”的，也有说“桃花乱落如红雨”的。有的说不上来，甘愿罚酒。也有的明明说得出，为了谦抑，故意说：“我诗词上有限，认罚认罚！”借以凑趣的。临了，到了程雪门。程雪门说了一句：“柳絮飞来片片红。”

大家先是愕然，接着就哗然了：

“柳絮飞来片片红，柳絮如何是红的？”

“无是理！无是理！”

“杜撰！杜撰无疑！”

“罚酒！罚酒！”

“满上！满上！喝了！喝了！”

程雪门也不知道自己怎么会诌出这样一句不通的诗来，正在满脸紫胀，无地自容，忽听得金冬心放下杯箸，从容言道：“诸位莫吵。雪翁此诗有出处。这是元人咏平山堂的诗，用于今日，正好对景。”他站起身来，朗吟出全诗：

廿四桥边廿四风，
凭栏犹忆旧江东。
夕阳返照桃花渡，
柳絮飞来片片红。

大家一听，全都击掌：

“好诗！”

“好一个‘柳絮飞来片片红’！妙！妙极了！”

“如此尖新，却又合情合理，这定是元人之诗，非唐非宋！”

“到底是冬心先生！元朝人的诗，我们知道得太少，惭愧惭愧！”

“想不到程雪翁如此博学！佩服！佩服！”

程雪门哈哈大笑，连说：“过奖，过奖！——菜凉了，河豚要趁热！”

于是大家的筷子一齐奔向杨妃乳。

铁保珊拈须沉吟：这是元朝人的诗么？

金冬心真是捷才！出口成章，不动声色。快，而且，好！有意境……

第二天，一清早，程雪门派人给金冬心送来一千两银子。金冬心叫陈聋子告诉瞿家花园，把十盆建兰立刻送来。

陈聋子刚要走，金冬心叫住他，“不忙。先把这十张灯收到厢房里去。”

陈聋子提起两张灯，金冬心又叫住他，“把这个——搬走！”

他指的是堆在地下的《随园诗话》。

陈聋子抱起《诗话》，走出书斋，听见冬心先生骂道：“斯文走狗！”

陈聋子心想：他这是骂谁呢？

一九八三年十月二十五日

双　灯

——《聊斋》新义

魏家二小，父母双亡，没念过几年书，跟着舅舅卖酒。舅舅开了一座糟坊，就在村口，不大，生意也清淡，顾客不多。糟坊前边，有一些甑子、水桶、酒缸。后面是一个很大的院子，荒荒凉凉，什么也没有，开了一地的野花。后院有一座小楼。楼下是空的，二小住在楼上。每天太阳落了山，关了大门，就剩二小一个人了。他倒不觉得闷。有时反反复复想想小时候的事，背两首还记得的千家诗，或是伏在楼窗口看南山。南山暗蓝暗蓝的，没有一星灯火。南山很深，除了打柴的、采药的，不大有人进去。天边的余光退尽了，南山的影子模糊了，星星一个一个地出齐了，村里有几声狗叫，二小睡了，连灯都不点。一年一年，二小长得像个大人了，模样很清秀。因为家寒，还没有说亲。

一天晚上，二小已经躺下了，听见楼下有脚步声，还似不止一个人。不大会，踢踢踏踏，上了楼梯。二小一骨碌坐起来，“谁？”只见两个小丫鬟挑着双灯，已经到了床跟前。后面是一个少年书生，领着一个女郎。到了床前，微微一笑。二小惊得说不出话来。一想：这是狐狸精！腾的一下，汗毛都立起来了，低着头，不敢斜视一眼。书生又笑了笑说：“你不要猜疑。我妹妹和你有缘，应该让她和你做伴。”二小看看书生，一身貂皮绸缎、华丽耀眼；看看自己，粗布衣裤，自己直觉得寒碜，不知道说什么好。书生领着丫鬟，丫鬟留下双灯，他们径自走了。

剩下女郎一个人。

二小细细地看了女郎，像画上画的仙女，越看越喜欢，只是自己是个卖酒的，浑身酒糟气，怎么配得上这样的仙女呢？想说两句风流一点的话，一句也说不出，傻了。女郎看看他，说：“你不是念‘子曰’的，怎么那么书呆子气！我手冷，给我焐焐！”一步走向前，把二小推倒在床上，把手伸在他怀里。焐了一会，二小问：“还冷吗？”——“不冷了，我现在身上冷。”二小翻身把她搂了起来。二小从来没有干过这种事。不过这种事是不需人教的。

鸡叫了，两个小丫鬟来，挑起双灯，把女郎引走了。到楼梯口，女郎回头，“我晚上来。”

“我等你。”

夜长，他们赌猜枚。二小拎了一壶酒，笸箩里装了一堆豆子，“我藏你猜，猜对了，我喝一口酒。”他用右手攥了豆子，“几颗？”

“三颗。”摊开手：三颗！

又攥了一把，“几颗？”

“十一！”

摊开手，十一颗！

猜了十次，都猜对了，二小喝了好几杯酒。

“这样猜法，你要喝醉了，你没个赢的时候，不如我藏，你猜，这样你还能赢几把。”

这样过了半年。

一天，太阳将落，二小关了大门，到了后院，看见女郎坐在墙头上，这天她打扮得格外标致，水红衫子，白蝶绢裙，鬓边插了一支珍珠偏凤。她招招手，“你过来”。把手伸给二小，墙不高，轻轻一拉，二小就过了墙。

“你今天来得早？”

“我要走了，你送送我。”

“要走？为什么要走？”

“缘尽了。”

“什么叫‘缘’？”

“缘就是爱。”

“……”

“我喜欢你，我来了。我开始觉得我就要不那么喜欢你了，我就得走。”

“你忍心？”

“我舍不得你，但是我得走。我们，和你们人不一样，不能凑合。”

说着已到村外，那两个小丫鬟挑着双灯等在那里，她们一直走向南山。

到了高处，女郎回头，“再见了。”

二小呆呆地站着，远远看见双灯一会明，一会灭，越来越远，渐渐看不见了，二小好像掉了魂。

这天夜晚，山上的双灯，村里人都看见了。

一九八八年六月十日

落　魄

他为什么要到“内地”来？不大可解，也没有人问过他。自然，你现在要是问我为什么大老远的跑到昆明过那么几年，我也答不上来。从前很说过一番大道理，经过一个时间，知道半是虚妄，不过就是那么股子冲动，年纪轻，总希望向远处跑；而且也是事实，我要读书，学校都往里搬了；大势所趋顺着潮流一带，就把我带过了千山万水。总是偶然，我不强说我的行为是我的思想决定的。实在我那时也说不上有什么思想。——我并没有说现在就有。这个人呢？似乎他的身边不会有什么偶然，那个潮流不大可能波及到他。我很知道，我们那一带，就是像我这样的年纪也多还是安土重迁的。在家千日好，出外一时难，小时候我们听老人戒说行旅的艰险绝不少于“万恶的社会”的时候。他近四十边上的人了，又是“做店”的。做店人跑上五七个县份照例就是了不起的老江湖，关于各地茶馆、浴室、窑姐儿、镇水铜牛、大火烧了的庙，就够他们向人聊一辈子；这种人见过世面，已经有资格称为“百事通”，为人出意见，拿主意，凡事皆有他一份，社会地位极高，再也不必跑到左不过是那样的生疏地方去。他还当真走上好几千里干什么？好马不吃窝边草，憋了什么气，要到个亲旧耳目不及的地方来创一番事业，等将来衣锦荣归，好向家里妻子说一声“我总算对得起你们”么？看他不像是那种咬牙发狠的人，他走路说话全表示他是个慢性子，是女人们称之为“三棍子打不出个闷屁来”的角色。再说，又何必用这么远，千里之内尽可以做个跨海征东薛仁贵、楚国为官的秋胡了。也许是他受了危言耸听的宣传，觉得日本人一来，可怕到不可想象的程度，或者是他遭了什么大不幸或难为情事情，本土存身不得，恰好有个亲戚到内地来做事，需要个能写字算账的身边人，机缘凑巧，无路可走之中他勃然打定了主意来“玩玩”了？也只是“也许”。——反正，他就是来了，而且做了完全另外一种人。

到我们认识他时，他开了个小吃食铺子，在我们学校附近。

初时，大家还带得三个月至半年的用度，而且不时还可接到汇款，生活标准比在家时低不太多，稍有借口，或谁过生日，或失物复得，或接到一封字迹娟秀的信，或没有理由，大家“通过”一下，即可有人做东请客。在某个限度内还可挑一挑地方。有人说，开了个扬州馆子，那就怎么样也得巧立名目地去吃他一顿。

学校附近还像从前学校附近一样，开了许多小馆子。开馆子的多是外乡人。湖南的、江西的、山东的、河北的，一种同在天涯之感把老板伙计跟学生接连起来，而且他们本来直接间接的就与学校有相当关系，学生吃饭，老板伙计就坐在旁边谈天说地；而学生也喜欢到锅灶旁边站着，一边听新闻故事，一边欣赏炒菜艺术。——这位扬州人老板，一看即与别人不同，他穿了一身铁机纺绸褂裤在那儿炒菜！盘花纽子，纽襻里拖出一段银表链。雪白的细麻纱袜，一双浅口千层底直贡呢鞋。细细软软的头发向后梳得一丝不乱。左手无名指上还套了个韭叶指环。这一切在他周身那股子斯文劲儿上配合得恰到好处。除了他那点流利合拍的翻锅子动铲子的手法，他无处像个大师傅，像个吃这一行饭的。这比他的鸡丝雪里蕻，炒假螃蟹，过油肉更令我们发生兴趣。这个馆子不大，除了他自己，只用了个本地孩子招呼客座，摆筷子倒茶。可是收拾得干干净净，木架子上还搁了两盆花。就是足球队员、跳高选手来，看了墙上菜单上那一笔成亲王体的字，也不便太嚣张放肆了。

有时，过了热市，吃饭的只有几个人，菜都上了桌，他洗洗手，会捧了把细瓷茶壶出来，客气两句，“菜炒得不好，这里的酱油不行”，“黄芽菜叫孩子切坏了，谁教他切的！——红烧才能横切，炒，要切直丝的”。有时也谈谈时事，说点故乡消息，问问这里的名胜特产，声音低缓而有感情。我们已经喜欢去坐茶馆了，有时在茶馆也可以碰到他，独自看一张报纸或支颐眺望街上行人。他还给我们付了几回茶钱，请我们抽烟。他抽烟也是那么慢慢地，一口一口地吸，仿佛有无穷滋味。有时事完了，不喝茶，他去溜达，两手反背在后面，一种说不出悠徐闲散。出门稍远，则穿了灰色熟罗长衫，还带了把湘妃竹折扇。想见从前他一定喜欢养养鸟，听听书，常上富春坐坐的。他自己说原在辕门桥一个大绸缎庄做事，看样子极像。然而怎么到这儿来开一个小饭馆的呢？这当中必有一段故事，他不往下说，我们也不好究问。

馆子菜什么菜都是一个滋味，家家一样，只有他那儿虽然品色不多，却莫不精致有特色。或偶尔兴发，还可以跟他商量商量，请他表演几个道地扬州菜，狮子头、芙蓉鲫鱼、叉子烧鸭，他必不惜工本，做得跟家里请客一样，有几个菜据说在扬州本地都很少有人做得好。这位绸缎店"同事"大概平日在家极讲究吃食，学会了烹调，想不到自己竟改行做了饭师傅。这不免是降低了一级，我们去吃饭，总似乎有点歉意。也许他看得比较高一层，所以态度上从未使我们不安。他自己好像已不顶在乎了。生意好，有钱挣，也还高高兴兴的。果然半年下来，店门关了几天，贴出了条子：修理炉灶，休业数天。

新万年红朱笺招纸贴出来，一早上就川流不息的坐满了人。老板听从有人的建议，请了个南京师傅来做包子煮面，带卖早晚市了。我一去，学着扬州话，跟他道一声："恭喜恭喜。"

恭喜他扩充营业，同时我已经看到后面小天井里一个女人坐着拣菜，发髻上一朵双喜绒花。老板拱拱手，"托福托福，闹着玩的。"

女人不知是谁给说的媒，好像是这条街上一个烟鬼的女儿，时常也看她蓬着头出来买香油腌菜蚊烟香，脸色黄巴巴的，样子平平常常。可是因为年纪还不顶大，拢光了头发，搽了雪花膏，还敷了点胭脂，就像是完全换了一个人，以前没的好处全露了出来。老板看样子很喜欢，不时回头，走过去低低说几句话，让她偏了头，为拈去一片草屑尘丝，他那个手势就比一首情诗还值得一看。老板自己自然也年轻了不少，或者不如说一般人都不免，而实际上一个才四十的人不应便有的老态全借了一个年轻的身体而冲失了。要到这样的年龄大概才真知道如何爱惜女人。

灶下，那个南京师傅集中精神在做包子。他仿佛想把他的热心变成包子的滋味，摘蒂子，刮馅心，那么捏几下，一收嘴子，全按板中节，如一个熟练的舞蹈家或魔术师的手脚。今天是第一天。他忙，没什么工夫想什么，就这个“第一天”一定在他脑子里闪了好多次。这三个字包含的感情很多，他自己一时也分辨不清，大体上都结成了一团希望，就像那个蒸笼冒出来的一阵一阵子的热气。听他拍打着包子皮，声音钝钝的，手掌一定很厚！他脑袋剃得光光的，后脑勺子挤成了三四叠，一用力，直扭动。他一身老蓝布衣裤，腰里一条洋面口袋改成的围裙。从上到下，无一处不像一个当行面食店师傅，跟扬州人老板相互映照，很有趣味。

然而不知什么道理，那一顿早点没有留给我什么印象。等的时候太长，而吃的时候太短。我自己也不好，不爱吃猪肝，为什么叫了碗猪肝面加菠菜西红柿！面是“机器面”，没有办法，生意太好，擀面来不及。——是谁给他题了那么几个艺术字？三个月之后这几个字一定浸透了油气的，活该！

不久滇越铁路断了，各处“转进”的战事使好多人的故乡随“我的家在东北松花江上”的伤感老歌一齐失去。Cynical 的习气普遍地增高，而洗衣的钱付得少了，因为旧了破了，破旧了的衣服就去卖了。渺乎其远的希望造成许多浪子。有些人对书本有兴趣，抱残守拙，显得极其孤高。希望既远，他们可看到比希望还远的地方。因为形状褴褛，倒更刺激他们精神的高贵，以作为一种补偿。这是一种斗争，沉默而坚持，在日常的委屈悲愤的世俗感情的摆落中要引接山头地底水泉来灌溉一颗心的滋长，是困苦的。有些失了节，向现实投了降，做起生意来了，由微渐著，虽无大手笔，但以玩票姿态转而下海，不失为一个“名家”局面。后一种人数目极少。正因为少，故在校中行动常一望而可指出。这才是一个开始，唯足以启发往后的不正常。本来战争的另一名词即不正常。这点不正常就直接影响绿杨饭店的营业。——现在，绿杨饭店已经为人耳熟，代替原来的“扬州人”。在它开张了，又扩充了时候，绿杨饭店是一个名词。一个名词仿佛可有可无的。而现在绿杨饭店成了一个实体，店的一切与它的招牌分不开了。

第一，扬州人已经不能代表一个店了；而且这个饭店已经非常地像一个饭店，有时简直还过了分！

那个南京人，第一天，我从他的后脑勺子上即看出这是属于那种会堆砌“成功”的人。他实事求是，稳扎稳打，抓紧机会，他知道钱是好的，活下来多不容易，举手投足都要代价。为了那个代价，所以他肯努力。他一早晨冲寒冒露赶到小南门去买肉，因为每斤便宜多少钱；为了搬运两袋面粉，他可以跟挑夫说许多好话或骂许多难听话；他一边下面，一边瞟着门前过去的几驮子柴；他拣去一片发黄的菜叶子，拾起来又放到砧板上；他到别家铺子门前逛两转，看他们的包子蒸出来是什么样儿，回来马上决定明天他自己的包子还可以掺点豆芽菜，而且放点豆腐干也是个可试的办法。……他的床是睡觉的，他的碗是吃饭的，他不幻想，不喜欢花，不上茶馆喝茶，而且老打狗，因为虽然他的肉在梁上他还是担心狗吃了。没有多少时候绿杨饭店即充满了他的“作风”。——

我得声明虽然我感情上也许是另一回事，可是我没有公开地表示反对这样的作风的意思。而且四方东西南北中（我们那儿都是这么说，自然也对，“中”不是一个方向），南京人只是偏于那一方，不是像俾斯麦或希特勒那样绝对的人。这里只说他的一般上的特殊，向反的较强的一面，不单是作风，也因为从作风的改变上，你知道这个店的主权也变了。过了一个时候，不问可知，已经是合股开的。南京人攒了钱，红利工钱，再加上一点积蓄，也许还拉了点债，入了股。我可以跟你打赌，他在才有人来提生意时即已想到这一步。

南京人明白他们这个店应当为什么人而开，声气相求，果然同学之中那个少数很快即为吸取进来，作为经常主顾。他们人数不多，但塞满这个小饭店却有余。而且他们周围照例有许多近乎谢希大应伯爵之人者流，有时还会等不着座儿。这时他们也并未“发迹”，不过手底下比较活动，他们的“社会”中，“同学”仍占一个重要位置，这里便成为他们“联络感情”所在，常在来吃一碗猪肝面的教授面前摆了一桌子菜哄饮大嚼起来，有的，在这里包了月饭，虽然吃一顿不吃一顿。——另一种同学，因为尚有衣物可卖，卖得钱，大都一天花光，豪爽脾气未改（这也是一种抗卫），也常三五个七八个一摊上街去吃喝一顿。有时他们在这里，有时到别处去。有时他们到别处去；有时还在这里。有些本来常在这里的不常在这里了。

绿杨饭店的生意好了一阵，好得足以使这一带所有的吃食铺子全都受了影响，而且也一齐对它非常关心。别以为他们都希望“绿杨”的生意坏，他们知道“绿杨”的生意要是坏，他们自己的也好不了。他们的命运既相妨，又相共。然而过了一个高潮，绿杨饭店眼看着豆芽菜豆腐干越掺得多，卖出去的包子就越少。“学校附近的包子”在壁报文章中成了一个新奇比喻，到后来而且这个比喻也毫不新奇了。绿杨饭店在将要为人忘记的那条路上走。——时间也下来两年了，好快！这时有钱活动的就活动得更远。有的还在这个城里，有的到了外县，甚至出了国，到仰光，到加尔各答，有的还选了几门课，有的干脆休了学，离开书本，离开学校，离开同学，也离开了绿杨饭店。大部分穷的，可卖衣物更少了，已经有人经验到饥饿时的心理活动。这也是一种活动，且正如那种活动到仰光加尔各答的人一样，留下许多痕迹在脸上，造成他们的哲学。绿杨饭店犹如一面镜子，扬州人南京人也如一面镜子。镜子里是风干的猪肝，暗淡的菠菜，不熟的或烂的西红柿，太阳如一匹布，阳光中游尘扬舞。江西人的山东人的湖南河北人的新闻故事与好兴致全在猪肝菠菜西红柿前失了颜色。悄悄的，他们把这段日子撕下来，风流云散，不知所终。

那个女人的脸又黄下来，头发又乱了，而且像是没有光亮过，没有红过白过。有一次街上开来了一队兵，马上就找到他们要徘徊逗留的地方，向绿杨饭店他们可没有多瞟几眼。多可惜，扬州人那个值得一看的动人手势！——这时候我才想起过他家里有太太没有？有孩子没有？

绿杨饭店还是开着。

这当中我因病休了学，病好了住在乡下一个朋友主持的学校里，帮他们教几个钟点课，就很少进城来。绿杨饭店的情形可以说不知道。一年之中只去了一次。一位小姐病了，我们去看她。有人从黑土洼带了一大把玉簪花来，看着把花插好了，她笑了笑，说是“如果再有一盘椒盐白煮鱼，我这个病就生得很像样子了”。从前的生病也是从前的谈天题目之一。她说过她从前生了病都吃白煮鱼，于是去跟扬州人老板商量，看能不能给我们像从前一样地配几个菜。他的回答很慢，但当那个交涉代表说“要是费事，不方便，那就算了”，却立刻决定了，问“什么时候”？南京人呢，不表示态度。出来，我半天没有话。朋友问是怎么回事，没有什么，我在想那个饭店。

那天真是怪，南京人一声不响，不动手，摸摸这，掇掇那。女人在灶下烧火。扬州人的头发白了几根。他似乎不复那么潇洒似乎颇像做这样的事情的一个人了。不仅是他的纺绸衣裤，好鞋袜，戒指，表链没有了；从他放作料，施油盐，用铲子抄起将好的菜来尝尝味，菜好了敲敲锅子，用抹布（好脏）擦擦盘子，刷锅水往泔水缸里一倒，扶着锅台的架势，偶尔回头向我们看一看的眼睛，用火钳夹起一片木柴吸烟（扯歪了脸），小指搔搔发痒的眉毛，鼻子吸一吸吐出一口痰，……一切，全都变了。菜做完了，往我们桌边拉出一张凳子（接过腿的）上一坐，第一句即是：“什么都贵了，生意真不好做。”

这句话叫南京人回过头来，向着我们这边。南京人是一点也没有走样！他那个扁扁的大鼻子叫我想起我们前天应当跟他商量才对。我觉得出他们一定吵了一架。不一定是为我们的一顿饭而吵，希望不是因为我们而吵的。而且从扬州人脸上的皱纹阴影上看，开始吵架已经是颇久的事。照例大概是南京人嘀咕，扬州人不响。可能先是那个女人跟南京人为一点小事拌嘴，于是牵扯起一大堆，一直扯到这一次的不痛快跟前次的连接起来，追溯到很远；还有余不尽，种下下次相争的因子。事情很明显，南京人现在股本比扬州人只有多，绝不少，而扬州人两口子穿吃开销，他们之间没有什么会计制度，就是那么一篇糊涂账。他们为什么不拆伙呢？隔了年的浆子，粘不起来，那就算了。可是不，看样子他们且要糊下去。从扬州人的衰颓萎败上看起来，我疑心他是不是有时也抽口把鸦片烟。唔，要是当真，那可！——我曾问过坐在我对面的同学："你是不是有把握绝对不会抽鸦片，假如有人说抽，或者你死？"

回答是："倒不是死。有许多东西比死更厉害。你要是信教，那就是魔鬼；或是不绝的'偶然'。"

我看看南京人的粗粗短短的手指，（果然，好厚的手掌！）忽然很同情他，似乎他的后脑勺子没有堆得更高全是扬州人的责任。

到我复学时，一切全有点变动。或者不是变动，是层叠，深入，牢着，是不变。什么都有一种随遇而安的样子。图书馆指定参考书不够，可是要多少本才够呢？于是就够了。一间屋子住四十人太多，然而多少人住一屋或每人该有几间屋最合理？一个人每天需要多少时候的孤独？简直连问也没有人问。生物系的新生都得抄一个表，人正常消耗是多少卡路里，而他们没有想到他自己也是一个实验对象；倒对一个教授研究出苗人常吃的刺梨和"云南橄榄"所含维他命工作极有兴趣。土产最烈的酒是五十三度，最坏的烟（烧完了灰都是黑的）叫"鹦鹉牌"。学校附近的荒货摊上你常看见一男一女在那里讲价，所卖是女的一件曾经极时髦的衣服，反正那件衣服漂亮到她现在绝对无法穿出来了。而路边种的那些树都已长得很高，在月光中布下黑影，如梦如水。整个一个学校，一年中难得有几个人哭，也绝不会有人自杀。……而绿杨饭店已经搬了家，在学校门边搭一个永远像明天就会拆去的草棚子卖包子，卖猪肝面。

（我已经对我的文章失去兴趣，平淡得叫我直想故作惊人之笔而惊人不起来！这饭店，这扬州人与我有什么关系呢？）

一句话就说尽这个饭店了：毫无转机。没有人问它如何还能开下来，因为多少人怎么活下来就无从想象。当然，这时候完全是南京人在那儿撑持。但客观条件超出他所有经验。武松拿了打折了的半截哨棒，只好丢了，他也无计可施。然而他若是丢了这个坑人的绿杨饭店他只有死！他似乎有点自暴自弃起来，时常看他弄了一土碗市酒，闷闷地喝（他的络腮胡子乌猛猛的），忽然拳头一擂桌子，大骂起来，也不知道骂谁才是。若是扬州人跟他一样的壮，他也许会跳上去，冲他鼻子就是一拳。然而扬州人一股子窝囊样子，折垂了脖子，木然看着哄在一块骨头上的苍蝇。这样子更让南京人生气，一股子邪火从脚底心直升上来。扬州人身体简直越来越不行了，背佝偻得厉害。他的嘴角老挂着一点，嘴唇老开着一点。最多的动作是用左手掳着右臂衣袖，上下推移。又不是搔痒，不知道是干什么！他的头发早就不梳好了，有时居然梳了梳，那就更糟，用水湿了梳的，毫无光泽，令人难过。有人来了，他机械地站起来，机械地走，用个黑透了的抹布，骗人似的抹抹桌子，抹完了往肩头上一搭，“吃什么？有包子，有面。有牛肉面，炸酱面，菠菜猪肝面。……”声音空洞而冷漠。客人的食欲就叫他那个神气，那个声音压低了一半。

你就看看那个荒凉污黑的架子，看到西红柿上的黑斑，你知道黑斑那一块煮也煮不烂的；看到一个大而无当的盘子里三两个鸡蛋，鸡蛋会散黄；你还会想起扬州人跟你解释过的，“鸡蛋散黄是蚊子叮的”，你想起孑孓在水里翻跟斗。吃什么呢，你简直没有主意。你就随便说一个，牛肉面吧。扬州人掳着他的袖子：

“嗽，——牛肉面一碗——。”

“牛肉早就没有了，要说多少次！”

“嗽，——牛肉没有了——”

“那么随便吧。猪肝面吧。”

“嗽，——猪肝面一碗——”

而那个女人呢，分明已经属于南京人了。仿佛这也没有什么奇怪。连他们晚上还同时睡在那个棚子底下也都并不奇怪。这当中应当又有一段故事的，但你也顶好别去打听，压根儿你就无法懂得他们是怎么回事，除非你能是他们本人。

我已经知道，他们原来是表兄弟，而且南京人是扬州人的小舅子，这！……我不知道我应当学着去做一个小说家还是深幸自己不是。……

过了好多好多时候，“炮仗响了”。云南老百姓管胜利，战争结束叫“炮仗响”。他们不说胜利，不说战争结束，而说是“炮仗响”。炮仗响那天我一点都没有想到扬州人。一直到我要离开昆明的前一天，出去买东西，偶然到一个铺子里吃东西，坐下，一抬头，哎，那不是扬州人吗？再往里看，果然南京人也在那儿，做包子，一身蓝布衣裤，面粉口袋围裙，工作得非常紧张，脑勺子直扭动，手掌敲着包子皮钝钝地响。他摘蒂子，刮馅心，那么捏几下，一放嘴子，全按板中节，仿佛想把他的热心也变成包子的滋味。他从上到下无一处不像个当行的面食店师傅。这个扬州人，你为什么要到内地来？你是四十多岁的人了，你从前是做绸缎庄的，你要想回去向妻子儿女说一声“我总算对得起你们”？……然而仿佛他们全不成问题，成问题的倒是我！我叫许多事情搅迷糊了。明天我要走了。车票在我口袋里，我不知道摸了多少次。我有个很不好的脾气，喜欢把口袋里随便什么纸捏在手里搓，搓搓就扔掉了。我丢过修表的单子，洗衣服收据，照相凭条，防疫证书，人家写给我的通信地址。每丢了一张纸，我就丢了好多东西。我真怕我把车票也丢了。我有点神经衰弱。我有点难过，想吐，这会儿饿过了火，我实在什么也不想吃。我蠢蠢地问S说：“我们来了八年了？”

而忽然问：“哎，那罐火腿呢？”

S敲敲火腿罐头。在桌子下捏住我的手，“你怎么了，D？——吃什么？”

我振作了一下，“猪肝面加菠菜西红柿！”

扬州人放好筷子，坐在一张空着的桌子旁边的凳上。他牙齿掉了不少，两颊好像老在吸气。而脸上又有点浮肿，一种暗淡的痴黄色。肩上一条抹布湿漉漉的。一件黑滋滋的汗衫，（还是麻纱的！）一条半长不短的裤子，像十二三岁的孩子穿的。衣裤上全有许多跳蚤血黑点。看他那个滑稽相的裤子，你想到他的肚皮一定一叠一叠地打了好多道折子！最后我的眼睛就毫不客气地死盯住他的那双脚。一双自己削成的大木屐，简直是长方形的。好脏的脚，仿佛污泥已经透入多裂纹的皮肤。十个趾甲都是灰趾甲，左脚的大拇指极其不通地压在中趾底下，难看无比。对这个扬州人，我没有第二种感情，厌恶！我恨他，虽然没有理由。

去你的吧，这个人，和我这篇倒霉文章！

三十六年[1] 六月

① 1947 年。

羊舍一夕

——又名：四个孩子和一个夜晚

一、夜晚

火车过来了。

“216！往北京的上行车。”老九说。

于是他们放下手里的工作，一起听火车。老九和小吕都好像看见：先是一个雪亮的大灯，亮得叫人眼睛发胀。大灯好像在拼命地往外冒光，而且冒着气，嗤嗤地响。乌黑的铁，铿黄的铜。然后是绿色的车身，排山倒海地冲过来。车窗蜜黄色的灯光连续地映在果园东边的树墙子上，一方块，一方块，川流不息地追赶着……每回看到灯光那样猛烈地从树墙子上刮过去，你总觉得会刮下满地枝叶来似的。可是火车一过，还是那样：树墙子显得格外的安详，格外的绿，真怪。

这些，老九和小吕都太熟悉了。夏天，他们睡得晚，老是到路口去看火车。可现在是冬天了。那么，现在是什么样子呢？小吕想象，灯光一定会从树墙子的枝叶空隙处漏进来，落到果园的地面上来吧。可能！他想象着那灯光映在大梨树地间作的葱地里，照着一地的大葱蓬松的、干的、发白的叶子……

车轮的声音逐渐模糊成为一片，像刮过一阵大风一样，过去了。

“十点四十七。”老九说。老九在附近的山头上放了好几年羊了，他知道每一趟火车的时刻。

留孩说：“贵甲哥怎么还不回来？”

老九说：“他又排戏去了，一定回来得晚。”

小吕说：“这是什么奶哥！奶弟来了也不陪着，昨天是找羊，今天又去排戏！”

留孩说：“没关系，以后我们就常在一起了。”

老九说：“咱们烧山药吃，一边说话，一边等他。小吕，不是还有一包高山顶[①] 吗？坐上！外屋缸里还有没有水？”

“有！”

于是三个人一起动手：小吕拿砂锅舀了多半锅水，抓起一把高山顶来撮在里面。这是老九放羊时摘来的。老九从麻袋里掏山药——他们在山坡上自己种的。留孩把炉子通了通，又加了点煤。

屋里一顺排了五张木床，联成一个大炕。一张是张士林的，

---

① 一种野生植物，可以当茶喝。——作者原注

他到狼山给场里去买果树苗子去了。隔壁还有一间小屋，锅灶俱全，是老羊倌住的。老羊倌请了假，看他的孙子去了。今天这里只剩下四个孩子：他们三个，和那个正在排戏的。

屋里有一盏自造的煤油灯——老九用墨水瓶子改造的，一个炉子。外边还有一间空屋，是个农具仓库，放着硫铵、石灰、DDT、铁桶、木杈、喷雾器……外屋门插着。门外，右边是羊圈，里边卧着四百只羊；前边是果园，什么都没有了，只剩下一点葱，还有一堆没有窨好的蔓菁。现在什么也看不见，外边是无边的昏黑。方圆左近，就只有这个半山坡上有一点点亮光。夜，正在深浓起来。

二、小吕

小吕是果园的小工。这孩子长得清清秀秀的。原在本堡念小学。念到六年级了，忽然跟他爹说不想念了，要到农场做活去。他爹想：农场里能学技术，也能学文化，就同意了。后来才知道，他还有个心思。他有个哥哥，在念高中，还有个妹妹，也在上学。他爹在一个医院里当炊事员。他见他爹张罗着给他们交费，买书，有时要去跟工会借钱，他就决定了：我去做活，这样就是两个人养活五个人，我哥能够念多高就让他念多高。

这样，他就到农场里来做活了。他用一个牙刷把子，截断了，一头磨平，刻了一个小手章：吕志国。每回领了工资，除了伙食、零用（买个学习本，配两节电池……），全部交给他爹。有一次，不知怎么弄的（其实是因为他从场里给家里买了不少东西：菜，果子），拿回去的只有一块五毛钱。他爹接过来，笑笑说："这就是两个人养活五个人吗？"

吕志国的脸红了。他知道他偶然跟同志们说过的话传到他爹那里去了。他爹并不是责怪他，这句嘲笑的话里含着疼爱。他爹想：困难是有一点的，哪里就过不去呢？这孩子！究竟走怎样一条路好：继续上学？还是让他在这个农场里长大起来？

小吕已经在农场里长大起来了。在菜园干了半年，后来调到果园，也都半年了。

在菜园里，他干得不坏，组长说他学得很快，就是有点贪玩。调他来果园时，征求过他本人的意见，他像一个成年的大工一样，很爽快地说："行！在哪里干活还不是一样。"乍一到果园时，他什么都不摸头，不大插得上手，有点别扭。但没过多久，他就发现，原来果园对他说来是个更合适的地方。果园里有许多活，大工来做有点窝工，一般女工又做不了，正需要一个伶俐的小工。登上高凳，爬上树顶，绑老架的葡萄条，果树摘心，套纸袋，捉金龟子，用一个小铁丝钩疏虫果，接了长长的竿子喷射天蓝色的波尔多液……在明丽的阳光和葱茏的绿叶当中做这些事，既是严肃的工作，又是轻松的游戏，既"起了作用"，又很好玩，实在叫人快乐。这样的话，对于一个十四岁的孩子，不论在身体上、情绪上，都非常相投。

小吕很快就对果园的角角落落都熟悉了。他知道所有果木品种的名字：金冠、黄奎、元帅、国光、红玉、祝；烟台梨、明月、二十世纪；蜜肠、日面红、秋梨、鸭梨、木头梨；白香蕉、柔丁香、老虎眼、大粒白、秋紫、金铃、玫瑰香、沙巴尔、黑汗、巴勒斯坦、白拿破仑……而且准确地知道每一棵果树的位置。有时组长给一个调来不久的工人布置一件工作，一下子不容易说清那地方，小吕在旁边，就说："去！小吕，你带他去，告诉他！"小吕有一件大红的球衣，干活时他喜欢把外面的衣裳脱去，于是，在果园里就经常看见通红的一团，轻快地、兴冲冲地弹跳出没于高高低低、深深浅浅的丛绿之中，惹得过路的人看了，眼睛里也不由得漾出笑意，觉得天色也明朗，风吹得也舒服。

小吕这就真算是果园的人了。他一回家就是说他的果园。他娘、他妹妹都知道，果园有了多少年了，有多少棵树，单葡萄就有八十多种，好多都是外国来的。葡萄还给毛主席送去过。有个大干部要路过这里，毛主席跟他说，"你要过沙岭子，那里葡萄很好啊！"毛主席都知道的。果园里有些什么人，她们也都清清楚楚的了，大老张、二老张、大老刘、陈素花、恽美兰……还有个张士林！连这些人的家里的情形，他们有什么能耐，她们也都明明白白。连他爹对果园熟悉得也不下于他所在的医院了。他爹还特为上农场来看过他儿子常常叨念的那个年轻人张士林。他哥放暑假回来，第二天，他就拉他哥爬到孤山顶上去，指给他哥看，"你看，你看！我们的果园多好看！一行一行的果树，一架一架的葡萄，整整齐齐，那么大一片，就跟画报上的一样、电影上的一样！"

小吕原来在家里住。七月，果子大起来了，需要有人下夜护秋。组长照例开个会，征求大家的意见。小吕说，他愿意搬来住。一来夏天到秋天是果园最好的时候。满树满挂的果子，都着了色，发出香气，弄得果园的空气都是甜甜的，闻着都醉人。这时节小吕总是那么兴奋，话也多，说话的声音也大，好像家里在办喜事似的。二来是，下夜，睡在窝棚里，铺着稻草，星星，又大又蓝的天，野兔子窜来窜去，鸹鸹[①] 悠叫，还可能有狼！这非常有趣。张士林曾经笑他："这小子，浪漫主义！"还有，搬过来，他可以和张士林在一起，日夜都在一起。

他很佩服张士林。曾经特为去照了一张相，送给张士林，在背面写道："给敬爱的士林同志！"他用的字眼是充满真实的意思的。他佩服张士林那么年轻，才十九岁，就对果树懂得那么多。不论是修剪，是嫁接，都拿得起来，而且能讲一套。有一次林业学校的学生来参观，由他领着给他们讲，讲得那些学生一愣一愣的，不停地拿笔记本子记。领队的教员后来问张士林："同志，你在什么学校学习过？"张士林说："我上过高小。我们家世代都是果农，我是在果树林里长大的。"他佩服张士林说玩就玩，说看书就看书，看那么厚的，比一块城砖还厚的《果树栽培学各论》。佩服张士林能文能武，正跟场里的技术员合作搞试验，培养葡萄抗寒品种，每天拿个讲义夹子记载。佩服张士林能"代表"场里出去办事。采花粉呀，交换苗木呀……每逢张士林从场长办公室拿了介绍信，背上他的挎包，由宿舍走到火车站去，他就在心里非常羡慕。他说张士林是去当"大使"去了。小张一回来，他看见了，总是连蹦带跳地跑到路口去，一面接过小张的挎包，一面说："嗬！大使回来了！"

---

① 鸹鸹即猫头鹰。——作者原注

他愿意自己也像一个真正的果园技工。可是自己觉得不像。缺少两样东西：一样是树剪子。这里凡是固定在果园做活的，每人都有一把树剪子，装在皮套子里，挎在裤腰带后面，远看像支勃朗宁手枪。他多希望也有一把呀，走出走进——赫！可是他没有。他也有使树剪子的时候。大的手术他不敢动，比如矫正树形，把一个茶杯口粗细的枝丫截掉，他没有那么大的胆子。像是丁个头什么的，这他可不含糊，拿起剪子叭叭地剪。只是他并不老使树剪子，因此没有他专用的，要用就到小仓库架子上去拿“官中”剪子。这不带劲！“官中”的玩意儿总是那么没味道，而且，当然总是，不那么好使。净“塞牙”，不快，费那么大劲，还剪不断。看起来倒像是你不会使剪子似的！气人。

组长大老张见小吕剪两下看看他那剪子，剪两下看看他那剪子，心里发笑。有一天，从他的锁着的柜子里拿出一把全新的苏式树剪，叫：“小吕！过来！这把剪子交给你，由你自己使：钝了自己磨，坏了自己修，绷簧掉了——跟公家领，可别老把绷簧搞丢了。小人小马小刀枪，正合适！”周围的人都笑了：因为这把剪子特别轻巧，特别小。小吕这可高了兴了，十分得意地说：“做啥像啥，卖啥吆喝啥嘛！”这算了了一桩心事。

自从有了这把剪子，他真是一日三摩挲。除了晚上脱衣服上床才解下来，一天不离身。没事就把剪子拆开来，用砂纸打磨得锃亮，拿在手里都是精滑的。

今天晚上没事，他又打磨他的剪子了，在216次火车过去以前，一直在细细地磨。磨完了，涂上一层凡士林，用一块布包起来——明年再用。葡萄条已经铰完，今年不再有使剪子的活了。

另外一样，是嫁接刀。他想明年自己就先练习削树码子，练得熟熟的，像大老刘一样！也不用公家的刀，自己买。用惯了，顺手。他合计好了：把那把双箭牌塑料把的小刀卖去，已经说好了，猪倌小白要。打一个八折。原价一块六,六八四十八,八得八，一块二毛八。再贴一块钱，就可以买一把上等的角柄嫁接刀！他准备明天就去托黄技师，黄技师两三天就要上北京。

三、老九

老九用四根油浸过的细皮条编一条一根葱的鞭子。这是一种很难的编法，四股皮条，这么绕来绕去的，一走神，就错了花，就拧成麻花要子了。老九就这么聚精会神地绕着，一面舔着他的舌头。绕一下，把舌头用力向嘴唇外边舔一下，绕一下，舔一下。有时忽然“唔”的一声，那就是绕错了花了，于是拆掉重来。他的确是用的劲儿不小，一根鞭子，道道花一般紧，地道活计！编完了，从墙上把那根旧鞭子取下来，拆掉皮鞘，把新鞭鞘结在那个楸子木刨出来的又重又硬又光滑的鞭杆子上，还挂在原来的地方。

可是这根鞭子他自己是用不成了。

老九算是这个场子里的世袭工人。他爹在场里赶大车，又是个扶耧的好手。他穿着开裆裤的时候，就在场里到处乱钻。使砖头砸杏儿、摘果子、偷萝卜、刨甜菜，都有他。稍大一点，能做点事了，就什么也做，放鸭子，喂小牛，搓玉米，锄豆埂……最近三年正式固定在羊舍，当“羊伴子”——小羊倌。老九是土生土长（小吕家是从外地搬来的），这一带地方，不论是哪个山豁豁、渠坳坳，他都去过，用他自己的说法是“尿尿都尿遍了”。这一带的人，不论老少男女，无不知道有个秦老九。每天早起，日头上来，露水稍干的时候，只要听见：

蓝蓝的天上白云飘，
白云下面马儿跑……

就知是老九来了。——这孩子，生了一副上低音的宽嗓子！他每天把羊从圈里放出来，上了路，走在羊群前面，一定是唱这一支歌。一挥鞭子：

挥动鞭儿响四方——
百鸟齐飞翔……

矮粗矮粗的个子，方头大脸，黑眉毛大眼睛，大嘴，大脚。老九这双鞋也是奇怪，实纳帮，厚布底，满底钉了扁头铁钉，还特别大，走起来忒楞忒楞地响。一摇一晃的，来了！后面是四百只白花花的、挨挨挤挤、颤颤游游的羊，无数的小蹄子踏在地上，走过去像下了一阵暴雨。

老九发育得快，看样子比小吕魁伟壮实得多，像个小大人了。可是，有一次，他拿了家里的碗去食堂买饭，那碗恰恰跟食堂的碗一样，正好食堂里这两天丢了几个碗，管理员看见了，就说是食堂的，并且大声宣告："秦老九偷了食堂的碗！"老九把脸涨得通红，一句话说不出，忽然号叫起来："我 × 你妈！"

一面毫不克制地咧开大嘴哇哇地哭起来，使得一食堂的人都喝吼起来：

"嗐嘻，不兴骂人！"

"有话慢慢说，别哭！"

老九要是到了一个新地方，在一个新单位，做了真正的"工人"，若是又受了点委屈，觉得自尊心受了损伤，还会这样哭，这样破口骂人么？

老九真的要走了，要去当炼钢工人去了。他有个舅舅，在二炼钢厂当工人，早就设法让老九进厂去学徒，他爹也愿意。有人问老九："老九，你咋啦，你不放羊了么？"

这叫老九很难回答。谁都知道炼钢好，光荣，工人阶级是老大哥。但是放羊呢？他就说："我爹不愿意我放羊，他说放羊不好。"

他也竭力想同意他爹的看法，说："放羊不好，把人都放懒了，啥也不会！"

其实他心里一点也不同意！如果这话要是别人说的，他会第一个起来大声反驳："你瞎说！你凭什么？"

放羊？嘿——

每天早起，打开羊圈门，把羊放出来。挥着鞭子，打着呼哨，嘴里"嗄！嗄！"地喝唤着，赶着羊上了路。按照老羊倌的嘱咐，上哪一座山。到了坡上，把羊打开，一放一个满天星——都匀匀地撒开；或者凤凰单展翅——顺着山坡，斜斜地上去，走成一溜。羊安安驯驯地吃开草，就不用操什么心了。羊群缓缓地往前推移，远看，像一片云彩在坡上流动。天也蓝，山也绿，洋河的水在树林子后面白亮白亮的。农场的房屋、果树，都看得清清楚楚。一列一列的火车过来过去，看起来又精巧又灵活，简直不像是那么大的玩意。真好呀，你觉得心都轻飘飘的。

“放羊不是艺，笨工子下不地！”[①] 不会放羊的，打都打不开。羊老是恋成一疙瘩，挤成一堆，走不成阵势，吃不好草。老九刚放羊时，也是这样。老九蹦过来，追过去，累得满头大汗，心里急得咚咚地跳，还是弄不好！有一次，老羊倌病了，就他跟丁贵甲两个人上山，丁贵甲也还没什么经验，竟至弄得羊散了群，几乎下不了山。现在，老羊倌根本不怎么上山了，他俩也满对付得了这四百只羊了。问老九：“放羊是咋放法？”他也说不出，但是他会告诉你老羊倌说过的：看羊群一走，就知道这羊倌放了几年羊了。

放羊的能吃到好东西。山上有野兔子，一个有六七斤重。有石鸡子，有半鸪子。石鸡子跟小野鸡似的，一个准有十两肉。半鸪子一个准是半斤。你听：“呱格丹，呱格丹！呱格丹！”那是母石鸡子唤她汉子了。你不要忙，等着，不大一会，就听见对面山上“呱呱呱呱呱呱……”你轻手轻脚地去，一捉就是一对。山上还有鸬鸬，就是野鸽子。“天鹅、地鹊，鸽子肉、黄鼠”，这是上讲究的。鸬鸬肉比鸽子还好吃。黄鼠也有，不过滩里更多。放羊的吃肉，只有一种办法：和点泥，把打住的野物糊起来，拾一把柴架起火来，烧熟。真香！山上有酸枣，有榛子，有橹林，有红

① “笨工子”是外行。“下不地”是应付不了。——作者原注

姑蔫，有酸溜溜，有梭瓜瓜，有各色各样的野果。大北滩有一片大桑树林子，夏天结了满树的大桑葚，也没有人去采，落在地下，把地皮都染紫了。每回放羊回来经过，一定是“饱餐一顿”，吃得嘴唇、牙齿、舌头，都是紫的，真过瘾！……

放羊苦么？

咋不苦！最苦是夏天。羊一年上不上膘，全看夏天吃草吃得好不好。夏天放羊，又全靠晌午。“打柴一日，放羊一晌”。早起的露水草，羊吃了不好。要上膘，要不得病，就得吃太阳晒过的蔫筋草。可是这时正是最热的时候。不好找个阴凉地方躲着么？不行啊！你怕热，羊也怕热哩。它不给你好好地吃！它也躲阴凉。你看：都把头埋下来，挤成一疙瘩，净想躲在别的羊的影子里，往别个的肚子底下钻。这你就得不停地打。打散了，它就吃草了。可是打散了，一会会，它又挤到一块去！打散了，一会会，它又挤到一块去了。你想休息？甭想。一夏天这么大太阳晒着，烧得你嘴唇、上颚都是烂的！

真渴呀。这会，农场里给预备了行军壶，自然是好了。若是在旧社会，给地主家放羊，他不给你带水。给你一袋炒面，你就上山吧！你一个人，又不敢走远了去弄水，狼把羊吃了怎办？渴急了，就只好自己喝自己的尿。这在放羊的不是稀罕事。老羊倌就喝过，丁贵甲小时当小羊伴子，也喝过，老九没喝过。不过他知道这些事。就是有行军壶，你也不敢多喝。若是敞开来，由着性儿喝，好家伙，那得多少水？只好抿一点儿，抿一点儿，叫嗓子眼潮润一下就行。

好天还好说，就怕刮风下雨。刮风下雨也好说，就怕下雹子。

老九就遇上过。有一回，在马脊梁山，遇了一场大雹子！下了足有二十分钟，足有鸡蛋大。砸得一群羊惊慌失措，满山乱跑，咩咩地叫成一片。砸坏了二三十只，跛了腿，起不来了。后来是老羊倌、丁贵甲和老九一趟一趟地抱回来的。吓得老九那天沉不住了，脸上一阵白、一阵紫，他觉得透不出气来。不是老羊倌把他那个竹皮大斗笠给他盖住，又给他喝了几口他带在身上的白酒，说不定就回不来啦。

但是这些，从来也没有使老九告过孬，发过怵。他现在回想起来倒都觉得很痛快，很甜蜜，很幸福。他甚至觉得遇上那场雹子是运气。这使他觉得生活丰富、充实，使他觉得自己能够算得上是一个有资格、有经验的羊倌了，是个见识过的、干过一点事情的人了，不再是只知道要窝窝吃的毛孩子了。这些，苦热、苦渴、风雨、冰雹，将和那些蓝天、白云、绿山、白羊、石鸡、野兔、酸枣、桑葚互相融合调和起来，变成一幅浓郁鲜明的图画，永远记述着秦老九的十五岁的少年的光阴，日后使他在不同的环境中还会常常回想。他从这里得到多少有用的生活的技能和知识，受了好多的陶冶和锻炼啊。这些，在他将来炼钢的时候，或者履行着别样的职务时，都还会在他的血液里涌洑，给予他持续的力量。

但是他的情绪日渐向往于炼钢了。他在电影里，在招贴画上，看过不少炼钢的工人，他的关于炼钢的知识和印象也就限于这些。他不止一次设想自己下一个阶段的样子——一个炼钢工人：戴一顶大八角鸭舌帽，帽舌下有一副蓝颜色的像两扇小窗户一样的眼镜，穿着水龙布的工作服——他不知那是什么布，只觉得很厚、很粗，场子里有水泵，水泵上用的管子也是用布做的，也很厚、很粗，他以为工作服就是那种布——戴了很大很大的手套，拿着一个很长的后面有个大圈的铁家伙……没人的时候，他站在床上，拿着小吕护秋用的标枪，比画着，比画着。他觉得前面，偏左一点，是炼钢的炉子，轰隆轰隆的熊熊的大火。他觉得火光灼着他的眼睛，甚至感觉得到他左边的额头和脸颊上明明有火的热度。他的眼睛眯细起来，眯细起来……他出神地体验着，半天，半天，一动也不动。果园的大老张一头闯进来，看见老九脸上的古怪表情（姿势赶快就改了，标枪也撂了，可是脸上没有来得及变样——他这么眯细着太久了，肌肉一下子也变不过来），忍不住问："老九，你在干啥呢？你是怎么啦？"

今天晚上，老九可是专心致志地打了一晚上鞭子。你已经要去炼钢了，还编什么鞭子呢？

一来是习惯。他不还没有走吗？他明天把行李搬回去，叫他娘拆洗拆洗，三天后才动身呢。那么，既在这里，总要找点事做。这根鞭子早就想到要编了。编起来，他不用，总有人用。何况，他本来已经起好，在编着的时候又更确实地重复了一遍他的决定：这根鞭子送给留孩，明天走的时候送给他。

四、留孩和丁贵甲

留孩和丁贵甲是奶兄弟。这一带风俗，对奶亲看得很重。结婚时先给奶爹奶母磕头；奶爹奶母死了，像给自己的爹妈一样地戴孝。奶兄弟，奶姊妹，比姨姑兄弟姊妹都亲。丁贵甲的亲娘还没有出月子就死了，丁贵甲从小在留孩娘跟前寄奶。后来丁贵甲的爹得了腰疼病，终于也死了。他在给人家当小羊伴子以前，一直就在留孩家长大。丁贵甲有时请假说回家看看，就指的是留孩的家。除此之外，他的家便是这个场了。

留孩一年也短不了来看他奶哥。过去大都是他爹带他来，这回是他自己来的——他爹在生产队里事忙，三五天内分不开身；而且他这回来和往回不同：他是来谈工作的。他要来顶老九的手。留孩早就想过到这个场里来工作。他奶哥也早跟场领导提了。这回谈妥了，老九一走，留孩就搬过来住。

留孩，你为什么想到场子里来呢？这儿有你奶哥；还有？——“这里好。”这里怎么好？——“说不上来。”

…………

这里有火车。

这里有电影，两个星期就放映一回，常演打仗片子，捉特务。

这里有很多小人书。图书馆里有一大柜子。

这里有很多机器。播种机、收割机、脱粒机……张牙舞爪，排成一大片。

这里庄稼都长得整齐。先用个大三齿耙似的家伙在地里划出线，长出来，笔直。

这里有花生、芝麻、红白薯……这一带都没有种过，也长得挺好。

有果园，有菜园。

有玻璃房子，好几排，亮堂堂的，冬天也结西红柿，结黄瓜。

黄瓜那么绿，西红柿那么红，跟上了颜色一样。

有很多鸡，都一色是白的；有很多鸭，也一色是白的。风一吹，白毛儿忒勒勒飘翻起来，真好看。有很多很多猪，都是短嘴头子，大腮帮子，巴克夏，约克夏。这里还有养鱼池，看得见一条一条的鱼在水里游……

这里还有羊。这里的羊也不一样。留孩第一次来，一眼就看到：这里的羊都长了个狗尾巴。不是像那样扁不塌塌地沉甸甸颤巍巍地坠着，遮住屁股蛋子，而是很细很长的一条，当啷着。他先初以为这不像样子，怪寒碜的。后来当然知道，这不是本地羊，是本地羊和高加索绵羊的杂交种。这种羊，一把都抓不透的毛子，做一件皮袄，三九天你尽管躺到洋河冰上去睡觉吧！既是这样，那么尾巴长得不大体面，也就可以原谅了。

那两头“高加索”，好家伙，比毛驴还大。那么大个脑袋（老羊倌说一个脑袋有十三斤肉），两盘大角，不知绕了多少圈，最后还旋扭着向两边支出来。脖子下的皮皱成数不清的折子，鼓鼓囊囊的，像围了一个大花领子。老是慢吞吞地、稳稳重重地在草地上踱着步。时不时地，停下来，斜着眼，这边看看，那边看看，样子很威严，很尊贵。留孩觉得它很像张士林的一本游记书上画的盛装的非洲老酋长。老九叫他骑一骑。留孩说：“羊嘛，咋骑得！”老九说：“行！”留孩当真骑上去，不想它立刻围着羊舍的场子开起小跑来，步子又匀，身子又稳！原来这两只羊已经叫老九训练得很善于做本来是驴应做的事了。

留孩，你过两天就是这个场子里的一个农业工人了。就要每天和这两个老酋长，还有那四百只狗尾巴的羊做伴了；你觉得怎么样，好呢还是不好？——“好。”

场子里老一点的工人都还记得丁贵甲刚来的时候的样子。又干又瘦，披了件丁零当啷的老羊皮，一卷行李还没个枕头粗。问他多大了，说是十二，谁也不相信。待问过他属什么，算一算，却又不错。不论什么时候，都是那么寒簌簌的；见了人，总是那么怯生生的。有的工人家属见他走过，私下担心：这孩子怕活不出来。场子里支部书记有一天远远地看了他半天，说，这孩子怎么的呢，别是有病吧，送医院里检查检查吧。一检查：是肺结核。在医院整整住了一年，好了，人也好像变了一个。接着，这小子，好像遭了掐脖旱的小苗子，一朝得着足量的肥水，嗖嗖地飞长起来，三四年工夫，长成了一个肩阔胸高腰细腿长的、非常匀称挺拔的小伙子。一身肌肉，晒得紫黑紫黑的。照一个当饲养员的王全老汉的说法：像个小马驹子。

这马驹子如今是个无事忙，什么事都有他一份。只要是球，他都愿意摸一摸。放了一天羊，爬了一天山，走了那么远的路，回来扒两大碗饭，放下碗就到球场上去。逢到节日，有球赛，连打两场，完了还不休息。别人都已经走净了，他一个人在月亮地里还绷楞绷楞地投篮。摸鱼，捉蛇，掏雀，撵兔子，只要一声吆唤，马上就跟你走。哪里有夜战，临时突击一件什么工作，挑渠啦，挖沙啦，不用招呼，他扛着铁锹就来了。也不问青红皂白，吭吭就干起来。冬天刨冻粪，这是个最费劲的活，常言说：“刨过个冻粪哪，做过个怕梦哪！”他最愿意揽这个活。使尖镐对准一个口子，憋足了劲，“许一个猪头——开！许一个羊头——开！

开——开！狗头也不许了[①]！”这小伙子好像有太多过剩的精力，不找点什么重实点的活消耗消耗，就觉得不舒服似的。

小伙子一天无忧无虑，不大有心眼。什么也不盘算。开会很少发言，学习也不大好，在场里陆续认下的两个字还没有留孩认得的多。整天就知道干活、玩。也喜欢看电影。他把所有的电影分成两大类：一类是打仗的，一类是找媳妇的。凡是打仗的，就都“好”！凡是找媳妇的，就“喽噫，不看不看”！找媳妇的电影尚且不看，真的找媳妇那更是想都不想了。他奶母早就想张罗着给他寻一个对象了。每次他回家，他奶母都问他场子里有没有好看的姑娘，他总是回答得不得要领。他说林凤梅长得好，五四也长得好。问了问，原来林凤梅是场里生产队长的爱人，已经生过三个孩子；五四是个幼儿园的孩子，一九五四年生的！好像恰恰是和他这个年龄相当的，他都没有留心过。奶母没法，只好摇头。其实场子里这个年龄的，很有几个，也有几个长得不难看的。她们有时谈悄悄话的时候，也常提到他。有一个念过一年初中的菜园组长的女儿，给他做了个鉴定，说：“他长得像周炳，有一个名字正好送给他：《三家巷》第一章的题目！”其余几个没有看过《三家巷》的，就找了这本小说来看。一看，原来是：“长得很俊的傻孩子”，她们格格格地笑了一晚上。于是每次在丁贵甲走过时，她们就更加留神看他，一面看，一面想想这个名字，便格格格地笑。这很快就固定下来，成为她们私下对于他的专用的称呼，后来又简化、缩短，由“长得很俊的傻孩子”变成“很俊的——”。正在

① 这本来是开山的石匠的习语。在石头未破开前许愿：如果开了，则用一个羊头、猪头作贡献；但当真开了，即什么也不许了。——作者原注

做活，有人轻轻一嘀咕："嗨！很俊的来了！"于是都偷眼看他，于是又格格格地笑。

这些，丁贵甲全不理会。他一点也不知道他有这么一个名字。起先两回，有人在他身后格格地笑，笑得他也疑惑，怕是老九和小吕在他歇晌时给他在脸上画了眼镜或者胡子。后来听惯了，也不以为意，只是在心里说：丫头们，事多！

其实，丁贵甲因为从小失去爹娘，多受苦难，在情绪上智慧上所受的启发诱导不多；后来在这样一个集体的环境中成长，接触的人事单纯，又缺少一点文化，以致形成他思想单纯，有时甚至显得有点愣，不那么精灵。这是一块璞，如果在一个更坚利精微的砂轮上磨铣一回，就会放出更晶莹的光润。理想的砂轮，是部队。丁贵甲正是日夜念念不忘地想去参军。他之所以一点也不理会"丫头们"的事，也和他的立志做解放军战士有关。他现在正是服役适龄。上个月底，刚满十八足岁。

丁贵甲这会儿正在演戏。他演戏，本来不合适，嗓子不好，唱起来不搭调。而且他也未必是对演戏本身真有兴趣。真要派他一个重要一点的角色，他会以记词为苦事，背锣经为麻烦。他的角色也不好派，导演每次都考虑很久，结果总是派他演家院。就是演家院，他也不像个家院。照一个天才鼓师（这鼓师即猪倌小白，比丁贵甲还小两岁，可是打得一手好鼓）说："你根本就一点都不像一个古人！"可不是，他直直地站在台上，太健康，太英俊，实在不像那么一回事，虽则是穿了老斗衣，还挂了一副白满。但是他还是非常热心地去。他大概不过是觉得排戏人多，好玩。红火，热闹，大锣大鼓地一敲，哇哇地吼几嗓子，这对他的蓬勃炽旺的生命，是能起鼓扬疏导作用的。他觉得这么闹一阵，舒服。不然，这么长的黑夜，你叫他干什么去呢，难道像王全似的摊开盖卧睡觉？

现在秋收工作已经彻底结束，地了场光，粮食入库，冬季学习却还没有开始，所以场里决定让业余剧团演两晚上戏，劳逸结合。新排和重排的三个戏里都有他，两个是家院，一个是中军。以前已经拉了几场了，最近连排三个晚上，可是他不能去，这把他着急坏了。

因为丢了一只半大羊羔子。大前天，老九舅舅来了，早起老九和丁贵甲一起把羊放上山，晌午他先回一步，丁贵甲一个人把羊赶回家的。入圈的时候，一数，少了一只。丁贵甲连饭也没吃，告诉小吕，叫他请大老张去跟生产队说一声，转身就返回去找了。找了一晚上，十二点了，也没找到。前天，叫老九把羊赶回来，给他留点饭，他又一个人找了一晚上，还是没找到。回来，老九给他把饭热好了，他吃了多半碗就睡了。这两天老羊倌又没在，也没个人讨主意！昨天，生产队长说：找不到就算了，算是个事故，以后不要麻痹。看样子是找不到了，两夜了，不是叫人拉走，也要叫野物吃了。但是他不死心，还要找。他上山时就带了一点干粮，对老九说："我准备找一通夜！找不到不回来。若是人拉走了，就不说了；若是野物吃了，骨头我也要找它回来，它总不能连皮带骨头全都咽下去。不过就是这么几座山，几片滩，它不能土遁了，我一个脚印一个脚印地把你盖遍了，我看你跑到哪里去！"老九说他把羊赶回去也来，还可以叫小吕一起来帮助找，丁贵甲说："不。家里没有人怎么行？晚上谁起来看羊圈？还要闷料——

玉黍在老羊倌屋里，先用那个小麻袋里的。小吕子不行，他路不熟，胆子也小，黑夜没有在山野里待过。”正说着，他奶弟来了。他知道他这天来的，就跟奶弟说：“我今天要找羊。事情都说好了，你请小吕陪你到办公室，填一个表，我跟他说了。晚上你先睡吧，甭等我。我叫小吕给你借了几本小人书，你看。要是有什么问题，你先找一下大老张，让他告给你。”

晚上，老九和留孩都已经睡实了，小吕也都正在迷糊着了——他们等着等着都困了，忽然听见他连笑带嚷地来了：“哎！找到啦！找到啦！还活着哩！哎！快都起来！都起来！找到啦！我说它能跑到哪里去呢？哎——”

这三个人赶紧一骨碌都起来，小吕还穿衣裳，老九是光着屁股就跳下床来了。留孩根本没脱——他原想等他奶哥的，不想就这么睡着了，身上的被子也不知是谁给搭上的。

“找到啦？”

“找到啦！”

“在哪儿哪？”

“在这儿哪。”

原来他把自己的皮袄脱下来给羊包上了，所以看不见。大家于是七手八脚地给羊舀一点水，又倒了点精料让它吃。这羔子，饿得够呛，乏得不行啦。一面又问：

“在哪里找到的？”

“怎么找到的？”

“黑咕隆咚的，你咋看见啦？”

丁贵甲嚼着干粮（他干粮还没吃哩），一面喝水，一面说：“我哪儿哪儿都找了。沿着我们那天放羊走过的地方，来回走了三个过儿——前两天我都来回地找过了：没有！我心想：哪儿去了呢？我一边找，一边捉摸它的个头、长相，想着它的叫声，忽然，我想起：叫叫看，怎么样？试试！我就叫！满山遍野地叫。不见答音。四处静悄悄的，只有宁远铁厂的吹风机远远地呼呼地响，也听不大真切，就我一个人的声音。我还叫。忽然，——'咩……'我说，别是我耳朵听差了音，想的？我又叫——'咩……咩……'这回我听真了，没错！这还能错？我天天听惯了的，娇声娇气的！我赶紧奔过去——看我膝盖上摔的这大块青，——破了！路上有棵新伐树桩子，我一喜欢，忘了，叭叉摔出去丈把远，喔唷，真他妈的！肿了没有？老九，给我拿点碘酒——不要二百二，要碘酒，妈的，辣辣的，有劲！——把我帽子都摔丢了！我找了羊，又找帽子。找帽子又找了半天！真他妈缺德！他早不伐树晚不伐树，赶爷要找羊，他伐树！

"你说在哪儿找到的？太史弯不有个荒沙梁子吗？拐弯那儿不是叫山洪冲了个豁子吗？笔陡的，那底下不是坟滩吗？前天，老九，我们不是看见人家迁坟吗，刨了一半，露了棺材，不知为什么又不刨了！这屎东西，爷要打你！它不是老爱走外手边[①] 吗，大概是豁口那儿沙软了，往下塌，别的羊一挤，它就滚下去了！有那么巧，可正掉在坟窟窿里！掉在烂棺材里！出不来了！棺材在土里埋了有日子了，糟朽了，它一砸，就折了，它站在一堆死人骨头里，——那里头倒不冷！不然饿不杀你也冻杀你！外边挺黑。

① 外手边是右边。这本来是赶车人的说法。赶车人都习惯于跨坐在左辕，所以称左边为里手边或里边，右边为外手边或外边。——作者原注

可我在黑里头久了，有点把星星的光就能瞅见。我又叫一声——‘咩……’不错！就在这里。它是白的，我模模糊糊看见有一点白晃晃的，下面一摸，正是它！小东西！可把爷担心得够呛！累得够呛！明天就叫伙房宰了你！我看你还爱走外手边！还爱走外手边？唔？”

等羊缓过一点来，有了精神，把它抱回羊圈里去，收拾睡下，已经是后半夜了。

今天，白天他带着留孩上山放了一天羊，告诉他什么地方的草好，什么地方有毒草。几月里放阳坡，上什么山；几月里放阴坡，上什么山；什么山是半椅子臂[①]，该什么时候放。哪里蛇多，哪里有个暖泉，哪里地里有碱。看见大栅栏落下来了，千万不能过——火车要来了。片石山每天十一点五十要放炮崩山，不能去那里……其实日子长着呢，非得赶今天都告诉你奶弟干什么？

晚上，烧了一个小吕在果园里拾来的刺猬，四个人吃了，玩了一会，他就急急忙忙去侍候他的家爷和元帅去了，他知道奶弟不会怪他的。到这会还不回来。

五、夜，正在深浓起来

小吕从来没放过羊，他觉得很奇怪，就问老九和留孩：“你们每天放羊，都数么？”

---

① 南北方向的小岭，两边坡上都常见阳光，形状略似椅臂者。——作者原注

留孩和老九同声回答："当然数，不数还行哩？早起出圈，晚上回来进圈，都数。不数，丢了你怎么知道？"

"那咋数法？"

咋数法？留孩和老九不懂他的意思，两个人互相看看。老九想了想，哦！

"也有两个一数的，也有三个一数的，数得过来五个一数也行，数不过来一个一个地数！"

"不是这意思！羊是活的嘛！它要跑，这么蹿着蹦着挨着挤着，又不是数一笸箩梨，一把树码子，摆着。这你怎么数？"

老九和留孩想一想，笑起来。是倒也是，可是他们小时候放羊用不着他们数，到用到自己数的时候，自然就会了。从来没发生这样的问题。老九又想了想，说："看熟了。羊你都认得了，不会看花了眼的。过过眼就行。猪舍那么多猪，我看都是一样。小白就全都认得，小猪娃子跑出来了，他一把抱住，就知往哪个圈里送。也是熟了，一样的。"

小吕想象，若叫自己数，一定不行，非数乱了不可！数着数着，乱了——重来；数着数着，乱了——重来！那，一天早上也出不了圈，晚上也进不了家，净来回数了！他想着那情景，不由得嘿嘿地笑起来，下结论说："真是隔行如隔山。"

老九说："我看你给葡萄花去雄授粉，也怪麻烦的！那么小的花须，要用镊子夹掉，还不许蹭着柱头！我那天夹了几个，把眼都看酸了！"

小吕又想起昨天晚上丁贵甲一个人满山叫小羊的情形，想起那么黑，那么静，就只听见自己的声音，想起坟窟窿、棺材，对留孩说："你奶哥胆真大！"

留孩说："他现在胆大，人大了。"

小吕问留孩和老九："要叫你们去，一个人，敢么？"

老九和留孩都没有肯定地回答。老九说："丁贵甲叫羊急的，就是怕，也顾不上了。事到临头，就得去。这一带他也走熟了。他晚上排戏还不老是十一二点回来，也就是解放后，我爹说，十多年头里，过了扬旗，晚上就没人敢走了。那里不清静，劫过人，还把人杀了。"

"在哪里？"

"过了扬旗。准地方我也不知道。"

…………

"——这里有狼么？"小吕想到狼了。

"有。"

"河南[1]狼多，"留孩说，"这两年也少了。"

"他们说是五八年大炼铁钢炼的，到处都是火，烘烘烘，狼都吓得进了大山了。有还是有的。老郑黑夜浇地还碰上过。"

"那我怎么下了好几个月夜，也没碰上过？"

"有！你没有碰上就是了。要是谁都碰上，那不成了口外的狼窝沟了！这附近就有，还来果园。你问大老刘，他还打死过一只——一肚子都是葡萄。"

小吕很有兴趣了，留孩也奇怪，怎么都是葡萄，就都一起问："咋回事？咋回事？"

① 洋河以南。——作者原注

“那年，还是李场长在的时候哩！葡萄老是丢，而且总是丢白香蕉。大老刘就夜夜守着，原来不是人偷的，是一只狼。李场长说：‘老刘，你敢打么？’老刘说：‘敢！’老刘就对着它每天来回走的那条车路，挖了一道壕子，趴在里面，拿上枪，上好子弹，等着——”

“什么枪，是这支火枪么？”

“不是，”老九把羊舍的火枪往身边靠了靠，说，“是老陈守夜的快枪——等了它三夜，来了！一枪就给撂倒了。打开膛：一肚子都是葡萄，还都是白香蕉！这老家伙可会挑嘴哩，它也知道白香蕉葡萄好吃！”

留孩说：“狼吃葡萄么？狼吃肉，不是说‘狼行千里吃肉’么？”

老九说：“吃。狼也吃葡萄。”

小吕说：“这狼大概是个吃素的，是个把斋的老道！”

说得留孩和老九都笑起来。

“都说狼会赶羊，是真的么？狼要吃哪只羊，就拿尾巴拍拍它，像哄孩子一样，羊就乖乖地在前头走，是真的么？”

“哪有这回事！”

“没有！”

“那人怎么都这么说？”

“是这样——狼一口咬住羊的脖子，拖着羊，羊疼哩，就走，狼又用尾巴抽它，——哪是拍它！嗯擞——嗯擞——嗯擞，看起来轻轻的，你看不清楚，就像狼赶着，其实还是狼拖羊。它要不咬住它，它跟你走才怪哩！”

“你们看见过么？留孩，你见过么？”

“我没见过，我是在家听贵甲哥说过的。贵甲哥在家给人当羊伴子时候，可没少见过狼。他还叫狼吓出过毛病，这会不知好了没有，我也没问他。”

这连老九也不知道，问：“咋回事？”

“那年，他跟上羊倌上山了。我们那里的山高，又陡，差不多的人连羊路都找不到。羊倌到沟里找水去了，叫贵甲哥一个人看一会。贵甲哥一看，一群羊都惊起来了，一个一个哆里哆嗦的，又低低地叫唤。贵甲哥心里嗯通一下——狼！一看，灰黄灰黄的，毛茸茸的，挺大，就在前面山杏丛里。旁边有棵树，吓得贵甲哥一蹿就上了树。狼叼了一只大羔子，使尾巴赶着，嘫啦一下子就从树下过去了，吓得贵甲哥尿了一裤子。后来，只要有点着急事，下面就会津津地漏出尿来。这会他胆大了，小时候，——也怕。”

“前两天丢了羊，也着急了，咱们问问他尿了没有？”

“对！问他！不说就扒他的裤子检查！”

茶开了，小吕把砂锅端下来，把火边的山药翻了翻。老九在挎包里摸了摸，昨天吃剩的朝阳瓜子还有一把，就兜底倒出来，一边喝着高山顶，一边嗑瓜子。

“你们说，有鬼没有？”这回是老九提出问题。

留孩说：“有。”

小吕说：“没有。”

“有来，”老九自己说，“就在咱们西南边，不很远，从前是个鬼市，还有鬼饭馆。人们常去听，半夜里，乒乒乓乓地炒菜，勺子铲子响，可热闹啦！”

“在哪里？”这小吕倒很想去听听，这又不可怕。

“现在没有了。现在那边是兽医学校的牛棚。”

“哎嚏——”小吕失望了，“我不相信，这不知是谁造出来的！鬼还炒菜?！”

留孩说：“怎么没有鬼？我听我大爷说过：

“有一帮河南人，到口外去割莜麦。走到半路上，前不巴村，后不巴店，天也黑夜了，有一个旧马棚，空着，也还有个门，能插上，他们就住进去了。在一个大草滩子里，没有一点人烟。都睡下了。有一个汉子烟瘾大，点了个蜡头在抽烟。听到外面有人说：

“‘你老们，起来解手时多走两步噢，别尿湿了我这疙瘩毡子，我就这么一块毡子啊！’

“这汉子也没理会，就答了一声：

“‘知道啦。’

“一会儿，又是：

“‘你老们，起来解手时多走两步噢，别尿湿了我这疙瘩毡子，我就这么一块毡子啊！’

“‘知道啦。’

“一会儿，又来啦：

“‘你老们，起来解手时多走两步噢，别尿湿了我这疙瘩毡子，我就这么一块疙瘩毡子啊！’

“‘知道啦！你怎么这么噜苏啊！’

“‘我怎么噜苏啦？’

“‘你就是噜苏！’

"'我怎么噜苏？'

"'你噜苏！'

"两个就隔着门吵起来，越吵越凶。外面说：

"'你敢给爷出来！'

"'出来就出来！'

"那汉子伸手就要拉门，回身一看：所有的人都拿眼睛看住他，一起轻轻地摇头。这汉子这才想起来，吓得脸煞白——"

"怎么啦？"

"外边怎么可能有人啊，这么个大草滩子里？撒尿怎么会尿湿了他的毡子啊？他们都想，来的时候仿佛离墙不远有一疙瘩土，像是一个坟。这是鬼，也是像他们一样背了一块毡子来割莜麦的，死在这里了。这大概还是一个同乡。

"第二天，他们起来看，果然有一座新坟。他们给它加加土，就走了。"

这故事倒不怎么可怕，只是说得老九和小吕心里都为了个客死在野地里的只有一块毡子的河南人很不好受。夜已经很深了，他们也不想喝茶了，瓜子还剩一小撮，也不想吃了。

过了一会，忽然，老九的脸色一沉，"什么声音？"

是的！轻轻的，但是听得很清楚，有点像羊叫，又不太像。老九一把抓起火枪，"走！"

留孩立刻理解：羊半夜里从来不叫，这是有人偷羊了！他跟着老九就出来。两个人直奔羊圈。小吕抓起他的标枪，也三步抢出门来，说："你们去羊圈看看，我在这里，家里还有东西。"

老九、留孩用手电照了照几个羊圈，都好好的，羊都安安静静地卧着，门、窗户，都没有动。正察看着，听见小吕喊：“在这里了！”

他们飞跑回来，小吕正闪在门边，握着标枪，瞄着屋门，“在屋里！”

他们略一停顿，就一齐踢开门进去。外屋一照，没有。上里屋。里屋灯还亮着，没有。床底下！老九的手电光刚向下一扫，听见床下面“扑哧”的一声——

“他妈的，是你！”

“好！你可吓了我们一跳！”

丁贵甲从床底下爬出来，一边爬，一边笑得捂着肚子。

“好！耍我们！打他！”

于是小吕、老九一齐扑上去，把丁贵甲按倒，一个压住脖子，一个骑住腰，使劲打起来。连留孩也上了手，拽住他企图往上翻拗的腿。一边打，一边说，骂；丁贵甲在下面一边招架，一边笑，说：“我看见灯……还亮着……我说，试试这几个小鬼！……我早就进屋了！拨开门划，躲在外屋……我嘻嘻嘻……叫了一声，听见老九，嘻嘻嘻嘻——”

“妈的！我听见‘咩——咩’的一声，像是只老公羊！是你！这小子！这小子！”

“老九……拿了手电嘻嘻就……走！还拿着你娘的……火枪嘻嘻，呜噫，别打头！小吕嘻嘻嘻拿他妈一根破标……枪嘻嘻，你们只好……去吓乌！”

这么一边说着，打着，笑着，滚着，闹了半天，直到丁贵甲在下面说：“好香！怄了……山药……怄了！哎哟……我可饿了！”

他们才放他起来。留孩又去捅了捅炉子，把高山顶又坐热了，大家一边吃山药，一边喝茶，一边又重复地演述着刚才的经过。

他们吃着，喝着，说了又说，笑了又笑。当中又夹着按倒，拳击，捧腹，搂抱，表演，比画。他们高兴极了，快乐极了，简直把这间小屋要闹翻了，涨破了，这几个小鬼！他们完全忘记了现在是很深的黑夜。

六、明天

明天，他们还会要回味这回事，还会说、学、表演、大笑，而且等张士林回来一定会告诉张士林，会告诉陈素花、恽美兰，并且也会说给大老张听的。将来有一天，他们聚在一起，还会谈起这晚上的事，还会觉得非常愉快。今夜，他们笑够了，闹够了，现在都安静了，睡下了，起先，隔不一会还有人含含糊糊地说一句什么，不知是醒着还是在梦里，后来就听不到一点声息了。这间在昏黑中哗闹过、明亮过的半坡上的羊舍屋子，沉静下来，在拥抱着四山的广阔、丰美、充盈的暗夜中消融。一天就这样地过去了。夜在进行着，夜和昼在渗入、交递，开往北京的 216 次列车也正在轨道上奔驰。

明天，就又是一天了。小吕将会去找黄技师，置办他的心爱的嫁接刀。老九在大家的帮助下，会把行李结起来，走上他当一个钢铁工人的路。当然，他会把他新编得的羊鞭交给留孩。留孩将要来这个“很好的”农场里当一名新一代的牧羊工。征兵的消息已经传开，说不定场子里明天就接到通知，叫丁贵甲到曾经医好他肺结核的医院去参加体格检查，准备入伍、受训，在他所没有接触过的山水风物之间，在蓝天或绿海上，戴起一顶缀着红徽的军帽。这些，都在夜间趋变为事实。

这也只是一个平常的夜。但是人就是这样一天一天，一黑夜一黑夜地长起来的。正如同庄稼，每天观察差异也都不太明显，然而它发芽了，出叶了，拔节了，孕穗了，抽穗了，灌浆了，终于成熟了。这四个现在在一排并睡着的孩子（四个枕头各托着一个蓬蓬松松的脑袋），他们也将这样发育起来。在党无远弗及的阳光照煦下，经历一些必要的风风雨雨，都将迅速、结实、精壮地成长起来。

现在，他们都睡了。灯已经灭了。炉火也封住了。但是从煤块的缝隙里，有隐隐的火光在泄漏，而映得这间小屋充溢着薄薄的、十分柔和的、蔼然的红晖。

睡吧，亲爱的孩子。

一九六一年十一月二十五日写成

图书在版编目（CIP）数据

受戒 / 汪曾祺著 . -- 北京：作家出版社，2023. 10
（作家精品集）
ISBN 978-7-5212-0852-8

Ⅰ. ①受… Ⅱ. ①汪… Ⅲ. ①短篇小说－小说集－中国－当代 Ⅳ. ① I247.7

中国版本图书馆 CIP 数据核字（2019）第 287515 号

受戒

丛书策划： 路英勇　王　松
出版统筹： 省登宇
作　　者： 汪曾祺
责任编辑： 省登宇　周李立
特约策划： 小马 BOOK　赵汗青
装帧设计： 琥珀视觉
出版发行： 作家出版社有限公司
社　　址： 北京农展馆南里 10 号　　**邮　　编：** 100125
电话传真： 86-10-65067186（发行中心及邮购部）
86-10-65004079（总编室）
E-mail:zuojia @ zuojia.net.cn
http://www.zuojiachubanshe.com
印　　刷： 北京盛通印刷股份有限公司
成品尺寸： 142×210
字　　数： 230 千
印　　张： 10.125
版　　次： 2023 年 10 月第 1 版
印　　次： 2023 年 10 月第 1 次印刷
ISBN 978-7-5212-0852-8
定　　价： 39.00 元
